講談社文庫

その可能性はすでに考えた

井上真偽

講談社

CONTENTS

その可能性はすでに考えた

「いや、先生のお説に賛成であると申し上げているんですよ。ただね、ここにいらっしゃる警部さんが、あまり不思議だ不思議だというもんだから、こういうやりかたもあると、ちょっとウンチクのあるところをひけらかしていたんです。つまり可能性の問題ですな。しかし、ポシビリティーはあるとしても、プロバビリティーの点では先生のおっしゃるとおり薄そうですな」

「なんじゃ、そのポシビリティーだのプロバビリティーちゅうのは？　詭弁でひとを瞞着《まんちゃく》するのはよしなされ」

「つまり、そういうことが出来るとしても、この事件でそれが行われたかどうかは、疑わしいと申し上げているんですよ」

「当たりまえじゃ、そんなこと」

——横溝正史『悪魔が来りて笛を吹く』

◉村の概略図

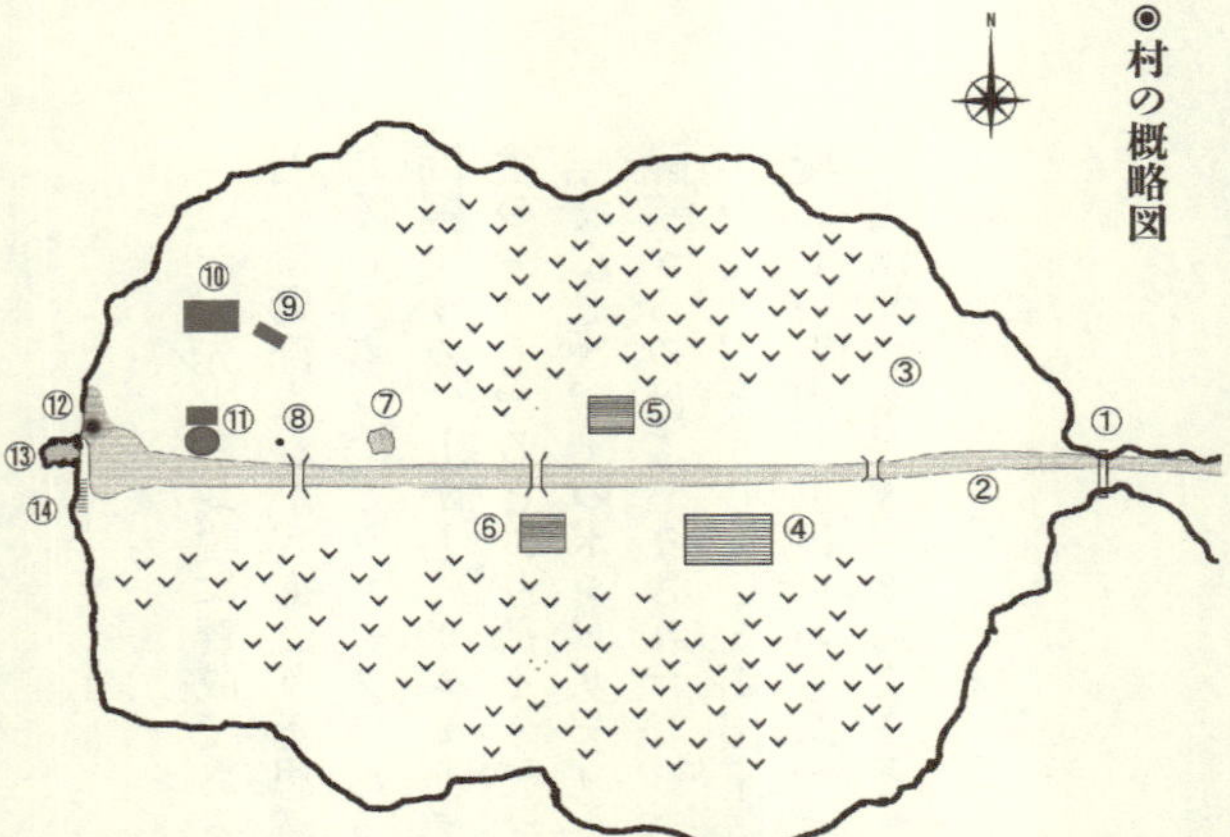

① 洞門（出入り口）
・教祖が最初に爆破。

② 川
・地震後涸れる。

③ 畑
・発見時全焼。

④ 信者の宿舎
・地震後崩れる。

⑤ 教祖の居室兼食料庫
・教祖の居室を通ってしか食料庫に行けず。
・発見時崩壊。食料取り出せず。

⑥ 拝殿
・広間の奥に「祈禱の間」。
・信者三十一名の死体発見。
・鉄製の門扉は外から施錠。
・外側は焼けるが中まで火は及ばず。

⑦ ゴミ捨て場（旧井戸）
・水は無し。
・シンクホールで深さ六十メートル。
・発見時中に誰も存在せず。

⑧ 慰霊塔
・切られて炭化した柱が水車のところで発見。

⑨ ギロチン台
・少年の血痕が台と刃から検出。

⑩ 家畜小屋
・発見時豚と鶏存在せず。

⑪ 水車及び水車小屋
・発見時損壊。そこに麻縄のロープの燃え止しと炭化した柱も見つかる。
・傍に台車あり。

⑫ 滝
・地震後涸れる。

⑬ 祠
・神棚と祭壇あり。祭壇は倒壊。
・食料あり。「仔豚の隠れ場所」に未開封の脱脂粉乳の袋。
・少女が家畜の鶏を処理した形跡あり。

⑭ 祠への階段

第一章　吉凶莫測《ジーシォンムォツァ》

悖入悖出《ベイルーベイチュ》――。

日本語で、「悪銭身につかず」という。

出典は儒書の一つである「大学」。「貨悖而入者、亦悖而出」――「貨悖《もと》って入る者は、また悖って出《い》ず」、つまり「くだらない手段で得た宝は、くだらない目的で出ていく」ということらしいが、そのいかにも儒教的で高潔な言い回しは、清廉《せいれん》に生きる人々の耳にはさぞや心地よく響くだろう。

しかし彼女、姚扶琳《ヤオフーリン》は清廉に生きていない。

もとより日陰者の身である。悪銭なら腐《くさ》るほど貯《た》まった。そもそも汚い金なら洗えば良く、資金洗浄《マネーロンダリング》のルートならマカオ、シンガポール、パナマにコロンビア、米国デラウェア州と豊富に取《と》り揃《そろ》えている。また昨今のIT化のおかげで、ビットコインやFXなど洗浄手段も広がる。

銭生銭《チエンシエンチエン》（金が金を生む）。あぶく銭ほどよく儲《もう》かる、というのが彼女の掛け値なしの感想である。

　なので。

〈やあフーリン。すまないが、あと二百五十万ほど貸してくれないか？〉

　金が貯まるか否《いな》かは、ひとえにその使い道による。

〈いや、誤解をするな。ギャンブルに使ったわけじゃないぞ。例の『土砂埋め立てトリック仮説』を検証するには、やはりあの表面波探査装置が必要でな。そう、レイリー波で深度十メートルまで測れるやつだ――〉

　……この阿呆《あほう》は、またそんな下らぬ用途に二百五十万も費やしたか。

　まだ見返りが期待できる分だけ、ギャンブルのほうがましではないか。スマートフォン越しに聞く「探偵」の規格外の出費理由に、若干の眩暈《めまい》さえ覚えてしまう。

「馬鹿《ばか》か。そんなのは自分で機材を買わずに、その手の調査会社に依頼するね。そうすればもっと安く済んだだね」

〈現場は諸々《もろもろ》の事情で業者が入れず、自力で測量するしかなかったのだ……まあそう僕を責めるなフーリン。これでも知り合いからの中古の払い下げで、なるべくコストは抑えたのだぞ。新品なら四百万はする〉

「知り合いならタダで借りるね……」

　フーリンは呆《あき》れ顔で首を振りつつ、愛用の煙管《キセル》を口に咥《くわ》える。

「まあ一応、こちらも金融業者の看板を掲げる以上、貸せというなら喜んで貸すが……ただウエオロ。お前今、自分の借金総額を把握してるのか？」

〈もちろんだ。えっと、一億……二千万？　いや、三千万……？〉

フーリンは生来の三白眼《さんぱくがん》を半眼にした。負債額が一千万単位で曖昧《あいまい》な相手に、あまり金は貸したくない。

「――一億四千二百三十一万ね。次の利子分百七十五万の支払期日も、再来週に迫ってるよ。そんな状況で本当に金を借りる気か？　もしや近々臨時収入の予定でも――」

〈ない〉

スマートフォンを壁に投げたくなったが修理代が無駄になるので控《ひか》えた。

「そうか。太可惜了《タイケシーラ》、それはとても残念ね。では知り合いの闇医者を手配しておくね。お前の眼球はたぶん好事家《こうずか》連中が高値で買うと思うから安心しろね」

〈待て待て待てフーリン……そう短気を起こすな。今ここで僕を切るのは得策ではないぞ〉

泰然自若《たいぜんじじゃく》を装《よそお》っているが、若干声が裏返っている。

〈そうだな。ならば一つ利子分の仕事をしてやろう。君はつい最近言っていたな？　君があるソフトウェアの開発を依頼した数学者が、金だけ受け取り高飛びした――そ

の隠し口座はどうにか押さえたものの、引き出す暗証番号がわからない、と？〉

彼女は少し目を細める。

「言ったね。それが？」

〈口座は台湾の銀行で、暗証番号は六桁《けた》。その数字はもちろん本人しか知らない。だが彼は、行きつけの飲食店の女性店員に、数学者らしくこう謎めいたヒントを漏《も》らしたという――『133661なら間違う。133667なら辿《たど》り着く。133665なら永遠に彷徨《さまよ》う』――〉

「ああ。とんだ大笨蛋《ダーベンダン》（大馬鹿野郎）だったね。普通そんな大事な個人情報を、夜の女相手に口走るか？　危機管理意識ゼロね。そもそも数学知識をひけらかすことで女を口説けると思うのが間違いよ。理系男が踏みがちな地雷ね」

〈そのヒントの答えはな、フーリン。カプレカ数だ〉

「何？」

〈カ・プ・レ・カ・数〉

電話相手は一音一音区切って繰り返す。

〈ある数の桁を並べ替え、その最大から最小を引いた数字が元の数字と一致するとき、その数をカプレカ数と言う……具体例で説明しよう。たとえば四桁の数字なら、6174がカプレカ数だ。6174という四つの数字を並べ替えてできる最大の数は、7641。最小は1467。この7641から1467を引くと——ほら、6174で元の数字と一致する。どうだ。面白いだろう？〉

彼女は煙管を吸いつつ苦笑した。話は微塵《みじん》も面白くない。今しがたの自分の忠告をもう忘れたのか。

ただ、男の無駄な蘊蓄《うんちく》ぶりはいくらか興をそそった。なぜこの男は、こうも要らぬ知識をその巾着《きんちゃく》袋に溜《た》め込むのか。

〈カプレカ数にはもう一つ別の定義もあるが、今回はこっちの意味だ。この数字の興味深いのは、どんな四桁の数字でもこの『最大から最小を引く』計算を繰り返せば、必ず6174に収束することだ。試しにいくつかやってみるといい——ああ、ただし1111など全部が同じ場合は除くがな。

ちなみに三桁では495がカプレカ数。二桁や五桁ではカプレカ数は存在せず、計算はいくつかの数字をループする。そして六桁では——〉

そこで男は少し間を置き、強調の効果を狙《ねら》う。

〈二つのカプレカ数のどちらかに収束するか、あるいはループする〉

——確かにこの男は博識だ。

数学に限らず、文理の学問全般から時事・生活雑学に至るまで、幅広い見識を有している。深い教養に怜悧《れいり》な知性。その海馬《かいば》に圧縮された情報の大半は箸棒《はしぼう》にもかからぬガラクタ同然の代物《しろもの》だろうが、しかし彼の探偵という職業柄、そのガラクタが思いがけず役立つこともある。まるっきり無用の長物《ちようぶつ》というわけでもない。

しかし――。

たとえば、挨指《テイアンズ》という中国語は知っているだろうか。

〈ここまで言えばもうわかるだろう。ヒントの数字は三つ。そのうち二つが正解または不正解に辿り着き、あと一つが彷徨《ループ》する。そう。例のヒントは、この六桁のカプレカ数の計算を暗示したものだったのだ〉

あるいは夾根《キアゲン》。老虎凳《ラオフードン》。騎木驢《チームーリユ》。鳳凰曬翅《フォンファンシャイチー》、驢駒抜橛《リユジユバージエ》、仙人献果《シエンレンシエングオ》、玉女登梯《ユーニユダンテイ》――。

中国の歴史は古い。それこそ神話の時代から連綿と受け継がれる、一つの悪《あ》しき伝統がある。

そう。真実に辿り着く手段は、何も推理だけではない。

〈あとは計算するだけだ。では正解に辿り着くという『133667』を初期値として、最大から最小を引くカプレカ操作の計算を繰り返してみよう。それで到達する動かない数字が、目的の暗証番号だ――と言っても、どうせ君はここまでの話を全部聞き流してるだろうから先に答えを言ってしまうと、その数字とは――〉

「『631764』」

二人の声が、電話口で重なった。

一瞬の沈黙のあと、探偵が感心したように言う。

〈やるなフーリン。もう計算したのか。繰り返しは三ステップあったはずだが、さすが金勘定が得意なだけある〉

彼女は煙管の雁首《がんくび》に手を添え、無言で紫煙をくゆらせた。

……確かに金勘定は得意ね。でも今回はそういうことではないね。ただ答えを知ってただけね。なぜならその数字は――。

彼女は床に転がった肉塊にちらりと目をやる。「凌遅刑《りょうちけい》」――生身の体から徐々に肉を削《そ》いで長時間かけて死に至らしめる、我が国古来の処刑法だ。先に挙げた耳慣れない中国語の拷問器具や拷問法と違い、この処刑法はその残虐さゆえに世界的にも広く名が知られている。その受刑者の苦痛は言語に絶し、彼らの多くは助命よりも速《すみ》やかな死を懇願《こんがん》するという。

実際そうだった。

――その数字は六回目に脾肉《ひにく》を削いだとき、ようやく白状したね……。

倒産した水産加工会社の倉庫の一室で、ステンレスの台に鏡のように映る己の顔をぼんやりと眺《なが》める。

視界の片隅《かたすみ》では、ゴムエプロン姿の死体掃除人《スウィーパー》たちが、専門用具を手にきびきびと働いていた。作業の段取りが良く手際がいい。彼らとはもう長い付き合いになるが、いまだに名前さえ知らない。

〈——フーリン？　おい。聞いているのかフーリン〉

スマートフォンからの声に、はっと注意を取り戻した。

頭を振る。それから彼女はまたしばらく探偵と言葉を交わし、そして通話を切った。

……糟了《ズアオラ》（しまった）。

画面の消えたスマートフォンを脇《わき》に置きながら、彼女は小さく舌打ちした。今の謎解きの報酬として、あの男の借金の利子ひと月分を丸々帳消しにされてしまった。

「それはもう解決済みだ」と要求を突っぱねなかった自分は、我ながら少々甘かったか。

——が、この何かと神経の磨《す》り減る御時世である。飼い猫を愛《め》でるような心の余裕もたまには必要であろう。

そう割り切るとしよう。無駄な浪費は極力惜しむが、彼女とて木石《ぼくせき》ではない。酒も飲めば奢侈《しゃし》も好む。もちろん下らぬ賭《か》けや無意味な遊戯に、血よりも大事な資産を蕩《とう》尽《じん》する愚《ぐ》は真っ平御免だが――。

酔狂な遊びに私財を投じるのは、嫌いではない。

＊＊＊

ソファで一人の青髪の男が、大鼾《おおいびき》をかいて昼寝している。

その間抜け面がなんとも癇《かん》に障《さわ》る。まったく人の気も知らずに、この男は。先の凌遅刑とまでは言わずとも、この緩《ゆる》んだ寝顔を引き締める何らかの仕置きが必要なのではないか。

はたして墨でも入れるか、鼻でも削ぐか――あるいは明《みん》末の農民反乱指導者、張献《ちょうけん》忠《ちゅう》の流儀に従えば、犬が臭《にお》いを嗅《か》いだ者を殺す「天殺《テイエンシャー》」という処刑法もある。近所の野良犬でも捕え、この事務所に放つか――。

などと、そんな不穏当なことをフーリンが熟々《つくづく》と考えていると、からくも探偵がぱちんと洟提灯《はなぢょうちん》を割って目を覚ました。

「やあフーリン。どうしたこんな真昼間に、そんな死刑執行人みたいな怖い顔をして」

「……挽聯《ワンリエン》（死者哀悼用の詩）を贈りに来たね」

事務所のソファに寝ていた探偵に、フーリンは轢死《れきし》した蛙《かえる》を見下ろす目で一枚の紙を差し出す。支払期限の迫った借金の借用書だった。ゼロの数は数えたくもない。

探偵は腕枕《うでまくら》で寝転んだ姿勢のまま、出された紙を凝視した。

「今月の利子は帳消しにしてくれたんじゃ？」

「そんな私の恩情も台無しね。この債権は昨日、私が亀戸《かめいど》の小劉《シヤオリユウ》から買ったものね。お前危うくタイの娼館《しようかん》に売り飛ばされるところだったよ。今お前どれだけ借金あるね？」

探偵が虚《うつ》ろに天井を見つめ、ぶつぶつと念仏を唱えるように指折り数え出す。両手を使い出したところでフーリンは諸々《もろもろ》諦《あきら》めた。猫に小判の有り難みを説いても虚《むな》しい。

「もういいね。その借金は私の所でまとめて一本化してやるから、債権者と金額のリストを作ってよこすね。話はこちらでつけとくね」

すると探偵が、埴輪《はにわ》のようにぽかんと口を開けた。

「セ……」

「せ？」

「熾天使《セラフイム》か、フーリン……？　まさか君が、この僕の借金を丸ごと立て替えてくれるなんて……」

「立て替えるって何ね。一本化と言っているね。もちろん相応の手数料は頂くよ。あと今後一切、私以外からの借り入れは禁止ね」

「はは、照れるな照れるな。ようやく君にも人並みの優しさが芽生《めば》えたんだ、心から歓迎しようじゃないか。そんな恥ずかしがり屋の君には、イエスがパリサイ人のシモンに説いたこんな聖書の教えを贈ろう。『借金取りは五十デナリより五百デナリの借金を許してやったほうが、貸した相手からより多く感謝される』──びっくりするくらい今の状況にどんぴしゃだな！　だからフーリン、もう君もいっそのこと、僕の借金など綺麗《きれい》さっぱり免除《ゆる》して──」

「何長々と錯乱したことを言ってるね。たとえキリストが復活しようと、この私に借金免除の恩赦《おんしゃ》は無いね。もし私の借金を踏み倒せば、その身蹂躙《じゅうりん》のうえ臍《へそ》に灯芯《とうしん》を挿《さ》して三昼夜野に晒《さら》す」

探偵の脛《すね》を蹴《け》り上げ、寝起きの顔を洗いに向かわせ、ついでに冷蔵庫の缶ビールも取ってこさせた。寝惚《ねぼ》け眼《まなこ》で債権者リストを作る探偵を尻目《しりめ》に、自分は応接用のソファに座って悠々と昼酒を啜《すす》る。

──東京都杉並《すぎなみ》区、丸ノ内線南阿佐ケ谷《みなみあさがや》駅近く。

老朽化の進んだテナントビルの二階にある、活気がない事務所。剝《は》げかかった窓ガラスのロゴマークに、蜘蛛《くも》の巣《す》が張る天井。漏水、窓サッシの歪《ゆが》み、割れた蛍光灯——。

この事務所のあまりの商売っ気の無さはさすがにどうかと思うが、しかしそこの事業主に一億以上融資するこの自分が、きっと一番狂気の沙汰《さた》なのだろう。

そんな事業主の名前は、上苙丞《うえおろじょう》。腕利きだが色々と裏に込み入った事情を持つ、探偵である。

＊

缶ビールを傾けながら、フーリンはちらりと事務所の様子を窺《うかが》う。

簡素な部屋だった。手狭な応接スペースに質素なスチールデスク。あとはトイレと流し台、それと中古で買った型落ちの冷蔵庫。

それ以外はとにかく本棚が目立った。難解な学術書、文学や芸術関連、世界各国の新聞雑誌、漫画本——雑多な資料類がぎっしりと並んでいる。この無節操な悪食《あくじき》さが、この男の広範な知識の出所なのだろう。

とりわけ目を引くのは、本棚一つ分を占めるグレーの二穴リングファイル——。

確かあの中には、古今東西この地球上で起きた、様々な奇蹟現象がファイリングされているはずだ。

「違う……」

デスクでボールペンをずりずり動かしていた探偵が、不満そうにぼやき始めた。

「これは僕が行うべき仕事ではない……僕の推理力は、自分の借入先を思い出すためなんかに発揮されてはいけない……」

フーリンはげふりとビールの炭酸を吐《は》き出す。

「さっきまで大鼾かいてた人間が何言うね。どんな能力も使わなきゃ宝の持ち腐れね。寝起きの頭にはちょうど良いトレーニングじゃないか」

「あれは別に、サボって寝ていたわけじゃ……昼食後の仮眠は、午後の仕事の処理効率を向上させるから……」

「だから、いくら処理効率を上げようと、肝心の仕事がなければ無駄だと言っているね。いいからその効率の上がった頭で、さっさとその因業《いんごう》深いリストを仕上げるね。それが終わったら、今度は体のトレーニングもさせてやるね。次は駅前でこの事務所のチラシ配り——」

そこでフーリンはソファから立ち上がり、探偵のデスクにあった事務所のチラシを手に取る。そのとき紙面に並ぶ不自然な文字列に気付いた。

「助手《アシスタント》募集？　気を付けろウエオロ。このチラシ、入稿か印刷にミスがあるよ」

「ああそれか。いややっぱり、探偵たるもの助手の一人や二人は欲しいと思ってな。ほら、ちょうど今みたいなときに――」

フーリンは卵形に口を開けた。

「お――まえ、一億の負債がある身の分際で、本気で従業員雇う気か？　借入金一億といっても、その一億の現金《キャッシュ》はすでに湯水のごとく消えているんだぞ！　来月の利払いも危ういのにどうやって給料を支払う!?」

「給料……？　ああ給料か。給料はほら、やる気と根気さえあれば青天井に稼げる、完全歩合制に……」

「完全歩合制!!」

冷静になろうと口に含んだビールを逆に吹きこぼした。ブラック企業の謳《うた》い文句《もんく》か。中国黒社会《ブラック・チャイナ》出身の自分にブラックと言わすとは、この男の悪辣《あくらつ》ぶりもなかなか侮《あなど》れない。

「事務職で完全歩合制はいろいろ法律上問題ありそうだから、せめて最低賃金くらいは保証しとくね。お前が労基に目をつけられると私も動きづらくなるね。もっともこんな劣悪な雇用条件、応募してくる物好きがいるとはとても思えないが……」

するとそのときだった。カランと事務所のドアベルが鳴った。フーリンが振り向くと、半開きのドアの隙間《すきま》から、黒髪の若い女がおそるおそる中を覗《のぞ》いている。

手には、Ａ４のプリントを一枚持っていた。

「あ、あの……。このチラシを見て、来たんですが……」

「正気か」

思わず白目を剝《む》く。探偵は「してやったり」といった感じの顔をフーリンに向けると、意気揚々とデスクから立ち上がった。足取りも軽やかに、諸手《もろて》を広げて女性を出迎える。

「やあやあ――ようこそお嬢さん！　もちろんやる気と根気さえあれば、老若男女は問いませんよ！　勤務時間や曜日は応相談、何なら週一からでも――」

「え？　あ、あの、こちらって探偵事務所、ですよね……？」

若い女は困惑気味に、差し出された手を握り返す。

「仕事の依頼に、来たのですが……」

――普通に客、だった。

＊

女は渡良瀬莉世《わたらせりぜ》と名乗った。

見た目は二十歳《はたち》前後といったところか。前髪を眉上で切り揃えた長い黒髪に、土壁めいたベージュ色のコート。化粧も控え目で、装飾品と言えば耳たぶに申し訳程度につけた花びらピアスだけだった。年頃の娘の割にはやや地味か。

探偵は応接用のスペースに依頼人を招くと、自分で茶と茶菓子を出して応対した。フーリンはどことなく探偵からお茶出しを乞《こ》う視線を感じたが、窓際で立ったままビールを呷《あお》り黙殺する。なぜ金を貸した上に、秘書の真似事《まねごと》までさせられねばならない。

依頼人は出された茶を、恐縮した様子で手に取った。それからじっと、観察するような眼差《まなざ》しを探偵とフーリンに交互に送る。

「……何でしょうか？」

探偵が訊《き》くと、彼女ははっと頰《ほお》を赤らめてうつむいた。

「す、すみません……。お二人がどちらも、大変お綺麗なので……。正直言って私、最初はモデル事務所と間違えたのかと思いました」

──自分たちの容姿については、まあ概《おおむ》ね依頼人の評する通りである。

この中身はろくでもない探偵も、見た目は碧眼白皙《へきがんはくせき》の美青年だ。人形めいた端正な顔立ちに、男に与えるには過分なまでの玉肌香膩《ぎょくきこうじ》。加えて瞳《ひとみ》は右は翡翠《ひすい》、左はターコイズブルーの虹彩異色眼《オッドアイ》と、実に道化じみた傾き具合で大層笑える。

それだけでも十分客寄せ熊猫《パンダ》として機能しように、何の風狂かこの探偵はさらにその頭髪を青色に染め、手には白手袋、身には正月の紅包《ホンパオ》（祝儀袋）のごとき赤い上衣を常時着用していた。慶事《けいじ》には何かと赤色を好む中国人の色彩感覚からは、ただただ福々しさしか感じない。

かくいうフーリン自身も、他人から「容色婉《ようしょくえん》なり」と称賛を受けるだけの容姿の魅力は備えていた。ただ背丈と乳房は若干サイズを増し過ぎか。また天与の素質に甘えて手入れを怠《おこた》り、最近は脂肪があちこちについてきたという反省もある。

「それで、依頼の内容とは？」

探偵がさらりと話を切り替えた。渡良瀬はごくりと口の中のものを飲むと、手元の茶碗《ちゃわん》に目を落とす。

しばらく逡巡《しゅんじゅん》する様子を見せた。フーリンが何度かビールを口に運ぶくらいの間隔を置いてから、やがて思い切ったように顔を上げる。

そして震える声で告白した。

「あの、私――人を殺したかも、しれないんです」

＊＊＊

びうう、と窓の外で電線が風を切る。

……遺体処理の依頼か？

一瞬そう思ってしまったのは、まだまだ自分に法令順守の意識が足りないせいだろう。表通りに看板を掲《かか》げる合法の探偵事務所への依頼で、冷静に考えなくともそれはない。

探偵が正しい解釈と返答例を示す。

「それはつまり……こういうことですか？　何かあなたに嫌疑がかかるような殺人事件があって、でもあなたには罪を犯した自覚がない。それで、自分が本当に人を殺してしまったかどうかを、僕に推理してほしい、と」

「はい……そういう依頼です」

「それは現在、あなたの身に起きていることですか？」

「いいえ……昔の話です。もう十年以上経《た》つでしょうか……」

渡良瀬が遠い目をして、外の電線を眺める。

「もちろん警察の調査は終わっていますし、仮に真相がどうであろうと、当時幼《おさな》かった私が殺人罪に問われることはありません。ただ……」

目をつむり、風音に耳を澄ますようにしばらく口をつぐむ。

「あのとき、本当にそこで何が起きたかを、私は知っておきたいんです」

過去の話か。冤罪《えんざい》を晴らすなら弁護士では、などとも思ったが、そういう事情であればここに話を持ち込んだのも納得がいく。

——にしても面妖《めんよう》な依頼だ。そんな益にも害にもならぬ大昔の真相を掘り起こして、自己満足以外の何を得る。

依頼人は胸の前でぎゅっと拳《こぶし》を握ると、不安げに探偵を見た。

「やっぱり、難しいでしょうか？」

「いえ……事件の詳細を伺わないことには何とも言えませんが、百年前の事件の調査を依頼されたこともあります。ようは当時の資料や関係者の記憶がどれだけ残っているかです」

「関係者は……もう私しかいないんです。証拠はたぶん、警察の捜査資料があると思いますが……」

「あなたの記憶はどのくらい残ってますか？」

「場面場面なら、かなり克明《こくめい》に思い出せます」

依頼人はすがるような目で訴える。

「映像記憶……と言うんでしょうか。記憶がとびとびの映像みたいに残ってるんです。それに事件後につけ始めた日記に、思い出したことはその都度《つど》細かく書き留めてあります。

ただ一番肝心な部分が、すっかり抜け落ちてしまっていて……。お医者さんは、事件のショックの影響だと言うんですが……」

「あなたが人を殺したか否か——という部分ですね？」

「はい」

「しかしなぜ、十年以上も経った今頃……？」

「それは単純に、お金の問題と言いますか……。私が働けるようになり、探偵事務所に依頼できるくらいのお金が貯まったのが、つい最近のことで——」

　そこで依頼人ははっとしたように、鞄を開けて中から封筒を取り出す。

「ところであの、これってもう相談料は発生してますか？　実はこれでほとんど貯金全額なんです。もし足りなければ、残りは分割で——」

「ああ——いえ。話を聞くだけなら無料です」

　探偵は手で封筒を押し戻す。

「ひとまず、あなたの事件の記憶を伺いましょう。その上で依頼をお引き受けできるかどうかをお答えします。お金の話はそれからで結構です」

「ありがとう……ございます。すみません、あまりお金持ちのお客じゃなくて……」

そう言わなくてもいいことを言い、律儀に頭を下げる。ずいぶんと腰の低い客だった。

開いた鞄の口からは、不用心にも彼女名義の銀行通帳が見えた。本当に貯金をはたいてきたのだろう。そうまでして過ぎた事件の真相が知りたいものか――と、フーリンにはやや依頼人の心情が摑《つか》みにくいところはあるものの、まあ依頼は依頼、金は金だ。この事務所の逼迫《ひっぱく》した台所事情を考えれば、今は一円の実入《みい》りでも有難い。

依頼人は封筒を大事そうに鞄にしまうと、少しうつむき、気持ちを落ち着かせるようにしきりに掌《てのひら》を親指で揉《も》んだ。垂れた黒髪が簾《すだれ》のように横顔を隠す。

やがて彼女は顔を上げると、翳《かげ》りのある表情で語り出した。

「では――お話しします。あれはまだ、私が小学生の頃です。その頃の私は、と、とある、い、いか、田舎の山里で暮らしていました――」

＊＊＊

――一番記憶に鮮明なのは、水車だった。

鉄製の、中に入って遊べそうなくらい大きな水車。村に流れる川の水で、くるくると毎日飽きもせずに回っている。晴れが続く日はゆっくりと。雨が降ったあとはがらがら豪快に。

いったいこの玩具《おもちゃ》は、誰が何のために作ったんだろう。

そう不思議に思って隣の少年に訊《たず》ねると、彼は笑って言った。

「これはね、莉世《リゼ》——仕事をしてるんだよ」

「仕事？」

「そうだ。小麦を挽《ひ》いたり、米をついたり、発電したり——」

「発電？」

「電気を作るってこと」

そのあとの説明は難しくてリゼにはよくわからなかった。この年上の高校生くらいの少年は、彼女の知らない言葉をよく使う。

とにかくこの水車を回すと、どこかに電気が蓄《た》まる仕組みらしい。でも——やっぱり不思議だ。どうして電気なんて作るんだろう。この村にはテレビも電灯も電子レンジもないのに。

「冷蔵庫があるんだよ。この村はほとんど風が吹かない盆地にあるから、熱く湿《しめ》った空気が溜まりやすい。特に今の夏の季節は、家畜の肉なんか数日で腐ってしまう。干し肉や塩漬け肉もよく失敗するし、だから冷蔵庫くらいはさすがに必要なんだ。リゼは食料庫に入ったことがないから、まだ見てないかもしれないけど——」

冷蔵庫なんてあったの。リゼはそのことにまず驚く。そういう便利なものは全部禁止されていると思っていた。

「なら……アイスは作れる？」

「アイスか。豚や鶏《にわとり》の世話は僕たちのグループの仕事だから、卵くらいは手に入るかな。しかし肝心のミルクと砂糖はどうするか……」

食料庫の鍵と食べ物はとても厳しく管理されている。きっと少年でも、勝手に持ち出すことはできないのだろう。けれどリゼには、少年がこうして真剣に考えてくれることが嬉《うれ》しかった。この村で自分の我《わ》が儘《まま》を聞いてくれるのは彼だけだ。

そこで誰かが呼ぶ声がした。丘のほうの家畜小屋近くで、大人たちがこちらに向かって手を振っていた。それを見た少年は、そろそろ行こうか、とリゼに手を差し出す。彼女はしぶしぶその手を取り、回転する水車を名残《なごり》惜しそうに一瞥《いちべつ》した。

——この村では、皆ほとんど遊んでいる暇はない。休み時間は昼休みの一時間と就寝前の二時間だけで、それ以外はいつも何かしら仕事が与えられている。休日も週に一回しかない。

子供も大人も関係なかった。といっても、村で子供は少年と少女の二人だけだが、とにかく——「働かざる者食うべからず」。それがここ、新宗教団体「血の贖い《アポリュトローシス》」の村の掟《おきて》である——。

＊＊＊

「……新宗教団体？」

フーリンは片眉《かたまゆ》を上げた。話がややキナ臭くなった。

依頼人はどこか後ろめたそうに目を伏せる。

「はい。ご存知ありませんか？　昔ある事件を起こして、新聞にも載った——」

ああ、と探偵が頷《うなず》いた。

「『アポリュトローシス』といったら、あの——しかし渡良瀬さん。あの事件の生存者は、確か……」

「はい。私がその、小学生だった少女です」

「やはりそうですか。とすると、今話に出てきた高校生くらいの少年は、その事件で……」

「はい。お察しの通りです」

……何だか二人だけで会話が進んでいる。どうせ事件の謎を解くのは探偵だから関係ないが、こう話の蚊帳《かや》の外に置かれるのも気分が悪い。

「――ウエオロ。それは危険思想を持ったカルトか何かか？」

「危険といえば危険だが、暴力的なカルト集団というわけじゃない。性質はむしろ穏《おだ》やかだ。アーミッシュと神道を融合させたというか……」

「アーミッシュ？」

「アーミッシュとは、昔の『自給自足の暮らし』を守ろうとするキリスト教のプロテスタントの一派のことだ」

探偵が水を得たりと、使う機会が著《いちじる》しく少ない雑学知識をひけらかす。

「電気や工業製品を極力使わず、移民当時の生活様式を固守する。現在もアメリカのペンシルバニア州やカナダのオンタリオ州などに多くの信者がいる。まあ最近こそ、スマホを使うアーミッシュも現れたというが……」

ロハスの究極形みたいなものか、とフーリンは一人納得する。水車で発電するとかテレビがないとか、いったいどこの発展途上国の話かと思ったが、社会インフラではなく思想の問題だったようだ。

「もちろんアーミッシュ自体は危険でも何でもない、ごく健全な思想の集団だ……むしろその生き方には現代社会が見習うべき点も多い。

この事件を起こした教団『アポリュトローシス』は、そのアーミッシュの『現代技術の恩恵《おんけい》を受けない』という表面的な部分だけを真似たにすぎない。神道はもちろん日本の神道。一神教のキリスト教と多神教の神道を融合させるとはなかなか剛腕だが、つまりこの教団はそういった教義の寄せ集め《パッチワーク》宗教団体だということだ。歴史の浅い個人創始の新宗教ではよくある話だな」

要するに適当な教義の教団ということか。とりあえず、最終的に神を何柱にしたのかが気になる。

「……知道了《チイダオラ》(了解)。話の腰を折ってすまないね。どうぞ続きを」

依頼人は頷き、再び話し始めた。

＊＊＊

彼女がこの村に来たのは、小学校入学直後の頃である。

ある日突然母親に「引っ越しするから」と告げられ、ついて来たらこの場所だった。しばらくは毎日泣いて暮らしたことを覚えている。そんな彼女を優しく慰めてくれたのが、さきほどの男子——堂仁《ドウニ》だった。

彼は当時高校生くらい。彼女と同じく母親がシングルマザーで、母親の身勝手で連れて来られたのも一緒だった。

ただ彼の場合、彼女とは少し事情が違ったかもしれない。

「包丁を持った母親に泣きつかれてね……。ここで一緒に死ぬか、新しく人生やり直そうって。まあ逃げようと思えば逃げられたんだけど、どうにも見放せなくて……」

そんな話を耳にした記憶がある。もちろん当時の彼女にその話の重さがわかるはずもないが、けれどそう語る少年を、幼いなりに「大人だ」と強く感じた。

ただ、ここで人生をやり直せるというのは本当だった。

この村では信者の過去は消された。お互いにわかるのは教祖にもらった「聖名」だけで、誰かの素性を探ることは戒律で厳格に禁止されていた。今思えば、きっと脛に傷を持つ人間が多かったのだろう。ある意味犯罪者の更生施設みたいな存在だったのかもしれない。

自分の母親がどんな傷を負っていたかは、今もわからない。

そんな雨雲みたいに重たい空気の村で、一人ドウニだけが太陽みたいに明るく優しかった。

それにとても頭が良かった。たとえば村の水車が壊れたときも、少年が一人で一から設計し直して、もっと頑丈なものに作り替えてしまった。魔女のローブみたいな教団服は大人と子供で色が違うが、大人用の赤い教団服を着た信者たちに交じり、一人子供用の白服で議論を交わす彼の姿は、颯爽《さっそう》としてとても格好良かった。まるで出来が悪くて失敗続きの火の悪魔たちを、白い天使がこんこんと説教しているみたいだ。

　子供心にも、彼みたいな男の子がこの村にいることが不思議だった。いつか彼はこの村を出ていくんだろうな——そんな漠然とした予感は、最初からあった。


　実際ドウニは、村からの脱出方法をいろいろ考えていた。

　この村はとても山奥にあって、まわりを高い崖《がけ》に囲まれている。村には唯一、「洞門」と呼ばれる出入り口の洞窟《どうくつ》が東側にあるが、そこは普段は大きな鉄の門で塞《ふさ》がれ、月に数回の「交易」の日以外はあまり開くことはない。

　しかも村の大人たちが言うには、この村を造るときに、崖の上に「センサー」まで張り巡らしたらしい。とにかく脱出はとても難しいらしく、ある日リゼがそのことをふと口にすると、少年はリゼに向かって力強く言った。

「確かにこの村は刑務所も同然だ、リゼ——崖の高さは低くて三十メートル以上、岩質が脆《もろ》いからロッククライミングもできない。村にはろくな材料もないから、梯子《はしご》や櫓《やぐら》も作れない。

唯一、麻縄のロープや網なら腐るほどあるけど、それを崖上まで張る手段がない。この前試しに弓を作って矢を飛ばしてみたけど、崖上まで届きもしなかった――」

この村は前に起きた火事のせいで、建物や柵《さく》などを燃えにくい石造りや金属製のものに作り替えてしまった。

そのせいで、大きな梯子を作れるだけの木材などがあまりないのだと言う。一応殺した家畜を弔《とむら》う『慰霊塔』や祠《ほこら》の『鳥居』などは木でできているが、あれらを切ったらさすがに大人たちが黙ってないし、それにどうせ慰霊塔は崖の半分の高さもない。鳥居も大人がやっとくぐれるくらいの大きさで、どちらも長さが全然足りない。

「それで鉤爪《かぎづめ》なども飛ばすことを考えると、手製の弓程度ではパワーがとても足りない。それに弓で崖上までロープを張る方法については、以前それを試そうとした信者がいて、教団側も念のため対策を講じているらしい。だから崖上周りの木や蔦《つた》はすべて伐採され、地面も矢が刺さらないよう石膏《せっこう》で固め済み――とまあ、ここはアルカトラズ連邦刑務所かよ、と思わず突っ込みたくなるような絶望的状況ではあるが」

その何とかいう刑務所のことはよくわからない。けれど少年が明るく楽しげに笑って言うので、リゼもつられて笑ってしまう。

「でも、脱出の方法は必ずどこかにある。たとえば――食料以上に管理が厳重だけど、村には発破漁用《はっぱりょう》のダイナマイトがいくつかある。それを使えば、弓よりもっと高く遠くに飛ばせる道具が作れるかもしれない。それにこれまで設計などでいろいろ大人たちに協力した努力が実《みの》って、そろそろ僕も幹部の一員にしてもらえそうなんだ。そうすれば『交易』の隊商に参加して村の外にも出られるし、教祖と幹部しか知らないセンサーの位置情報も手に入る。チャンスは広がるばかりだ。

あと残る問題は母親だけど、もし最後まで説得に応じないなら、そのときはさすがにもう諦める――」

そう語る少年の目は、けれど自信と希望に満ちていた。それを見てリゼは、彼ならきっと成功するだろうと思った。なぜなら彼は何でもできてしまうから。そしてそう思うと同時に、一つの不安が彼女の胸に押し寄せる。

――私は？

「リ……リゼも、ドウニと一緒に逃げたい」

少年のその話を聞いたあと、リゼは思い切って口にしてみた。すると少年は驚いた顔を見せた。それからリゼの不安を察したように、リゼの髪をくしゃっと押し潰《つぶ》してくだけた笑顔を見せる。

「もちろん、リゼも一緒に連れて行くって。馬鹿だな。置いていくと思ったのか？」

その返事に彼女はすぐさま顔を伏せた。口元がにやけ、胸がお湯を当てたみたいに温かくなる。……よかった。脱出できることより何よりも、少年が自分を普通に連れて行くつもりだったことが、彼女には何倍も嬉しかった。

——とは言うものの、彼女は今の暮らしにそれほど不満があるわけではなかった。

確かに不便な村である。まわりを高い崖に囲まれた山奥の秘境で、出入り口はみんなが「洞門」と呼ぶ東の洞窟のみ。

遊ぶ時間も道具もあまりなく、見えるものといえば自然ばかり。朝日が綺麗に見える西の崖の祠、その横に流れ落ちる滝、そこから真《ま》っ直《す》ぐ東へ流れる川。あとは水車小屋の回転する水車と、たまに青々と茂《しげ》る畑が少し綺麗だなと思う程度だ。

他には信者が寝泊まりする宿舎、家畜小屋、教祖の居室兼食料庫の建物、信者が祈ったり修行したりする「拝殿」などがあるが、どれものっぺりとした石造りの建物で、見ていて面白いものではない。また気候も冬は寒く夏は蒸し暑く、風もろくに吹かないじめじめした空気は食べ物ばかりか気分も腐らす。

だけど十分、生活はできた。

村には教祖と信者あわせて三十三人（うち白服の子供はドウニとリゼの二人のみ）いたが、食べ物には困らなかった。川と畑があり、また家畜に豚と鶏がいた。それでも足りない分は、月に数回の「交易」で幹部の人たちが外から買ってきた。村の作物などの売り物を積んだ荷車が、その何倍もの商品を載せて戻ってくるのがリゼには魔法みたいで不思議だったが、きっと誰か商売上手な人がいたのだろう。

もちろん嫌だなと思うことはある。村の大人たちは皆無口でどこか暗いし、日曜と特別な祝日以外は毎日仕事。お菓子もめったに食べられない。特に食べ物の管理は厳しくて、食料庫はなんと教祖の部屋の奥にあり、その鍵は教祖がいつも肌身離さず持っていた。前に教祖の部屋が別の場所にあった頃、信者の一人が食料庫に盗みに入った事件があり、それから教祖は用心深くなったのだという。

信者が食料庫から食料を出すときは、必ず教祖が立ち会って量と中身をチェックしていた。ちょっとケチだなと思うけどとても口には出せない。

それでも毎日同じ時間にご飯を食べられるのは有り難かったし、静かだけど大勢の食卓も楽しかった。仕事も慣れれば簡単だった。それにアパートの部屋で一人で放《ほ》っとかれるよりはずっと良い。

そして何より、ドウニがいた。

＊

一人で豚小屋を掃除していたときのことである。

不注意で豚を一匹、小屋の外に逃がしてしまった。するとたまたま外を通りかかったドウニが、丘の上でそれを捕まえてくれた。そこまでは良かったものの、ついでに自分の悪だくみもばれてしまった。

「ところでリゼ——こいつの番号札がないけど、どうした？」

村で飼う豚には、名前代わりに一から順に番号が付けられている。その番号札は普通は首輪の名札ケースに入っているのだが、この豚のは空だったのだ。

リゼはおずおずと、持っていた四角いプレートを無言で少年に差し出した。そこにはデジタル時計みたいな角ばった数字で、シンプルに「12」とだけ書かれていた。

「ん？　なぜ十二番のプレートを……」

少年は受け取ったプレートを横に持ち替えると、それとリゼの顔を交互に見比べる。リゼは黙ったままうつむいた。

「ははあ……。もしかしてリゼ、豚の番号を入れ替えようとしたか？　次に食べられるのがこの『十二番』だから……」

リゼはしょんぼりと頷く。もともと豚の番号にあまり意味はないのだが、なぜだか習慣でその順番に食べる決まりになっていた。次に食べる予定の十二番がリゼは好きだったので、少しでも順番を先延ばししようと他の豚と番号を入れ替えようとしたところ、逃げられてしまった。

「この十二番……リゼのお気に入りなのか？」

リゼはまたこくりと頷く。ふうん、と少年は呟《つぶや》くと、それ以上特に質問もせずにそのままプレートをリゼに返した。

「まあそれでリゼの気が済むなら、入れ替えくらい見逃してあげるけど……。でもいったい、何が違うんだろうなあ。僕には全部同じ豚にしか見えないが……」

それまでずっと仏頂面《ぶっちょうづら》で押し黙っていたリゼは、そこで初めて笑顔を見せた。――相手が少年で良かった。「戒律」にうるさい他の大人たちならきっと許してくれなかっただろうし、さらに母親なら自分をぶったただろう。

逃げた豚は、台車を使って二人で豚小屋まで戻した。台車を使ったのは、豚が引こうが押そうがまったく動かなかったからだ。

それなりに十二番には愛情を注いでたつもりのリゼは、相手が全然自分に懐《なつ》いていないと知ってショックだった。けれどドウニが言うには豚は「臆病《おくびょう》な動物」で、ちょっとでも環境が変わると石みたいに動かなくなってしまうらしい。リゼの愛情は絶対通じてるさ――と少年は慰めてくれたけれど、自分を警戒するように睨《にら》みながら餌箱《えさばこ》に鼻を突っこむ元十二番を見ていると、どうもそう素直に信じる気持ちになれない。

でもまあ、いいか――とリゼは思う。自分の愛情に応えてくれる相手なら、少なくともここにいる一人と――あともう一匹、すでにいるのだから。

＊

信者が「拝日の祠《はいじつ》」と呼ぶ場所が、滝の近くにあった。

西の崖の真ん中くらいの高さにある自然の洞穴《ほらあな》で、崖沿いの石段を登って辿り着く。中には「神棚」――神様の霊が宿る御神体を納めた、扉付きの奥の岩穴――や、赤い布を掛けた立派な「祭壇」、そしてその祭壇前に、大人がようやくくぐれるくらいの高さの小型の「鳥居」などがある。

この祠はとても神聖な場所のため、普段は立ち入り禁止になっていた。ただ一人――毎日祭壇の花や供物《くもつ》を取り換える、「巫女《みこ》」を除いては。

その「巫女」をまかされていたのが彼女、リゼだった。

例の豚が逃げた日の、翌朝。

いつものように彼女が「拝日の祠」で朝のお勤めをしていると、入り口で人の気配がした。はっと振り向くが、朝日で逆光になっていて誰が誰だかわからない。

「――誰？」

するとと人影が笑い声を立てた。その声でドウニだとわかった。

「どうしたのドウニ？　勝手にここに来ちゃだめだよ、怒られるよ」

「大丈夫。リゼに祭壇の修理を頼まれたと言えばいい。それよりリゼ、君も悪いやつだな。そんなのを隠れて飼って――」

影が動く。どうやらリゼの足元を指差しているらしい。リゼはつられて下を向くが、地面は暗くてよく見えなかった。しばらく目を凝らして、彼女はようやくちょこまかと動く小さな物体に気付く。

「――あ！」

彼女は慌てて身を丸め、地面の「それ」を拾い上げる。すると彼女の腕からくるんと丸まった尻尾がはみ出した。

可愛《かわい》らしい――仔豚《こぶた》。

見つかってしまった。実は少し前に「十一番」の豚が子を産み、その一匹を隠れてここで飼っていたのだ。

ちなみにその「十一番」はまもなく病死し、残った仔豚たちも育たず死んでしまった。仔豚の餌はリゼの配給分の脱脂粉乳《だっしふんにゅう》をこっそり分け与えていたが、そのせいか発育はあまり良くなかった。けれど、とにかく元気に育っている。

「……黙ってて。お願いだから誰にも言わないで」

「言わないよ」

「お母さんには特に、絶対に」

「だから言わないって」

病死した「十一番」とその子以外、豚は皆例外なく順番に食べられている。だから健康に育ったこの仔豚が見つかれば、いずれ同じように番号を付けられて食べられてしまうだろう。ドウニを除けば、今はこの仔豚がリゼの唯一の心の友だ。友達を食べるようなことだけは絶対にしたくない。

「ただリゼ。このままだと、そのうちに見つかってしまうよ。もうすぐこの祠で、次の豚を食べるための『御神供《ごじんぐ》の儀』が行われるから……」

リゼの村では、家畜は殺してもすぐに食べない。一度その肉を「御神供」としてこの祠で神様に捧《ささ》げ、その魂を「浄化」してから食べる決まりだ。

その儀式がそろそろ近づいていたのだ。けれど、だからといって宿舎には持って行けないし、狭い村ではどこに隠そうとすぐに誰かが見つけてしまう。

二人は悩んだ結果、やはり祠の中に隠すことにした。祭壇の下に「隠し場所」を作り、儀式の間はそこに入れておくのだ。もちろんそれも少年のアイディアだった。リゼはすぐに気付かれそうで心配だったが、少年が言うには「灯台もと暗し」で大丈夫だそうだ。

祭壇は二段式で、艶《つや》のある綺麗な赤い布ですっぽり覆《おお》われていた。

高さはちょうどリゼの背丈と同じくらい。上段には立派な日本刀と鞘《さや》、それと黒い布で覆った鏡が飾られ、下段には花瓶《かびん》や御膳《ごぜん》などが置かれている。リゼが毎朝取り換えるのはこの下段の中身だ。

刀は「御神供の儀」で、家畜の肉を切り分けるのに使う。鏡は飾ってあるだけだが、この鏡は縦に回転するタイプで前後のバランスがとても悪いので、ちょっとした振動でもすぐに倒れる。リゼは花瓶の水を代えるときよくこの鏡を倒し、そのたびに割れてないかドキドキした。

この祭壇を動かすのは大変だと思ったけれど、飾りをどかしてみたら、本体はびっくりするほど軽かった。

「この祭壇、実は中身は発泡《はっぽう》スチロール製でね……。材料がないから間に合わせで作ったんだ。さすがに食品の使い回しの箱はまずいかなと思ったけど、教祖様が洗えば構わないって言ったから……」

これも少年の手作りらしかった。おかげで祭壇は楽に動かせたけれど、こんなので神様は怒らないかな、とリゼは少し心配になる。

それから祭壇の下に穴を掘り、そこに仔豚が隠せることを確認した。仔豚は暗いところに入ると大人しくなるようで、鳴き声や振動とかは特に気にならなかった。

最後に祭壇を元に戻したが、そのときリゼは鏡に布を掛け忘れ、ドウニに注意された。布を掛ける理由はよくわからないが、とにかくそうする決まりになっているらしい。けれど黒い布を掛けた鏡は何だか不気味で、あの布がピンクならいいのに、とリゼは鏡を見るたびいつも思ってしまう。

＊

こうして朝の勤めと祭壇の隠し穴作りを終え、祠を出た。

祠の出口に立つと、正面に大きなダイヤモンドみたいな朝日が見えた。西の崖にある「拝日の祠」は、その名の通りこの村で一番早く太陽が拝める場所だ。

リゼはここからの眺めはそこそこ気に入っていた。村全体が見渡せて、鳥みたいな気分になれるからだ。

【8ページ「村の概略図」参照】

まず、祠のすぐ左手。大きな滝と滝壺《たきつぼ》があった。

滝でできた川は滝壺から真っ直ぐ東に向かって流れ、最後は「洞門」の中に消えていく。朝日は洞門の真上に出ていたので、祠から見ると、まるで川が朝日に向かって伸びているみたいだった。ちなみに洞門の所で川は柵で塞がれていて、川を潜っての脱出も難しいらしい。


そしてこの祠の手前、川の一番上流には、例の水車と水車小屋があった。

水車小屋が建つのはここから見て川の左岸だ。そのもっと左は小高い丘になっていて、その途中に家畜小屋や家畜処理台も見えた。東西南北で言えば、川の上流の北側にまず水車小屋があって、家畜小屋はそのさらに北だ。

この水車小屋から家畜小屋まではゆるい上り坂になっていて、二つは一本道でつながっていた。川の水を家畜小屋まで運ぶとき、リゼはいつもこの道を使う。リゼにはこの水運びが一番の重労働だ。


その水車小屋から川を少し下ると橋があり、その橋近くに食べた家畜を弔うという「慰霊塔」が立っている。

そこからまたさらに川の下流には、ぽっかり大きく空いた黒い穴が見えた。川沿いの「ゴミ捨て場」だ。これも左岸、つまり川の北側にあり、昔はただの井戸だったらしいが、何かの拍子で水が涸《か》れ、穴も大きくなってしまったという。

大人の信者の中には、それを「地獄に続く穴」だと言ってリゼを脅《おど》かす人もいた。けれどドウニが言うには、それは「シンクホール」といって自然にできた穴らしい。ただ、どちらにしろ穴が深くて怖いことには変わりないので、リゼはなるべく近づかないようにしている。


その穴からさらに下流が、リゼたちのいつもの生活場所だった。

川の右岸に宿舎や拝殿、左岸に教祖の居室兼食料庫などの建物がある。それ以外はほとんど畑だ。

今は夏だから、緑いっぱいの畑がとても綺麗だ。けれど冬になると、村の景色は大変寂しい。もちろん雪が降ればお伽《とぎ》の国みたいになるけれど、そのときは寒くて仕事も辛《つら》いので、とても風景を楽しむどころではない。

＊

リゼがぼうっと景色を眺めていると、少年が訊いてきた。

「――何を見ているんだい、リゼ？」

リゼは少し考えたあと、すっと水車の向こうにある慰霊塔を指差す。

「慰霊塔？」

「うん――あの子たちは、まだ蘇《よみがえ》らないの？」

少年はぎょっとした顔を見せた。

「あの子たちって、食べた家畜のことか？　家畜は蘇らないよ」

リゼはえっと驚く。

「どうして？　『御神供の儀』で、あの子たちの魂は『浄化』されたんでしょう？　そしたらあとで『蘇る』って、教祖様が――」

「教祖様はリゼにそう説明したのか。ええと……」

少年が困ったような顔で頭を掻《か》く。

「あのな、リゼ。一応ここの教義をちゃんと説明すると、浄化された魂の全部が全部、蘇るわけじゃない。蘇るのは『聖人』になれた人だけだ」

「『せいじん』って？」

「『奇蹟』を起こした人たちのこと。ほら、昨晩の教祖様の説教にもあっただろう。触っただけで病気を治した『癒《いや》しの手』や、首を斬《き》られたまま町まで行進した『首無し聖人』の話……」

聖人……だけ？

その話にリゼはひどく衝撃を受けた。思いきり騙《だま》された気分だった。リゼは以前、最初に世話した豚が食べられたとき、悲しくて何日も泣き続けたことがある。そのとき教祖に「浄化された魂はあとで蘇る」と教えられて、ようやく泣き止めたのだ。

それが全部、嘘《うそ》だったなんて——。

じわっと涙を浮かべる彼女に、少年は慌《あわ》てて言葉を付け足す。

「で……でも、大丈夫だリゼ。『蘇り』はなくても、『浄化』された魂は必ず『天国』に行けるから。それは本当だから」

「……『天国』？」

「そう、天国」

「天国って、いいところ？」

「ああ。とてもいいところだ」

「ここよりも？」

「ここよりも」

「なら、リゼも早くそこに行きたい」

「リゼはまだ駄目だ。リゼにはまだ早い」

少年は最後の台詞《せりふ》を慌ただしく口にすると、会話を切り上げるようにリゼから離れた。まったく、リゼは寂しがり屋だからな、気を付けないと……ぶつぶつとそう呟くのが聞こえる。

リゼは涙をぬぐうと、少年に続いて祠の石段を降り始めた。

教祖の話は、きっと自分がどこかで勘違いしてしまったのだろう。もう食べた豚は蘇らないというのはショックだが、「いいところ」に行けたならそれは喜ぶべきだ。

けれどそれを知ってしまうと、リゼはますますこれから豚を食べるのが辛くなった。

いずれあの元十二番ともお別れしないといけないと思うと、とても寂しい。

リゼは石段の途中で立ち止まると、祠のほうを振り返った。

「……ねえドウニ。脱出するときは、あの子も一緒に連れてってていい？」

少年は再びぼりぼりと頭を掻く。

「あの子って、さっきの仔豚か。わかった、あいつも脱出メンバーに入れておくよ。念のためあとでサイズと重さを測らせてくれ――」

＊

そのときだった。

　足の下に、激しい揺れを感じた。あっと思ったときにはもう、足がつるりと石段を滑《すべ》っていた。リゼの体は石段の外側に放り出され、そのままマネキンのように地面に向かって転落する。

「リゼ――！」

　地震だった。もちろんそんな理由を知る間もなく、リゼは足から地面に衝突した。経験したことのない衝撃が頭を突き抜け、リゼは一瞬気を失う。

　次に気付いたときには、ドウニの顔が間近にあった。

「リゼ！　リゼ！　大丈夫か!?　頼むから返事してくれ――！」

　大丈夫、と言おうとして彼女は口が上手《うま》く動かないことに気付いた。首を持ち上げて体の下のほうを見ると、自分の右足が変な方向を向いている。不思議と痛みはなかった。

　ただ、それよりも――。

　彼女はドウニの肩越しに見えた光景に、息を飲んだ。

「ドウニ！　ドウニ！」

「ああ良かった！　意識はあるな！　無理に動くなリゼ、今怪我《けが》の具合を確かめる――」

「見て！　ドウニ、早く後ろを見て！」

彼女は回らない舌で、必死に叫んで指を差す。

「滝が……！」

ドウニがようやく後ろを振り返る。

そこでは。

さっきまで勢い良く落ちていた滝が、今は蛇口を閉めたように跡形もなく消失していた。

＊＊＊

「滝が……涸れた？」

フーリンの合いの手に、渡良瀬は瞼《まぶた》を閉じて応じる。

「はい。どうもその地震の影響で、上流の地形が変わったみたいで……」

話が辛い部分に近づいてきたのだろう。まるで墓前《ぼぜん》で話すように声が暗かった。

「急に滝が途絶えて、もちろん水車も止まりました。川は村の唯一の水道みたいなものだったので、飲み水も確保できなくなり……。けれど、山には沢がありました。村から少し歩きますが、そこで水を汲《く》むことくらいはできます。ただ……」

「ただ？」

依頼人は口《くち》の端《はし》を吊り上げ、醒《さ》めた笑みを浮かべる。

「教祖がこれを、予兆と判断してしまいました」

＊＊＊

悲劇はそれから始まった。

まず教祖は、例の発破漁用のダイナマイトを全部使って「洞門」を爆破し、村のたった一つの出入り口を塞いでしまった。また地震で「宿舎」が崩れたので、信者は以後「拝殿」で寝泊まりするよう命じられる。食事も夜に一回だけになった。

「まずい。まずいぞ……」

一日で変わってしまった村の様子に、ドウニがしきりにそう呟いていたことを思い出す。

「最悪だ。早く手を打たないと。何かないか。何か……」

骨折したリゼの足は、その日のうちに少年が「ギプス」と「松葉杖《まつばづえ》」を作って手当てしてくれた。どっちも壊れやすいから注意して、と言われたが、実際ギプスは転んだだけで一度壊れてしまった。すぐに少年が作り直してくれたが、それ以来リゼはあまり動き回ることを止《や》め、他の信者たちと同じく拝殿に大人しく籠《こ》もるようになった。

滝が涸れて何日目かの夜、急に「最後の晩餐《ばんさん》」というものが開かれた。

村の全員が集まって、その晩遅くまでどんちゃん騒ぎ。外ではありったけの薪《まき》でキャンプファイヤーが焚《た》かれ、食事も豪勢で、パンもお肉も食べ切れないほど出た。いつもはくじ引きで取り合う豚の足も、この日は全員が一人一本ずつもらえたほどだ。

格好も好きにしていいと言われたので、リゼは久し振りにおしゃれもした。といっても髪型を変える程度だが。母親が手伝ってくれなかったので、彼女は食事の始まる少し前に一人で祠に行き、ドウニに作ってもらった髪留めを使って自分で髪を結《ゆ》った。苦労したけど、何とか自分でも満足行く出来に仕上がった。

晩餐では、リゼはすっかりお姫様扱いだった。誰もが可愛い可愛いと褒《ほ》めてくれる。けれどただ一人、自分の母親だけが、暗い目でこちらを見るばかりで何も言ってくれなかった。リゼにはそれが残念だった。

ちなみに「最後の晩餐」で料理された豚たちの「御神供の儀」は、リゼの知らないうちに終わっていた。仔豚はドウニが隠してくれたらしい。ただ、この晩餐で元「十二番」が食べられたかどうかについては、少年ははっきりと口にしなかった。もちろん家畜小屋に行けばすぐわかることだったが、リゼは何だか怖くて確認に行けなかった。

滝が涸れてから毎日、少年は外で何かの作業をしていた。ずっと拝殿に籠もっていたリゼには、それが何かはよくわからなかった。ただきっと、「脱出」の準備をしてるんだろうな、とは思った。それでリゼは、拝殿で待つ間におそるおそる、自分の母親も脱出に誘ってみた。けれど無駄だった。石みたいに反応がないのだ。

実は滝が涸れる前から、リゼは何度も母親を脱出に誘っていた。母親が少年の脱出計画に多少興味を示した時期もあったが、ここしばらくは返事さえなく、滝が涸れてからは完全に無反応だった。普通に会話もできなかった。村に来る前にも一度、母親がこんな感じになったことがあるが、今はもっとひどい。母親のそんな姿を見てだんだん気持ちが暗くなるのが嫌で、リゼはそこから目を背《そむ》け、ひたすら少年のことだけを考え続けた。

＊

教祖の「禊入り《みそぎ》」があったのが滝が涸れて何日目か、リゼはよく覚えていない。三日目か四日目か。昼だったか夜だったか。ひたすら拝殿に籠もるだけの毎日で、時間の感覚があまりなくなっていた。ただ「最後の晩餐」には教祖も参加していたと思うので、たぶんそのあとだったに違いない。

はっきりと記憶に残っているのは、赤い「護摩火《ごまび》」――それと、教祖に付き添うドウニの白い教団服姿。

この「禊入り」とは、教祖が三日三晩「祈禱《きとう》の間」に籠もる「禊」に入るための儀式だ。「祈禱の間」は拝殿の広間の奥にあり、信者が修行や瞑想《めいそう》を行うときにも使う。

また儀式の間中、拝殿内には大きな「護摩火」が焚かれた。火にはさらにお香か何かの草が投げ込まれ、広間には常に煙と甘いような匂《にお》いも充満していた。そのせいかどうかはわからないが、この儀式もそれほどはっきり記憶に残っているわけではない。

ただ、彼女が覚えている限り、「禊入りの儀」は次のような順番で行われた。

まず、信者たちがいる「拝殿」の広間で、教祖は水を張った大きな盥《たらい》を使って「沐《もく》浴《よく》」する。

これは素《す》っ裸《ぱだか》で水を被る儀式で、普通は滝で行う。けれどこのときは滝が涸れていたので、代わりに盥を使った。水は食料庫から出してきた。

また教祖の裸を隠すため、「沐浴」は「護摩火」の陰で行われた。ただし教祖の着替えを手伝うのに、一人だけ付き添いの信者が教祖の側《そば》に残った。その役は白服の少年――ドウニが務めた。

そして沐浴が終わった教祖は再び服を着て、少年と共に「祈禱の間」に入る。

この「祈禱の間」の扉も護摩火の向こうにあり、リゼたち信者の目からは部屋の中はよく見えない。教祖と少年は寄り添って中に入り、すぐに少年だけ出てきた。中にいたのはたぶん一分もない。

それから少年が外から「祈禱の間」の鍵を閉め、広間に戻ってくる。「祈禱の間」に誰かが修行などで籠もる場合は、自分の意思で出て来られないよう外から鍵を閉めるのが普通だ。

儀式はそれで終了である。リゼの感想としては、とにかく護摩火が煙たかった、という印象しかない。この儀式の意味はリゼにはよくわからないが、ただ前に少年が「教祖の『禊』が始まったら、いよいよ危険信号だ」と言っていたので、それを思い出したら少し怖くなった。

リゼは戻ってきた少年に、これから何が起こるか訊こうとした。けれど彼は、そのまま広間を素通りして拝殿を出て行ってしまった。すれ違いざまに見えたフード下の少年の顔は、ぞっとするほど青かった。リゼは嫌な予感しかしなかったが、けれどその答えを知ってしまうともっと怖くなる気がして、そこで考えを止めた。

＊

そして三日経ち、教祖の「禊」が終わった。

再び拝殿に護摩火が焚かれ、リゼたちはその前に集まる。例の甘い匂いと白い煙が充満する中、幹部の一人が全員の人数を確認し、それからもう外に出ることを禁止するように、出口の扉にぺたぺたとお札《ふだ》を貼《は》った。

そしてその場の信者全員が正座で整列する。やがて白服の信者、つまりドウニだけが立ち上がり、一人「祈禱の間」の扉に向かった。そこの鍵を開けて部屋に入り、中から教祖を肩に担ぐようにして連れ出す。

ドウニは教祖を護摩火の前まで連れてきた。そこにあった座布団に教祖はドウニの手を借りて向こう向きに座り、それから少年だけが信者たちの側へ戻る。彼はリゼより後ろの列に座った。その後しばらく、誰も一言も喋《しゃべ》らない時間が続く。

それからようやく、教祖の低いお祈りの声があたりに響き始めた。

それに合わせ、まわりの大人たちも頭を下げて何かをぶつぶつ唱え出す。リゼも隣の母親から「下を向いて、目を閉じ、ずっとお祈りを唱えていなさい」と冷たく言われ、その通りにした。

するとやがて、前のほうから、「ずん！」とか「だん！」とか、何だか重たい音がし始めた。途端にあたりに鉄っぽい臭いが漂い出す。その音がだんだんと近づき、リゼのすぐ近くでも上がり始めると、彼女はだんだん堪え切れなくなってきた。そしてぴしゃんと何かの飛沫《しぶき》が自分の頬にかかったところで、彼女はつい反射的に顔を上げてしまい――。

そこで、斧《おの》で信者の首を斬《き》り回る教祖の姿を見た。

＊＊＊

けほっと、フーリンは煙を喉《のど》に詰まらせた。

「首を……斬り回る？　とうとう教祖の頭が壊れたか？」

「いや……。これはある種の『集団自殺』——でしょう？」

探偵の確認に、依頼人は「はい」と言葉少なに頷く。

「集団自殺？　なぜ滝が涸れたくらいで自殺するね？」

「これはあくまで僕が当時の新聞等から得た情報だが……どうも教祖の『終末予言』が関係したらしい」

「終末予言？」

「『世界が滅亡する日』の予言のことだ。キリスト教終末論では主に、イエスが再臨して人々を裁く『最後の審判の日《ドゥームズデイ》』の予言がこれにあたる」

探偵が懐《ふところ》に手を入れ、中から銀のロザリオを取り出し指で弄《いじ》り出す。

「神道には本来終末思想は無いが、明治以降に登場した神道系新宗教の中にはそうした教義を取り入れたところもある……。この教団にもその手の『終末予言』があって、その中に終末の前兆現象として『滝が涸れる』云々《うんぬん》の記述があったそうだ。そして予言通り滝が涸れ、教祖は泣く泣くその予言を実現せねばならなくなったというわけだ」

「だからといって自殺を？　何だか本末転倒ではないか？　それこそテロでも起こして世界に終末を――」

「暴力性が外に向くか内に向くかは教団の性質による。実際、狂信的な終末思想のカルト教団の中には、追い詰められて集団自殺の道を辿ったものも少なくない。ガイアナ共和国ジョーンズタウンの人民寺院、スイス、カナダの太陽寺院、アメリカ、カリフォルニア州サンディエゴのヘブンズ・ゲート――」

ロザリオをしまい、探偵はソファの肘掛《ひじか》けに凭《もた》れかかって手の甲に顎《あご》を置く。

「まあ首斬りでの集団自殺、というのは確かに珍しいがな。フーリンもたぶん先刻ご承知の通り、首というのはたとえ熟練の首斬り役人でも綺麗に斬り落とすのは難しい。中には完全に断ち切れなかった首も数多くあったろうが……しかしまあ、斧の一撃が致命傷なのは変わりない」

「しかし……なぜ首を斬るね？」

「それも確か、教義の影響だったと思うが――」

探偵が視線で問いかけると、渡良瀬は頷いて答えた。

「はい。聖者の死を真似たそうです。信者が『浄化』されて死後『天国』に行くには、過去のキリスト教の殉教者の死に方に倣《なら》う必要があったとか。聖人なら誰でも良かったらしいですが……」

「なるほど。なら普通は首斬りを選びますね。聖エラスムスの死に方を真似るには巻き上げ機で腸を引きずり出されなければならないし、聖イグナティオスなら野獣に噛《か》み殺されねばならない。聖エウスタキウスに至っては、ファラリスの雄牛で炙《あぶ》り焼きだ……」

キリスト教とはまったく無縁なフーリンだが、こういった聖者の殉教エピソードについてだけはどこか親近感を覚える。中世の異端審問といい、この手の人間の嗜虐性《しぎやく》は洋の東西であまり変わらないらしい。

渡良瀬が青い顔をしながら、手で自分の首回りを撫《な》でさすった。そして一息つき、気持ちを入れ替えるように背筋を伸ばして顔を上げる。

「それで、そのあとのことなんですが——」

＊＊＊

たぶん悲鳴を上げた——のだと、思う。

そしてすぐにまた顔を伏せた。すると上から何かが覆いかぶさってきた。その直後、どんという衝撃が床に響き、何か生温かい液体が自分の膝《ひざ》や背中に滝のように降り注ぐ。

おそらく覆いかぶさったのは母親の体だと思うが、よくわからない。そのまま丸まって震えていたからだ。液体は赤かったが、その正体も出所もよくわからなかった。

ただリゼはひたすらその場に小さくうずくまり、しゃくりあげて泣いていた。

するとやがて、誰かに腕を摑まれた。そして強引に引きずり出される。リゼは激しく抵抗したが、薄目でドウニの顔を確認し、今度は逆に泣いて飛びついた。

彼は彼女を横に抱きかかえると、出入り口の扉に向かい一目散に走り出す。

すると、

「待て！」

教祖の声が聞こえた。少年の肩越しに、何人かの信者があとを追ってくるのが見える。それからすぐに少年の足が止まったかと思うと、ビッと紙を破く音が聞こえ、バンと出入り口の扉が開いた。

すると外の空気が流れてきた。破いたのはたぶん扉のお札だろう。外に出ると少年はまたすぐ扉を閉め、少女を一旦下ろして扉の閂《かんぬき》をガチャンと下ろす。そのあと扉の向こうからドン、ドンと叩く音がしたが、頑丈な鉄の扉はびくともしなかった。

リゼはその場で泣きじゃくった。驚いた——怖いというより、ただ驚いた。夢の中で、まわりの大人たちがいきなりおかしな動物に変身してしまったみたいだ。

けれど、リゼの驚きはそこで終わらなかった。ふと視線をまわりに向けた彼女は、ぴたりと泣くのを止める。

視界一面に、赤い炎が広がっていた。


村は火の海だった。畑が全部燃え、この拝殿にも炎が間近に迫ってきている。灰色の煙も立ち込めていた。少年は煙を防ぐためか、かなりフードを深く被ると、リゼの顔も同じようにフードで覆わせた。それから彼女をまたお姫様だっこにして抱え直し、何かを彼女のお腹の上に載せる。そしてどこかに向かって歩き始めた。

リゼは煙を吸わないようなるべく息を我慢したが、それでも何度か濃い煙を吸ってしまった。そのたびにむせ返り、さらには意識も朦朧《もうろう》としてくる。この途中、少年と少し会話をした気がするが、この煙のせいかはっきりとは覚えていない。

そうやって進むうちに、彼女は完全に気を失ってしまった。


——次に目覚めたときは、洞窟の中だった。

入り口らしき方角からは、光が水平に差し込んでいる。——朝日だ。その光で彼女は自分がどこにいるかがわかった。「拝日の祠」——村の真西にあり、この村で一番最初に朝日が差し込む場所。

彼女は上半身を起こすと、眩《まぶ》しい曙《あけぼの》の光に目を細める。しばらく夢心地の感覚でぼうっとした。それからふと、前方の地面を見やると――。

そこに転がる、ドウニの生首と目が合った。

＊＊＊

げほん、とフーリンは先ほどよりいくぶん深くまた咳《せ》き込《こ》む。

「……生首？」

「はい……。目を覚ましたら、私から少し離れた場所にドウニくんの首と、首の無い胴体が転がってて……」

ずいぶん唐突な死体の登場である。落丁でページの飛んだ本を読まされた気分だ。

探偵が足を組み、曲げた人差し指に唇《くちびる》を押し当てて思案気な顔をする。

「その死体は本当に、ドウニ少年のものだったのですか？」

「はい。一目でわかりました。というより、最初は死体という感覚がなかったんです。どこかまだ生きてるような気がして……」

依頼人が淡々と言う。想像するとかなり衝撃的な光景だが、この口ぶりから察するに、おそらく当時も今もあまり本人に現実感がないのだろう。首と胴が離れている時点で、「生きているような」も何もないが。

「あなた自身は、無事だったんですね？」

「はい。特に怪我も何もなく、衣服もそのままで。ただ服は血で真っ赤に染まっていました。服というのは教団服のことですが」

「それは誰の血だったのですか？」

「警察の調べでは、大半が母親の血でした。でも、ドウニくんの血も検出されました」

「あなたの疑問は、だからその少年を自分が殺したのでは――ということですか？」

「はい。そう考えたくはありませんが」

渡良瀬は硬い表情で頷く。

「でも理由はそれだけじゃなくて、そもそも私以外に容疑者がいないんです。当時村にいたのは、私たち教団関係者だけ。さらに私とドウニくん以外は全員、外から施錠された『拝殿』の広間に閉じ込められていました。

遺体も人数分そこで見つかっています。つまりドウニくんか私が鍵を外さない限り中の人は外に出られず、またもし誰かが外に出てドウニくんの首を斬り、再び中に戻ったのだとしても、その人は外から鍵を閉められないんです」

「一応、あなたが閉めたという可能性もありますが――」

「私が共犯ということですか？　そうする意味もわかりませんが、それも物理的に不可能です。拝殿の扉と門は鉄製で、かつ門は上から落とすタイプ。この門は取っ手の下側についていましたが、当時の私には重くてとても動かせなかったのです」

探偵がオッドアイの両眼を眇《すが》めた。依頼人の証言を吟味するように、次の質問まで少し間を置く。

「村に教団関係者しかいなかった、という根拠は？」

「崖上のセンサーがあります。このセンサーはどれも、崖下の受信機にアラームを送るワイヤレスの人感センサーと、単独で動作する録画カメラのセットになっています。その録画カメラが生きていたのです。カメラは電池式で、ほっておいても三ヵ月は作動し続ける省エネタイプ。当然警察がその映像を調べましたが、外部の人間の出入りは確認されませんでした」

「村の中に誰かが隠れていた可能性は？」

「レスキューが私を保護したとき、他に生存者がいないか村の中を隈《くま》なく探しましたが、見つかりませんでした。またゴミ捨て場の穴の中もロープでカメラを下ろして調査済み。ちなみにこの穴は深さが六十メートルくらいあったそうです。シンクホール……というんですか？　地下水が涸れて穴が陥没《かんぼつ》し、かなり深くなったそうで……」

微《び》に入り細《さい》を穿《うが》つ説明である。このあたり、依頼人自身もよく検討したのだろう。

一見気弱そうな印象だが、その内に強い執念のようなものを感じた。まあ親しかった少年への殺人容疑を掛けられては、心中穏やかとはいかないだろうが。

しかし……外からしか施錠ができない部屋、か。人によってはこれを「逆密室」などと呼ぶ向きもあろうが――。

フーリンはスチールデスクに尻で寄り掛かりながら、飲みかけのビール缶をちゃぷちゃぷと揺らす。

「なら――答えは一つじゃないか？」

これはそう、難しく考える必要もない。

「そちらの犯行ね」

死体が一つに犯行可能な人間が一人。ならば自《おの》ずと解は知れる。

フーリンの一言に依頼人は凍《こお》りつく。探偵が「フーリン。部外者が余計な口を挟むな」と低い声で釘を刺してきたが、この事務所の運転資金の大半を自分が融資している時点で、部外者どころかほとんど事業を買い取ったも同然である。

渡良瀬はまたうつむいて髪で簾を作ると、何かの気持ちを堪えるようにぎゅっと拳を握る。それからきっと顔を上げた。フーリンを挑戦的に睨み付け、強い口調できっぱりと言い放つ。

「でもやっぱり、それもおかしいんです――私に首を斬れるはずが、ないんです」

＊

「……と、言いますと？」

探偵の声音がやや高めに変わった。翡翠の瞳に好奇の光が宿る。

「凶器の存在です。ドウニくんの首は、家畜小屋近くにあった『ギロチン』で斬られていたんです」

「ギロチン？」

これはまたいきなり物騒な器具が登場した。この教団の実態は、身内で私刑《リンチ》を行う殺戮《さつりく》集団だったか。

「はい。これもドウニくんが設計したもので、レバー式の……ああ、人間用ではありません。家畜処理用です」

――そうか、とフーリンは一人頷く。そういえば「家畜処理台」とか言っていた。家畜を飼う自給自足の村ならあって当然の代物だった。

「ギロチンから遺体のあった祠までは、何十メートルも離れています。首はともかく、胴体までは当時の私にはとても運べません」

「そのギロチンで、少年の首が斬られたのは確かですか？」

「はい。台と刃から、彼の血痕《けっこん》が検出されました」

「血液だけ別に撒《ま》いて、それで殺害場所をカモフラージュする手もありますが……」

「証拠は他にもあります。ドウニくんの遺体から、骨に食い込んだ刃の破片が見つかったのです。胴体側の首の骨です」

渡良瀬はそこでやや辛そうな顔をする。このあたりはできれば口にもしたくないのだろう。

探偵は少し依頼人を気遣うように一呼吸置くと、やや声を和らげ質問を続けた。

「では逆に、ギロチンの刃だけ外して祠に持ち込み、祠で首を斬るというのは？」

「刃の重さは五十キロ以上。当時の私の力で運べないのは胴体と一緒です」

「……確か家畜小屋には、家畜運搬用の台車がありましたね。それを使ったら――」

「それも不可能だと思います。祠の周囲は道が作られていないので地面の凹凸《おうとつ》がひどく、また祠に上がるためには高い石段を登らねばなりません。それに当時の私は松葉杖で、壊れやすいギプスもしていました。下り坂でもなければ台車を動かすのはとても……」

「胴体は、バラバラではなかったのですね？」

「はい。斬られたのは首だけでした」

再び沈黙。血痕だの首の骨だの、殺伐とした単語が飛び交う陰惨な会話とは対照的に、午睡《ごすい》を誘う緩やかな空気があたりに漂う。

フーリンはビールの缶を振り、中身が空になったことを確かめた。

さて、妙な話になった――ぺこんとアルミ缶の腹を指で潰しながら、フーリンは今の話を反芻《はんすう》する。これは冤罪を晴らすといった類《たぐ》いの問題ではない。これはまさしく――。

「……あともう一つ、先回りして答えますと、回転する水車とロープでギロチンを引っ張って回収する、というのも不可能です。当時川は涸れていましたので……」

探偵が微笑した。「王道の機械トリックですね――」そう一言だけ答え、また静かに黙考に入る。

フーリンは二本目のビールを取りに冷蔵庫に向かった。この探偵でも長考を要するか。となれば、いよいよこれは――。

「あの……探偵さん」

缶を手に冷蔵庫から戻る途中で、依頼人が切り出すのが聞こえた。

「探偵さんは、その……この事件を、どう考えますか？」

「どうとは？」

「だって……変ですよね。ドウニくんを殺せるのは私しかいないし、かといって私には遺体も凶器も動かせない。なのに、その二つは離れた場所にあったなんて。これって——」

「不可能状況——ですね。一見」

探偵がさらりと言ってのける。だろうな、とフーリンは無言で同意した。やはりこれは一種の「不可能犯罪」。常識的な方法では実行不可能に見える、犯罪行為である。探偵事務所に持ち込まれる相談としてはある意味妥当と言える。

だが探偵は、どこか冷めた口調で続けた。

「ですが世の中、本当に不可能な状況などそうは存在しない。大抵は誤解か見落としがあるだけです。この話もどこか——」

「見落とし、ですか」

渡良瀬が意味深《しん》な口ぶりで探偵の言葉を遮《さえぎ》る。

「まだ他に何か？」

「いえ、その……これは事実というより、ただの仮説なのですが……」

依頼人はなぜか赤面し、やや口ごもった。——仮説？

「その……ドウニくんは、首を斬られた後、私を抱っこして祠まで運んだ、ということはないでしょうか……？」

＊

……甚麼《シェンマ》（何）？

ついゴロツキが一般市民に因縁を付ける顔つきになってしまった。そんなフーリンの表情が見えたのか、渡良瀬がますます恐縮したように背中を丸める。

「で、ですよね……ありえませんよね。すみません、忘れてください……」

しかしフーリンは別に、依頼人の発言に苛立《いらだ》ちを覚えたわけではなかった。感じたとすればむしろ焦りである。依頼人お前──何余計なことを。そんなことをこの探偵の前で口走ったら──。

「……なぜそのように、思うのですか？」

ああ、とフーリンは片手で顔を覆う。また悪い病気が始まった──。

「い、いえ……。特に証拠とかがあるわけじゃ、ないんですが……」

渡良瀬はさらにうつむいて言い淀む。

「ただ私、祠まで行く途中、ずっとドウニくんの首のようなものを抱いていた気がして……」

「首を抱く？　それは生首を抱くという意味ですか？　あなたが彼の首に抱きつくということではなく？」

「あ、はい……ちょうどボールを抱えるみたいに、ドウニくんの頭を自分のお腹あたりに。でもすみません、そんなことあるわけないですよね……」

「そんなことあるわけない？」

まるで天から魚が降ってきたとでもいうような驚き声。

「なぜそう、言い切れるんです？」

「え？　なぜって——」

依頼人は上目遣いに顔を上げ、そしてぎょっと目を丸くした。思ったより間近に探偵の顔があったので驚いたようだ。テーブルから身を乗り出して食い入るように自分を見つめる探偵に、依頼人はやや怯《おび》えたように引き気味に背中を反《そ》らす。

「な、なぜって、その……常識的に」

「常識は絶対不変の真理ではありません。常識は常識です。もっとあなた自身の経験を重視してください。あなたが見聞きしたものをそのまま受け入れてください。それこそが最も確かな事実です。あらゆる先入観は捨ててください」

「先入観？　あの……探偵さん？」

「はい。何でしょう？」

「探偵さんは、その……信じてくれるんですか？　今の私の仮説を」

「はは。信じるも何も……」

探偵は穏やかに笑い、白手袋を嵌《は》めた手を振る。

「それはまだ可能性の段階でしょう。もう少し詳しく話を聞かないことには、さすがに僕も何とも言えません。検証はこれからです」

「可能性の段階……？　ええと、あの……自分で言っておいてなんですが、私今、結構変なことを主張したと思うんですけど……？」

「変なこと？　首無し死体が歩くということがですか？」

探偵がオッドアイの目を丸くして首を傾《かし》げた。

「まあ確かに、世間の常識からはやや外れるかもしれませんが……しかし歴史に前例がないわけじゃない。首無し人間《デュラハン》伝説は世界各地に存在しますし、キリスト教にも斬《ざん》首《しゅ》後に生き続けた聖人はいます。例えばパリの聖ディオニュシウス――」

「前例って――ちょ、ちょっと待ってください。それって事実じゃなくて、ただの物語の中の出来事ですよね？」

「物語というか、奇蹟です」

「ですから『奇蹟』の物語でしょう？」

「ええ。『奇蹟』の記録です」

二人の噛み合わない会話を聞きながら、フーリンは疲れ顔でこめかみをぐりぐりと二本指で撫で回す。どうやら恐れていた事態が勃発《ぼっぱつ》しそうな雲行きである。

＊

——この探偵は、ある理由により一つの妄執《もうしゅう》に取り憑《つ》かれている。

それは、「この世に奇蹟が存在する」という妄執。

彼の探偵活動はほぼその「奇蹟の存在証明」のためにあるといっても過言ではない。それさえなければ非常に才気に富む男なのだが、この一つの大欠点が他の美点をことごとく殺している。というより、奇蹟の存在を信じている時点で、探偵としての資格を放棄しているに等しい。

まあその動機を知るフーリンとしては、この男が痴《し》れ者《もの》の誹《そし》りを受けてでもそれに固執し、雪辱《せつじょく》を果たさんとする気持ちはわからなくもないのだが——。

＊

探偵と依頼人の間で、対立とも和合ともつかない奇妙な沈黙が流れる。

「……あの」

先に渡良瀬が、うつむき加減に口を開いた。

「探偵さんは本当に、これが『奇蹟』だと思いますか？」

「その可能性があるというだけです。無論調査に当たっては、あらゆる先入観は排除します」

「『奇蹟』でない可能性も、あるのですね？」

「もちろんあります」

「『奇蹟』でなかった場合は、きちんと別に真相を説明して頂けるんでしょうか？」

「当然そうします。もつれた事実の糸を解きほぐし、ただ一つの真実を詳《つまび》らかにするのが探偵の務めです」

「『奇蹟』も、真実の一つに入るのですか？」

「『奇蹟』は世界で最も美しい真実です」

渡良瀬は自分の膝に視線を落とし、しばし考え込む様子を見せた。

フーリンはヤケ酒気分で二本目のビールを一気飲みする。まともで合法的だったはずの仕事が、一挙に詐欺じみた怪しさを帯びてきた。およそ科学教育を受けた現代人とは思えぬ、非現実で非合理な理屈と単語が飛び交う異様な会話——。

やがてビールがすべてフーリンの胃の腑《いふ》に落ちた頃、依頼人はゆっくりと目線を上げ、探偵に一礼した。

「……わかりました。では調査を、どうかよろしくお願いいたします」

＊

それからの探偵の調査は迅速だった。

依頼人の日記はもちろん、当時の新聞記事、関連書籍、警察の実況見分調書等、入手できる情報はあらゆる手立てを使って入手し、分析を進めた。その結果、次のような状況がさらに明らかになった。


まず、「拝殿」の広間で発見された遺体だが、数はやはり三十一体。うち三十体が首の骨を断たれるか損傷し、一体が護摩火の跡から焼死体で見つかった。

現場の状況から、教祖が信者全員の首を斬った後に、自ら護摩火に飛び込んだものと推測された。また信者の中には首を斬られる前に短刀で自刃した形跡のある者もおり、それには少年の母親も含まれた。少女の母親は完全に首を斬られていた。なおどの遺体も首と体は揃っていて、焼死体は一体だけだった。

また少女がレスキューに救出されたのは、集団自殺の日から約二週間後。少女は多少衰弱《すいじゃく》していたものの元気だった。

しかし少年の遺体はかなり腐敗と損壊が進んでおり、首以外の外傷の有無は正確には判別できなかった。夏場で肉が腐りやすい土地、屋外で蝿《はえ》などの蝟集《いしゅう》・蚕食《さんしょく》が生じたことのほか、少女が遺体に抱き着いたり仔豚が悪戯《いたずら》で齧《かじ》ったりしたことなども、遺体損壊の要因と思われる。首の切断部以外に骨に傷は無かった。ちなみに腐臭を避けるため、少女は最後のほうは祠を出て、主に涸れた川の橋の下で暮らしていた。

祠には、少女が数週間食いつなげるくらいの水や食料が運ばれていた。この食料を運んだ理由については、おそらく余震で食料庫の建物が崩壊して取り出せなくなることを少年が懸念し、あらかじめ一部を移したものとみられる。また少女の証言によれば、例の「仔豚の隠し場所」の中にも、水瓶《みずがめ》や未開封の脱脂粉乳の袋が目一杯詰め込まれていた。水や粉袋をそこに隠したのは、祠にいた仔豚に勝手に食べられないためと推測された。

また少女はそれらの食料のほかに、家畜の鶏も自分で処理して食べたと証言している。村では子供だからといって仕事の特別扱いはあまりなく、何度か自分で鶏をシメたこともあったらしい。ちなみに少女救出時には、例の仔豚以外、村に生きた家畜は存在しなかった。

少年の血痕はギロチン台と刃、および少年と少女の衣服からしか検出されなかった。

ただ「拝殿」の広間と「拝日の祠」については、検出漏れの可能性がある。なぜならこの二ヵ所は事実上、血液の個別採取が困難だったからだ。「拝殿」の広間には信者たちの血が大量に流れていたため、個別の分析は不可能だった。また「拝日の祠」も、少女が祭壇の刀で鶏を処分していたため、その鶏の血に紛《まぎ》れて検出できなかった可能性がどうしても残る。もちろん人獣検査はしたが人血は発見されなかった。

さらに言えば、ギロチン台の血痕のほうも、その流れた血液の量はわからない。こちらも検出には家畜の血が邪魔するし、その後の風雨の影響で血痕の大部分は洗い流されてしまっていたからだ。

この「風雨」や、事件後に起きた「余震」などの自然現象は、他の現場の痕跡《こんせき》にも

様々な悪影響を与えた。具体的には、

・水車が川側に倒れてほぼ損壊していた。これはその後の余震で地面が川側に崩れたためと思われる。また全体的に火で焼けた跡があり、炭化した木の柱、麻縄の燃え止《さ》しなども水車の残骸《ざんがい》から見つかった。柱は例の慰霊塔が切られたものだった。また水車近くには家畜運搬用の台車が置いてあった。

・畑は火事でほぼ焼かれていた。拝殿も火事に見舞われていたが、外側の扉や壁などが焼けただけで、内部まで火は及ばなかった。

・祠の祭壇は倒れて破損していた。これの壊れた理由も不明。ただ単に余震で壊れた可能性も高い。

・教祖の居室兼食料庫の建物も崩壊し、中の食料はとても取り出せる状態ではなかった。この崩壊も余震によるものと思われる。

以上――。

＊

調査の間、フーリンは探偵が穏当《おんとう》な答えを出すよう、つい柄にもなく天に祈ってしまった。が、もとより天に唾《つば》する生き方が信条の彼女の祈りが、天に通じるはずもない。

やがてフーリンのスマートフォンに、一本の電話がかかってきた。もちろん探偵からだった。その通話口から聞こえる嬉々《きき》とした声に、フーリンの不吉な予感はいやがうえにも高まる。

「喜べフーリン。ついに僕の探求が終わりを迎えたぞ。まずは僕のこの勝利宣言を聞け。この事件、謎はすべて解けた——」

その危惧《きぐ》通りの結論に、フーリンは頭を抱えた。

「これは——奇蹟だ」

＊

依頼を受けた日から、三週間後。

事務所では、再び探偵と依頼人がテーブルを挟んで対峙《たいじ》していた。間には分厚い報告書。フーリンは探偵の隣に座って煙管に火を付けながら、忌々《いまいま》しい思いでその紙の束《たば》を見やった。ちなみに今回フーリンが同席した理由は、先行きがあまりに不安だからである。

「改めてご報告します、渡良瀬さん。今回の事件は――」

報告書の表紙に手を置きながら、探偵が昂《たかぶ》りを隠せぬ声で言った。

「――『奇蹟』、でした」

言動は抑え目だが、その手が若干震えている。だがそれも無理からぬこと、この『奇蹟の証明』は探偵の積年の悲願だ。ここで歓喜のあまり、この男がいきなり裸で踊り出しても何ら不思議ではない。

「そう言われましても、俄《にわ》かには信じられません」

対して、依頼人はひどく素っ気ない対応だった。しかしこれもまた理の当然。大枚はたいて探偵に推理を依頼した結果が「奇蹟でした」では、普通ならここで依頼人がテーブルを引っくり返し乱暴狼藉《ろうぜき》に及んでも文句は言えない。

「お気持ちはわかります。ですが、これが真相なのです。では納得して頂けるよう、誠意を尽くして説明しましょう。まずはこちらの報告書ですが――」

勢い込んで本題に入ろうとする探偵を、渡良瀬が片手を挙げて制した。

「もし仮に、今回の事件が『奇蹟』だったとして――」

じっと探偵の目を見つめる。

「探偵さんはどうやってそれを、私に信じさせてくれるのですか？」

探偵は少し我に返ったような表情を見せた。しばらく両者の視線がかち合う。

「私はキリスト教徒ではありません。冠婚葬祭や年間イベントに乗じてその都度都合のいい宗教文化を選ぶだけの、無節操な日本人です。そんな信仰心も敬虔《けいけん》な気持ちも皆無の人間が、どうしたら『神の奇蹟』などを信じられるのでしょうか？」

探偵は顎を一撫でするると、ゆっくりとソファの背もたれに寄り掛かった。そして人差し指を唇に当て、どこか夢見るような眼差しを宙に向ける。

「……あらゆる可能性を」

「え？」

「人知の及ぶあらゆる可能性を全て否定できれば、それはもう人知を超えた現象と言えませんか？」

穏やかな調子で言う。

「バチカンのローマ教皇庁には、信者の報告した『奇蹟現象』の真偽を審査する『列聖省』という部門があります。そこで『奇蹟』が認定されたときに使われる伝統的な表現が、『超自然と確認された《Constat de Supernaturalitate》』です。超自然――つまり自然を超えているということ。あらゆる自然、あらゆる人為による可能性を否定できれば、それはすなわち超自然ということになる――」

　そこでフーリンは眠たげな羊のような顔を見せた。このあたりは探偵が自分の奇蹟の証明法を説明するときの常套句《じょうとうく》だが、未《いま》だ慣れない。どこか浮気男の詭弁《きべん》を聞くような気持ちになるからか。

「それってつまり、奇蹟以外の理由が思いつかなければ奇蹟、ってことですか？　ちょっと乱暴な定義じゃありませんか？」

「しかし辻褄《つじつま》は合います。実際奇蹟以外の理由で説明できないのだから、奇蹟としか言えない」

「理屈はそうですけど……」

　依頼人は語尾を濁す。言っていることは頭ではわかるが、感情が納得しない――そんな様子だ。

　探偵は少し相手の反応を見守ったあと、言葉を重ねた。

「もちろんキリスト教の奇蹟の定義はもう少し崇高です。聖書で語られたイエス・キリストの奇蹟は、物質化や治癒、預言、蘇り、同時顕現《バイロケーション》など――バチカンが認める奇蹟もそれに倣います。そこには現象の不可能性だけではなく、宗教的な意義も求められる――」

そこで探偵の手元で何かが光った。例の純銀製のロザリオ。探偵はそこに何かの思いを重ねるように、じっと掌中《しょうちゅう》に視線を注ぐ。

「ですが、それらは全て現象の『解釈』の問題だ。信者でもないあなたに、強《し》いてキリスト教的世界観を押し付ける気はありません。ただ世界には、決して人知の及ばぬ摩訶不思議《まかふしぎ》な現象がある――仮にその現象を『奇蹟』と名付け、今回あなたの身にその『奇蹟』が起きたのだとしたら――」

翡翠の瞳の眼光が、依頼人を真っ直ぐ貫く。

「あなたに『人殺し』の罪は、着せられません」

渡良瀬ははっとした顔で探偵を見た。海苔《のり》のような前髪の下から、まばたき一つせずに眼前の青髪の男を見つめる。

フーリンは内心はらはらしながらも、大人しく彼女の返事を待った。何はともあれ依頼人がこの「乱暴な定義」を認めてくれないことには、さしもの探偵も手の打ちようがない。

依頼人は神妙な面持ちで、テーブルの報告書をしばらく眺める。手慰《てなぐさ》みのように耳たぶのピアスを指で弄った。やがて喉から絞り出すような声で言う。

「この事件は、私にはどうしても解かなきゃいけない謎なんです」

顔を上げ、探偵に哀願するような目を向けた。

「本当に、『奇蹟』以外の理由をすべて否定できますか？」

探偵は穏和な微笑を浮かべた。片手を伸ばし、稚児《ちご》でも撫でるかのようにぽんぽんと報告書の表紙を叩く。

「ここに、その証明があります」

渡良瀬はまたしばらく報告書を見つめた。長い逡巡の間が流れる。

ややあって、依頼人は決心したように頷いた。

「わかりました。ではその報告書について、改めてご説明ください」

フーリンはふうと肩の力を抜いた。まずは第一段階突破。出だしは上々といったところか。

ここまできたら、もう肚《はら》を決めて探偵の話に乗るしかない。先行きは甚《はなは》だ不安だが、ひとまず舟が桟橋《さんばし》を離れたからには協力して漕《こ》ぐしかないのだ。でなければこんな泥舟すぐ沈む。

だがまあ——もとはといえば、奇妙なことを言い出したのは先方のほうだ。相手にも多少なりとも荒唐無稽《こうとうむけい》な話を信じる気があるなら、そう分の悪い賭けにもなるまい。

それに依頼人が現実離れした話をどこか信じたがる気持ちも、わからないでもない。もし事件が人為的なものなら彼女の犯行の可能性も残るが、「奇蹟」ならそれはない。つまり罪の意識から解放されるのだ。探偵の出した結論に乗っかることは、彼女にとっても渡りに船なのかもしれない。

ただそれもこれも、探偵が全ての「可能性」を否定できての話だが——しかしあれだけ分厚い報告書だ。きっと依頼人を説得できるくらいの内容は備えているに違いない。とすればこの依頼、意外と簡単に事が運ぶか——。

などと、フーリンが安穏と考えていたのも、束《つか》の間《ま》。

カランと、事務所の扉が開いた。

「——まだそんな馬鹿をやっているのか、この詐欺師が!!」

＊

大喝一声、野太い胴間声《どうまごえ》が破《わ》れ鐘《がね》のごとく鼓膜《こまく》に突き刺さる。

フーリンは思わず両耳を押さえた。窓ガラスがビリビリと震える。

すぐさま入り口に目をやると、そこには閻魔《えんま》のような形相をした小柄な老人が立っていた。古風な鳥打帽《とりうちぼう》に、袖《そで》のひらつく茶色のインバネスコート。手には檳榔樹《びんろうじゅ》のステッキを持ち、邦画で見た明治大正の名士か豪商のような風格を全身に漂わす。

老人はズカズカと中に入ってくると、探偵のすぐ目の前までやってきた。前かがみの体をステッキで支え、眼光で射抜かんばかりに青髪の男を睨みつける。

「これはこれは……」

探偵は変わらぬ表情で来客を見やった。

「大門《だいもん》さん」

知った顔らしい。大門と呼ばれた老人はふんと鼻を鳴らすと、ステッキの石突きで一度床を叩き、それからがっと股《また》を広げた。ぐんと胸を反らし、繰り返し声を張り上げる。

「虚言を弄し世人を誑《たぶら》かすのはいい加減に止《や》めい!!」

フーリンは再度耳を押さえて身を折った。矮軀《わいく》からは想像できない大声量である。探偵も片耳に指を突っこみ、痛そうに片目を閉じた。間近で鼓膜をやられたらしい。

「久しぶりにお会いしたと思ったら、いきなり営業妨害ですか。どれだけ僕に恨み骨《こつ》髄《ずい》です」

「今の儂《わし》の言葉を、単なる私怨《しえん》と受け取るか。小人《しょうじん》にして狭量《きょうりょう》だな上芷君。儂はあくまで衷心《ちゅうしん》より忠告しておる」

「忠告は有り難いですが、確か大門さんはもう検察を引退した身でしょう。僕など放っておいて余生を楽しめばよいではないですか」

「ぜひともそうしたいものだ。糞《くそ》下らん詐欺師が、善良な市民を謀《たばか》って回っておらん限りは。だがかつて秋霜烈日《しゅうそうれつじつ》の徽章《きしょう》を胸に飾った身としては、この世に蔓延《はびこ》る不義をみすみす見逃せん——」

老人はきょろきょろと左右を見回す。隅《すみ》のパイプ椅子《いす》を見つけると、それをステッキで引っ掛けて傍《そば》に引き寄せた。そこにどっかりと腰かけ、ふうと小さく息をつく。

そしてフーリンに向かって言った。

「すまんがお嬢さん。茶を一杯くれんかね？　外歩きで少々喉が渇いてな——」

思わず煙管の雁首を相手の脳天に振り下ろすところだった。おそらく探偵の秘書あたりに思われたのだろうが、その事実が憤死《ふんし》ものの屈辱である。

こほんと探偵が軽く咳払《せきばら》いする。心得たもので、探偵はさりげなく近くにあったワゴンを引き寄せ、電気ポットから急須《きゅうす》に湯を注ぎ自分で茶を淹《い》れた。依頼人の渡良瀬はそれらの様子を目を白黒させて見守る。

「大門さんは、今日どうしてここに？」

「無論、この世に横行する悪を正し、正義を示しに参ったのだ」

「その歳《とし》で正義のヒーローの台詞ですか……お若いことです」

茶卓に載せた湯呑みを老人に差し出す。

「ですが僕の質問の意図はそうではなく、なぜあなたが今回、僕が『奇蹟の事件』に関わっていると知ったか、を聞いているんですが——そうか。鯇《あめのうお》か」

「いかにも。君が大学後輩の鯇君を通じ、検察関係者から事件の情報収集を行っているると小耳に挟んで、そこから当たりを付けたのだ。しかしいかんな上芸君。先輩風を吹かせ、ただでさえ忙しい後輩に一円の得にもならぬ労働を強いては。それに彼も嘆いておったぞ。敬愛する先輩が、未だ無明《むみょう》の闇から帰らぬ——とな」

「鯇はそんな洒落《しゃれ》た比喩《ひゆ》を使える人間じゃない。事実の捏造《ねつぞう》はやめてください大門さん。これ以上そんな訳のわからない茶々を入れるなら、本気で営業妨害で訴えますよ。相手が元検察だろうと関係ない」

「ならば儂は君を詐欺罪で告発しよう。ねえ——そこなお嬢さん」

大門はぐりんと首を捩《ね》じると、今度は会話の矛先を依頼人に直接向けた。爬虫類《はちゅうるい》のように黒目がちの眼で渡良瀬の顔をまじまじと見、ついでステッキの先で探偵を指し示す。

「貴女《あなた》は本当に、この与太郎《よたろう》の与太話を信じるつもりですか？」

くるりとステッキの先を回し、再びかつんと膝の間に立てる。

「断言しよう。この男の言うことはすべて妄言だ。お嬢さん、この詐欺師はさきほどあなたにこんなことを言ったでしょう。『人知の及ぶあらゆる可能性を全て否定できれば、それは奇蹟と言える』——」

大門はステッキを両手で高く持ち上げる。そして怒りに駆られたように、力任せに床に石突きを再度打ち付けた。「ガン！」と硬い音が室内に響く。

「だが、そんな証明は不可能だ」

フーリンはちっと心中で舌打ちした。急に風向きがおかしくなってきた。

「あらゆる可能性とは、すなわち無限のこと。そんなものはたとえ大劫《だいこう》の時を経《へ》ようと列挙しきれん。つまりすでにこの探偵の証明の方法論自体が机上の空論、絵に描いた餅《もち》なのだ。そんな欠陥品の論理で無辜《むこ》の女性を幻惑し金品を巻き上げようなど、厚《こう》顔無恥《がんむち》も甚だしい」

「……必ずしも無限の可能性を否定する必要はないでしょう。考え得る可能性を丁寧に場合分けすれば、自ずと事象の数は限られてくる……」

「だから、そんな場合分けなど不可能だと言っている！　宇宙の森羅万象《しんらばんしょう》を、我々凡《ぼん》夫《ぶ》が把握しきれるわけがない。どれだけ我らが思考を巡らそうと、所詮《しょせん》は釈迦《しゃか》の掌《てのひら》の上。そこには必ず考え漏れがある」

「ならば――試してみますか？」

探偵がとん、と指先で報告書の表紙を押さえる。

「はたしてここに、『考え漏れ』があるかどうかを？」

ぴしりと、空気に何か見えない亀裂《きれつ》のようなものが入った。

――この険悪ぶりから察するに、どうやら二人は過去に相当な因縁がある関係らしい。まあ「事件が人間の犯行であること」を証明しようとする検察と、その真逆を証明しようとする探偵が出会えば、両者が衝突するのは火を見るより明らかだ。まさに天敵同士なのだろう。

だがそんなことより――と、フーリンは苦い気持ちで斜め前の依頼人を見やる。問題は、この老人の登場が、依頼人の心理にどう影響するかだ。話があまり妙な方向に向かなければよいが――。

老人がふうと肩で息を吐いた。

「『考え漏れ』があるかどうかを試す――だと？　わかっているのか上苙君。君は今、非常に分の悪い勝負を申し込んでいるぞ？」

「大門さんこそ怖気《おじけ》づきましたか？」

「虚勢はよせ。儂は老婆心で言ってやってるんだ。考え漏れがないわけなかろう。いいか上芸君、すべての可能性とはすなわち——すべての可能性だ！　ただの可能性だけでいいんだぞ！　可能性だけならどんな奇ッ怪なことだって言える。たとえば思考実験的には確かに可能かもしれないが、まったく荒唐無稽で馬鹿馬鹿しいとしか言えないバカトリック——君の言うすべてとは、そんなバカトリックさえ否定しなければならんということだぞ！」

「むしろ、望むところです」

探偵がソファに凭れ、悠然と笑みを浮かべた。

「どんなとびきりのバカトリックでも、遺漏《いろう》なく否定してみせましょう」

フーリンは喉奥で唸《うな》った。考え得る限り、最悪の展開になった。

大門は唖然《あぜん》と大口を開ける。しばらく言葉を失《な》くしていたが、やがて言葉を発すること自体を諦めたように、力なく口を閉じた。

「儂は……君がそこまで愚かとは思わなかったよ、上芸君」

——仕方ない。

フーリンはキン、と煙管の柄《え》でガラス灰皿を打ち鳴らした。

「お取り込み中のところ悪いが、お二方《ふたかた》」

強引に会話に割って入る。さすがにもう看過できない。

「肝心の主役を忘れてないか？　まずはこちらのお嬢さんの依頼を片付けるのが先

ね」

大門が片眉を吊り上げた。

「だから今その話をしておる。商売は結構だが、『奇蹟の証明』などという胡散臭《うさんくさ》い論法でこのお嬢さんを――」

「胡散臭いかどうかはそちらの勝手な印象ね」

フーリンはぴしゃりと突っぱねる。

「問題は、このお嬢さんがどう感じるかね。これは刑事裁判ではないね。喩《たと》えるならカウンセリング――依頼人が納得する答えを出せれば、それでめでたく終了ね。逆に言えば、依頼人が納得しさえすれば、八卦《はっけ》だろうと風水だろうと外枠は何でも構わないはず。そう思わないか？」

む、と大門が下唇《したくちびる》を突き出す。

「確かにそれも一理ある。だが――」

「それに『奇蹟』を先に口にしたのは彼女ね。つまり彼女にも奇蹟を信じたい気持ちはあるということね。だったら多少胡散臭くとも、この探偵の方法で奇蹟を検証するしかないんじゃないのか？　逆にそれ以外に奇蹟の検証法があるなら教えてほしいね」

「うむ――言わんとすることはわかる。しかしだな――」

「依頼料の問題もあるね。調査料は日割りで発生してるね。請け負うこちら側としても、これ以上依頼人に余計な出費を強いるのは大変心苦しいね。だからここはひとまず、依頼人に判断を任せないか？　彼女が今の探偵のやり方で特に不満がないというなら、まずはそれで一旦《いったん》依頼を終える。そのあとならバカトリックでもアホトリックでも、二人で存分に空中楼閣《ろうかく》の議論をぶつけ合うがいいね」

そこまで一気呵成《いっきかせい》に喋ってから、言葉を切る。これ以上妙な横槍《よこやり》が入る前に、とにかく依頼料だけは受け取る方向に話を持っていきたかった。依頼人には悪いが、売掛金さえ回収できれば首の謎など、野人《イエレン》の目撃談よりどうでもよい。

だが。

「私……確かめてみたいです」

やはり裏目が出た。

「どんな可能性も否定できるという探偵さんの言葉を、確かめてみたい」

フーリンは天を仰いだ。万事休す。

探偵が不敵な面構《つらがま》えを見せた。糞虫《フンコロガシ》の羽色めいた艶のある青髪を爽《さわ》やかに掻き上げ、どこか愉快そうに言う。

「決まりですね。では大門さん、勝負はいつにしますか？」

大門はふてくされるように帽子のつばをつまんだ。ステッキの握りを摑んで立ち上がり、そのまま戸口へと歩き出す。

「三日だ。三日時間をくれ。バカトリックとまでは言わんが、それなりに実現可能でかつ否定困難なトリックの仮説を考えてこよう。それを否定できるものなら精々《せいぜい》否定してみたまえ」

「依頼人の話は？　渡良瀬さんとの会合の場を再度設けましょうか？」

「いらん。電話口で聞く。勝負の詳細な日時と場所は、その後にまた追って連絡する。では——」

そしてコツン、コツンとどこか物寂《ものさび》しげなステッキ音を立てながら、老人は扉の向こうに消えていった。

＊

フーリンはテーブルの陰で探偵の脛を蹴った。

「痛ッ！」

大袈裟《おおげさ》に痛がるが、こんなものは痛みのうちに入らない。彼女の本気の施術を受ければ今のは羽毛で撫でたように感じるだろう。

「そうつんけんするなよフーリン……依頼人たっての希望じゃないか。それにバカトリックといってもたかが知れている。この事件を構成する三つの謎――つまり誰が少年を殺したか、どうやって遺体と凶器を離したか、そしてなぜ少年は殺されたか――を説明可能にする仮説は限られるし、細かいその他の状況証拠を満たすものはさらに絞られる――」

ひとしきり脛をさすったあと、探偵はどこか放心状態の渡良瀬に優しく声を掛ける。

「ああ、それと渡良瀬さん。調査費用ですが、明日以降の追加代金は頂かなくても結構です。面白い見世物のオマケがついたとでも思ってください」

渡良瀬は眼をしばたたかせ、それから慌てて頭を下げた。

「す、すみません……。お気遣いありがとうございます……」

もう好きにしろ。フーリンは投げ遣《や》りな気分でテーブルにハイヒールの足を放り出した。探偵が何やら喚《わめ》くが知ったことか。事ここに至ってはもう、礼儀とか追加代金とか言っている場合ではない。依頼料を取りっぱぐれるか否かの瀬戸際である。

文字通り日頃の行いが悪かったせいか、どうやら天罰が下ったようだ。やはり賄賂《わいろ》の一つも渡さなかったのが天の機嫌を損《そこ》ねたか。フーリンはむくれた面で煙管を吸い、歯の合間から火吹き竜のようにむわりと煙を吐き出す。その煙を雲に見立て、我流で天意を占うが、しかし煙は輪郭朧《おぼろ》として円とも方とも決めつけがたい。
吉凶莫測《ジーシオンムオツア》（吉凶読めず）。はてさて。このあとはたして鬼が出るか、蛇《じゃ》が出るか
――。

第二章　避坑落井《ビーコンルウォジン》

側溝に黒く映る水の上を、赤い紅葉《もみじ》が流れる。さしずめ花筏《はないかだ》ならぬ紅葉筏といったところか。秋も深まり、目の前の参道を埋め尽くすのは大小無数の枯れ落ち葉だ。霜葉紅於二月花《そうようはにがつのはなよりもあかし》。箱庭めいた日本の情景には長江《ちょうこう》三峡のような雄渾壮麗《ゆうこんそうれい》さは望むべくもないが、しかし紅葉に湧《わ》き立《た》つ詩心はどちらも変わらぬ――。などと、柄《がら》にもなく感傷に浸《ひた》っていたところで、フーリンは「うっ」と軽い吐《は》き気《け》を覚えて口元を手で押さえた。

「おや――どうしたフーリン。今日も二日酔いか？　連日の酒宴とは豪勢な限りだな。しかし君ももういい歳なんだから、そろそろ自堕落《じだらく》な生活はほどほどにしてγ《ガンマ》‐GTPの数値とかを気にしたほうが――」

いったい誰のせいだと――！

無神経な発言に怒りが湧き立つのは日本語も中国語も変わらない。どう考えても、昨晩の彼女の深酒の原因はこの男である。依頼料を取り逃がし、借金の利払いができずに腎臓《じんぞう》一つ失うのも辛かろう――そう優しく考えた彼女が何かと助け船を出してやっているというのに、自ら虎《とら》の尾《お》を踏みに行くのでは救いようがない。己の切羽詰《せっぱつ》まった状況をわからせるために、何枚か爪でも剝いでやろうか――つい胸に芽生えるそんな獣心を抑え込むために、彼女の日々の酒量も増える一方である。


指定された対戦場所は、寺だった。

東京都多摩《たま》地域にある有名な古刹《こさつ》（古寺）で、名前は「深大寺《じんだいじ》」。約千三百年の歴史があり、関東では浅草寺《せんそうじ》に次いで二番目に古いらしい。

楓《かえで》の参道を進むと、やがて横手に短い石段が現れた。そこを登り、茅葺《かやぶき》屋根の山門をくぐればもう境内《けいだい》である。中に入ると真正面に寺の本堂が見えた。数人の外国人観光客が物珍しげにカメラを持ってうろついている。

大門は三日前と同じ服装で、すでにそこにいた。

本堂脇の、黄色く色づく大木の根元で、山門に背を向けじっと梢《こずえ》を見上げている。フーリンたちが近づくと足音で察したのか、こちらを振り向きもせずに言った。

「――遅いな。二分の遅刻だ、上笠君」

探偵はコートの袖をずり上げ、自分の腕時計を確認する。

「僕の時計では定刻通りですが」

「君の時計は例の古臭い手巻きの機械式だろう。同じ機械式でも、儂のはスイスのクロノメーターより厳しい品質規格のカリテ・フルリエを取得している。どちらが正しいかは明白だ」

大門がゆっくり振り向く。

「君の時間はずっと遅れたままなのだよ、上苙君——その時計のようにな」

早速よくわからない小競《こぜ》り合《あ》いを見せている。ちなみにフーリンの隣には、カジュアルなコートとマフラーを纏《まと》った依頼人の渡良瀬もいた。今日は平日だがわざわざ有休をとって観戦に来ている。それだけ彼女も真剣ということだろう。

大門はさらに何か言いたげに口を開いたが、もぐっと顎を動かしただけですぐにまた閉じた。代わりにぐいと帽子のつばを引き下げる。

「まあいい。どうせ儂が何を言おうと、馬の耳に念仏——キリスト教徒に釈迦《しやか》の説法だ。ではとっとと勝負を始めるぞ上苙君。だがその前に、ひとまずあちらの手水舎《ちようずや》で手洗いし、本堂への参拝をすませておけ。宗旨を違えるとはいえ、上がり込んだ家の主に挨拶《あいさつ》はすべきだろう」

老人がステッキで、隅《すみ》の屋根付き井戸を指し示す。

探偵はそちらを見て頷き、素直に指示に従った。フーリンと渡良瀬も流されるままにその後に続く。

＊

探偵が賽銭箱《さいせん》に小銭を投げ入れ、深く一礼する。

隣の渡良瀬もそれに倣った。フーリンも適当に二人に合わせたが、ただし賽銭は投げない。賄賂でもないのに日本の宗教団体に喜捨《きしゃ》をくれてやる道理はない。そもそも自分にとって宗教の存在価値とは、非課税の宗教法人がマネーロンダリングに活用できることくらいである。

戻ると、大門が小さな折り畳み椅子に腰掛けていた。持参したらしい。ステッキを刀のように膝の間に立て、傲然《ごうぜん》と胸を張ってそこに座る様子は、まるで日本の時代劇で見る合戦の大将のようである。

「議論に入る前に、一つ確認しておきたい」

大門が釘《くぎ》を刺してきた。

「先日も述べた通り、これから儂が話すのは口にするのも阿呆《あほ》らしい大道芸トリックだ。だが上苙君、君の反証はあくまで真面目にやらなければならない。それはわかるな？」

探偵が頷く。

「念を押されるまでもないことです」

「こちらが適当な屁理屈《へりくつ》をこねたからといって、そちらも屁理屈で対抗はできん。君の反証はれっきとした事実や証言に基づく必要がある。『やった』ことを証明するのではなく、『やっていない』ことを証明する——これは俗にいう『悪魔の証明』だぞ。その致命的なハンディキャップを真《まこと》に理解しているのか？」

「もちろんです」

「君が過去に儂を言い負かした手が、今回も通用すると思うな。以前の君の勝利はすべて、儂のほうに証明責任があったゆえに摑めた僥倖《ぎょうこう》だ。だが今回は違う。今回の儂は、現代法の精神には縛られてはおらん。それどころか、ローマ法以前だ。『証明は肯定する者にあり、否定する者にはない《Affirmanti incumbit probatio, non neganti》』——そんなローマ法の法諺《ほうげん》さえ通じぬ未開の法廷なのだぞここは。儂なら弁護人席に上がった時点で裁判官に唾を吐き、壇上で屁をこいて勝負を降りる」

「どうぞご心配なきよう。ローマ法がなくとも、旧約聖書にはモーセの律法が、新約聖書にはイエスの福音《ふくいん》があります」

……何が「ご心配なきよう」だ。こちらは心配しかない。

心労のあまり尿酸値が上がりそうである。ローマ法だかモーセの律法だか知らないが、この条件が探偵に相当不利だろうということは無法者のフーリンでもわかる。「やってない」ことが証明できなければ、「やった」ことになる——もしそんな横暴な理屈がまかり通るなら、送り付け商法も架空請求詐欺もやりたい放題だ。神の国ならぬ犯罪者天国の到来である。

大門が、どこか同情ともとれるため息をついた。

「そうか……ならもう何も言わん。では精々、今から儂の言うバカトリックに反駁《はんばく》してみたまえ。正理《せいり》は自ずとその中で示されよう——」

老人が椅子から立ち上がる。かさりと落ち葉を踏みしめ、大木の幹を背にして立った。

「では聞け。今回儂は、このトリックの着想を日本の二人の文筆家から得た。そのうち一人は、この深大寺に縁《ゆかり》のある人物。詩人かつ歌人、また童謡作家でもあるその才人の名は——」

老人が鳥打帽のつば下から、眼光鋭くこちらを見る。

「北原白秋——」

＊

……北原白秋？

フーリンは首を傾げた。ある程度日本文化には通じたつもりであるが、まだまだ文学方面などには疎《うと》い。

「なるほど。『思ひ出』ですか。『私の郷里柳河《やながわ》は水郷《すいごう》である』――」

すると打てば響くように、探偵が何かの引用を返した。その口ぶりから察するに、どうやら日本の代表的詩人らしい。隣では依頼人も「えっ、白秋ってあの白秋ですか？」と驚き顔を見せていた。

老人がくぱっと雨蛙《あまがえる》のように口を赤く開けて笑う。

「それは今のヒントで、儂のトリックが推察できたというアピールか？」

「ですからすべてのトリックは想定済みです。大門さんが対戦場所にこの深大寺を指定してきた時点で、だいたいのトリック候補は絞れていました」

「ほう……今は儂が君の掌の上というわけか。とんだ釈迦気取り――いや、君の信仰でいうなら『全知全能の神』気取りだな。だが慢心は早いぞ上苙君。たとえ発想は同じでも、その発想をどこまで詰められるかはまた別問題だ」

大門の腕が、インバネスコートのケープの下でもぞもぞと動いた。中は和装で、鼠《ねずみ》色《いろ》の着物が垣間《かいま》見《み》える。老人はその着物の袂《たもと》からがさりと透明の袋を出した。

「――だがその前に、ひとまず今回の事件の概要と、証明すべき事実を整理しておく」

びっと袋の口を開け、中から方形の茶色い焼き菓子をつまみ取る。表面にダルマの絵の刻印があった。あれは……瓦《かわら》せんべい。確か参道の土産物《みやげもの》屋で見かけた――。

「本事案だが、発生は十五年前である」

老人は瓦せんべいを前歯で挟むと、ばりんと音高く嚙《か》み割った。

「場所は某県の山中。とある教団施設で集団自殺事件が起こり、教祖と信者合わせて三十三名のうち、一名を除く三十二名が死亡した――」

爬虫類じみた黒目を光らせ、ばりん、ぼりんとせんべいを喰《く》い進む。

「だがここで、一つ不可解な状況が起こる。その一名の生存者の少女の傍には首と胴が離れた少年の遺体があったが、その首を斬ったと思《おぼ》しきギロチンは、遺体から離れた家畜小屋近くにあったのだ。

ギロチンの重さは五十キロ以上。幼い少女の力ではとても持ち運べない。また同じ理由で遺体の胴体を動かすことも困難。さらに二人以外の教団関係者は全員外から施錠された『拝殿』内で遺体で発見され、その鍵は少女には外せなかった。故《ゆえ》に第三者が移動させたとも考えにくい。

ならばいったい誰が、いかにして少年の首を斬り、死体と凶器を分離させたか
――？

つまり此度《こたび》の論議の要《かなめ》は、この『死体と凶器が離れていた』という説明不可能な状況を、いかに説明可能にするかという点にある。――ここまでで何か異論はあるかね、上苙君？」

「特に」

涼しい顔で探偵は答える。その澄ました態度にフーリンはやや苛立った。何を悠長に構えている。この勝負は、いわば相手側だけが「何でもあり《バーリトゥード》」のルールで戦う圧倒的なハンディキャップ戦。日本で言う「横綱相撲」のように、悠々と真正面から取っ組み合って勝てる戦いではないのだ。

仕方ない――とフーリンは重い腰を上げる。

「ちょっと待つね。確かに一番のポイントはそこだが、説明が必要な点は他にもあるね」

大門がぎょろりと黒目を動かした。

「と、言うと？」

「まず、動機や理由が必要ね。いくら物理的に可能だとしても、まったく動機の説明

もない仮説はさすがに受け入れられないね。少年が殺された理由、遺体の首が斬られた理由、少女が祠にいた理由——これらにもきちんと筋の通った説明をしてもらいたいね」

「それは承知しておる」

「あと、一見些細《ささい》な部分にも説明が欲しいね。なぜ台車は水車の近くにあったのか。どうして慰霊塔は切られて水車の所で燃え尽きていたか。同じく麻縄は何に使われたのか。少年が仔豚のサイズを測ったのは何のためか——」

「わかっておる。儂が何年検察をやったと思っている」

「それともう一つ。少女が『少年の首を抱いていた』と思った理由。特にその『首』とは何だったのか。それで依頼人は『首無し少年が自分を運んだ』と考えたのだから、当然そこにも言及すべきね」

大門が口をへの字にした。指で帽子のつばの先をつまみ、ぶつぶつと呟く。

「それも了解だ。しかし何だ、何かと注文の多いお嬢さんだな。儂は結婚式場のブライダルコーディネーターに転職した覚えはないぞ……」

誰が結婚式にこだわりを持ちすぎる花嫁だ。

思わず瓦せんべいをその喉に詰め、シチリアマフィアのように沈黙の掟《オメルタ》の制裁をくらわすところだった。——まあいい。これで一通り布石は打った。いざとなればこのあたりを足場にひたすらごね倒す。

ふと近くの探偵を見ると、当人はまるで他人事のようにのほほんと日向《ひなた》ぼっこをしていた。隣の悲壮感漂う依頼人に比べ、何という太平楽。蛇ならば三弦《サンシエン》の皮にしてやるところである。

大門が再び袂をごそごそと漁《あさ》った。今度は中からアルミの缶茶を取り出す。プルタブを引いて一口ぐびりとやった。鼻下で白い湯気が渦となり散じる。

「質問はもう良いな？　ではそろそろ仮説の説明に入るぞ。今回儂が考えたトリック——それは、『凶器消失トリック』だ」

＊

凶器消失トリック——。

とうとう大門が鞘から刀を抜いた。はたしてその切れ味はいかに——？

「この事件、理を究《きわ》めれば犯行方法は二通りしかない。すなわち被害者の首斬り後に、いいいい、ギロチンを移動させるか、いいいい、遺体を移動させるかだ。前者であるならこれは凶器を現場から消失させる『凶器消失トリック』となり、後者なら『死体移動トリック』となる。そして儂は前者を選択する」

……まあ物理的に考えれば、確かにそのどちらかしかないだろう。もちろん死体と凶器、両方動かすという第三の可能性もあるにはあるが、そちらはそうする理由もメリットもよくわからない。

だが――それで？

「まず殺害現場だが、儂は少年は祠で殺されたと考える」

「その証拠は？」

条件反射でフーリンは問い返したが、直後に勇《いさ》み足だったことに気付いた。この質問は無意味だ。

「お嬢さん。わかっているとは思うが、儂にその証拠を直接示す義務はない」

大門が憎たらしいほど落ち着き払った顔で、ずずりと茶を啜る。

「儂側には可能性さえあればいい。確かに祠からは被害者の血痕は検出されていない。だがそれは、家畜の血が多すぎて検出から漏れたためとも考えられるのだ。

これが通常の裁判なら、『被害者の血痕は祠から検出されていない』ことから、儂の仮説は証拠不十分として退けられる。だがこの勝負に限っては、『被害者の血痕は検出漏れの可能性がある』ので、儂の仮説は十分容認され得ることになる。これが君の選んだ修羅《しゅら》の道だ、上苙君――」

そうなのだ――。

この勝負、向こうは可能性さえ見つけられればいいのだ。

事実を一々厳密に証明する必要はない。もちろん物理法則を無視したり、まったく根拠の欠片《かけら》も無い出鱈目《でたらめ》な「可能性」を持ち出すことは、さすがに「有り得る仮説」としては棄却されよう。しかし状況証拠にそれなりに当て嵌《は》まっており、かつ可能性として否定しきれないものであれば、老人側は好きなように「真相」を捏造《ねつぞう》できる。そんなこじつけ上等、亀毛兎角《きもうとかく》を並べ立てる三百代言《大法螺吹き》を相手に、真っ向勝負を挑まなければならないのが今回の自分たちの立場なのだ。

これは喩えるなら、イカサマありの博打《ばくち》に平手で挑むようなもの。こんな先の見えた勝負も無い——。

フーリンがそう鬱々《うつうつ》と気を塞いでいると、大門がすっと両袖を胸の前で合わせて腕を組んだ。次いでぴたりと瞼を閉じる。

そして急に何かの詩歌《しいか》を吟《ぎん》ずるように口ずさんだ。

「『廻《まわ》せ廻せ水車《みずぐるま》。梅雨の晴れ間の一日を、せめて楽しく浮かれよと』——」

フーリンは重たげに眼を上げる。何だいきなり？

「——これは北原白秋作詞、多田武彦《ただたけひこ》作曲の唱歌『梅雨の晴れ間』の一節である」

先ほどの詩人の名が出てきた。いったいこの詩人が何のトリックに——？　フーリンは隣の探偵の様子を窺うが、こちらは静かに微笑《ほほえ》むばかり。分かった上での余裕なのか、あるいはただのはったりか——。

「白秋の故郷、九州筑後《ちくご》地方の柳川《やながわ》は水の豊かな『水郷の里』。そんな白秋にとり、農作業などに使う水車は普通に身近な道具であっただろう。そしてまた、ここ深大寺も恵水の地。今も『深大寺そば』として有名だが、かつては蕎麦《そば》粉の名産地として知られ、水車の利用も盛《さか》んだった。

東京に移り住んだ白秋は、この深大寺を好んでたびたび訪れたと聞く。湧水《ゆうすい》の大地に郷土の面影を重ねたのであろう。『深大寺、水多ならし我が聴くに、早や涼しかる瀧《たき》の音ひびく』——」

そこで言葉を区切り、存在しない谷川の水音を聴くかのように、じっと耳を澄ました。

「そう——鍵は水車だ、上笠君」

老人が三度《みたび》缶の茶を啜る。湯気が木漏れ日に吸い込まれるように消えていく。
「怪力乱神《かいりょくらんしん》を語るなど愚の骨頂。人力で無理なら機械を使えばよい。人間文化とはすなわち創意工夫の産物。道具を使い、知恵を使い、いかにして不可能を可能にしていくか――その克己《こっき》の過程こそが真に人間的である。人間とは困難を克服し、成長していく生き物だ――まったくそうは思わないかね、上苙君？」

けっ、とフーリンは目を半眼にして小指で耳をほじった。どうもさきほどから、この老人の話は説教臭くていけない。何かにつけて探偵に訓示を垂れたいみたいだが、彼女の私見ではもうこの探偵を矯正《きょうせい》するのは鶏を雛《ひよこ》に戻す並みに手遅れである。

「つまり言いたいのは、水車を使ってギロチンを回収したということか？」

まだじっとして動かない探偵に代わり、フーリン自ら訊ねる。

「くどい前置きの割にはひどく凡庸な答えね。第一そんなものはもうこちらも否定済みね。『当時滝は涸れていて、水車は回っていなかった』――こんな単純明白な事実に気付かないとは、お前の頭が耄碌《もうろく》した証拠じゃないのか？」

自分も気付かなかった事実は当然棚上げである。

だが老人は彼女の挑発には乗らず、今度は視線を近くの渡良瀬に向けた。

「ところで、そちらのお嬢さん。今の『梅雨の晴れ間』の歌詞に、どこか引っ掛かる点はなかったかな？」

マフラーに半分顔を埋《うず》めた渡良瀬は、振り子のようにしきりに首を左右に傾ける。

「引っ掛かる点……ですか？　いえ、特には……」

「唄《うた》い出しの、『廻せ廻せ水車』の部分だ。不思議に思わんかね？　なぜ『廻れ廻れ』ではなく、『廻せ廻せ』なのか――」

「あ……」

そこで渡良瀬はようやく合点がいったように頷く。

「そう言われれば、少し変ですね。水車が回るのを応援するなら、普通は『廻れ廻れ』ですよね。

えっと……小川を擬人化しているからでしょうか？　人が小川に向かって、もっと水車を『廻せ廻せ』と命令している……？」

「いや。『廻す』のはあくまで人間だ。この歌詞の視点人物が、『水車をもっと早く廻せ』と自分自身を叱咤《しった》激励しているのだ」

「水車を自分で回す？　川に水がなかったんですか？」

「『郷里柳河は水郷』だよ。今回の事件のように川は涸れん」

「動いている水車をさらに自分で回したりしたら、巻き込まれて危険じゃないですか？」

「水車が川の水で回っているなら、その通りだな」

渡良瀬がきょとんとする。フーリンももやりとした。まさか本格的に痴呆《ちほう》が進行したか？

「まあ、若いお嬢さんが思いつかんのも仕方あるまい」

大門は表情を緩めると、ぽりんとせんべいをまた一口咀嚼《そしゃく》する。

「実はな、お嬢さん。昔の農具の水車には、大別して二種類ある。一つは普通に水を受け、その水圧で回転して脱穀《だっこく》などの仕事をする動力水車。そしてもう一つは、人が踏んで水車を回し、水を汲み上げる揚水水車――いわゆる『踏《ふ》み車』だ」

＊

……踏み車？

これも初めて聞く日本語だった。踏んで回すという説明から、なんとなく絵面は想像できるが――。

「先ほどの一節は、まさにその『踏み車』を人が回す様子を唄い上げたもの。ちなみに回しているのは農民ではなく、村に巡業に来た旅芝居の役者だ。芝居の準備のために、客席に溜まった水を抜こうと懸命に踏み車を回しているのだな。

なお踏み車の使い方としては、水車の羽根を足で踏んで回転させ、その羽根で水を汲み上げる。つまり通常の水車とは逆に、水車を動かして水に仕事をするという発想だ」

やはり想像通りだ。その逆転の発想は面白い。が——。

「けれど、それが何ね？」

隙あらば責め立てる。

「それでも足を骨折した少女に、水車が動かせないことは変わりないね。まさか腕力だけで回転させたとでも？　怪力乱神を語らずとも、怪力少女は語るのか」

大門は悠然と缶茶を口に運んだ。

「やれやれ、ずいぶんと鼻っ柱の強いお嬢さんだ。それを今から説明するから、もう少し儂の話を聞け……。

さて。そんな『踏み車』だが、無論そんな農具は今ではもう使われてはおらん。電動ポンプ一つで済む話だからな。だが、それによく似た機械なら君たち若い人も使っている。そう——フィットネスジムにある例のあのランニングマシーン、通称『トレッドミル』だ」

「トレッドミル？」

いきなり時代が百年ほど跳躍した。この老人、時代に取り残されているようで意外と時流を捉《とら》えている。

「トレッドミルとは元来、この踏み車のこと。ただしランニングマシーンのモデルとなったのは農業ではなく刑罰のほうだ。十九世紀のイギリスでは、懲役刑として『踏み車を延々と歩いて回す』という労働罰が一時期導入された。そちらが発祥だ。ちなみにこの刑、戯曲『サロメ』の作者、オスカー・ワイルドも科されている。歳若の愛人アルフレッド・ダグラスとの同性愛を咎《とが》められ、相手の父親に訴えられたのだな。そんな収監生活が心身に応《こた》えたのか、出獄後の彼はそのまま世間から消えるように没している。そこまで人の尊厳を奪う苛《か》酷《こく》な刑罰が今では健康維持の手段として使われているのだから、皮肉と言えば皮肉な話だが……」

老人が秋空を見上げ、陽光に目を細める。

「もっとも、この『トレッドミル』という名称も、語源は農業にある。『トレッド』とは牛馬などの動物を歩かせる意味、『ミル』とは粉挽きのこと。昔のヨーロッパでは、水車や風車の代替手段として動物に粉などを挽かせることもあった。つまり、人間の代わりに動物が『踏み車』を踏んでいたのだ――」

そこでフーリンにはようやく、大門の話の着地点が見えてきた。

動物が――人間の代わりに。

「そ……それってつまり……家畜の豚が……ってことですか？」

渡良瀬が驚き交じりの声を上げる。老人は頷いた。

「その通りだお嬢さん。かの教団では自給自足で豚も飼っていた。少女――つまり幼少の頃の君は、その豚を使って水車を回し、ギロチンを回収したのだ――」

＊

家畜を使って水車を回す――。

フーリンは首を上げ、何とも言えぬ思いで頭上の羊の群れのようなうろこ雲を見上げた。まあ突飛《とっぴ》と言えば突飛な発想だが、それほど虚を突くというほどでもない。推理小説では動物を使ったトリックの事例も多々存在する。が――。

「確かに村では豚を飼っていた。けれど事件当日まで、それらが生きていたという保証はないね」

「何度も言う通り、その保証はいらないはずだ。儂側は可能性さえあればよい」

「『最後の晩餐』があったね。『最後の』とつくからには、そこで家畜は全部屠《ほふ》ったと考えるのが妥当じゃないか？」

「無論妥当だ。しかしそれもただの仮説の一つにすぎず、反証にはならん」

老人は狛犬《こまいぬ》のように微動だにせず、空の雲を見つめる。

「そちらの反論には確かな事実か証言が必要だ。もしそちらのお嬢さんが『豚は全部食べた』と証言できるなら、儂の仮説も否定されよう。が、しかし残念ながら、彼女は『最後の晩餐』後に家畜小屋に確認に行っておらん。生き残りの豚の数については解釈の余地が残るわけだ」

——確かに警察の調書では、家畜の生き残りが発見されたという報告は無かった。だが家畜は事件後に死んだもしくは殺されたとも考えられるし、その死骸《しがい》も焼けていたり腐敗が進んでいたりすれば、いつ死んだのか正確にはわからない。そもそも警察がそこまで家畜の死骸を重点的に調べる理由もない。だからそちらの線から家畜の生存を否定することも難しいだろう。

「だが、お前の仮説ではそれを少女がやった、というのだろう？　だったらさすがに彼女にその記憶くらい——」

「少女は事件の肝心な部分の記憶が抜けていると言っておろう。解離性障害、逆行性健忘——事件の被害者がショックで記憶を失う症例などいくらでもある。無論その点についても後ほど補足する」

フーリンは隣の渡良瀬を見やった。睨んだつもりはないが生来の三白眼が凶悪に見えたのか、渡良瀬は過剰なまでに怯《おび》えた様子で首をぶるぶる横に振った。

「す、すみません……覚えていません……」

ちっと舌を鳴らす。まあ事件そのものの記憶が確かなら、そもそも依頼人はこんな依頼をしてこないので、そこは致し方ない面ではあるのだが。

止《や》むを得《え》ない。ならばもう少し、現実的な視点から揺さぶりをかける。

「そんな方法では、途中でギロチンがどこかに引っ掛かるんじゃないのか？」

「それも可能性で回避できる指摘だが、一応『村の川は祠から真っ直ぐ続いていた』ことを付け加えよう。涸れた川の道を引きずれば水車まで一本道だ」

「では水車まではよいとしても、そこからギロチン台まではいったいどうやって運ぶ？　水車から台まではまだ距離があるが」

「それも水車さえ使えれば、工夫次第でどうとでもなる話だ。たとえば――まず水車からギロチン台までロープを伸ばし、ギロチン台の滑車に通す。そのロープをまた水車の所まで戻して、ギロチンの刃に結ぶ。それからロープを水車で巻き取れば、ちょうど滑車のところでロープを折り返す形で、刃を台まで引っ張れるだろう。水車から家畜小屋までの上りの一本道を使えば途中障害物もない」

　老人は淀みなく答える。フーリンは渡良瀬の視線を感じた。少しこちらへの不信が芽生え始めたか。

「そもそも豚に、水車など回せるのか？　豚を水車によじ登らせて車輪を回すなど、玉乗り以上の曲芸の極みね」

「踏み車といってもまた二種類ある。外から回すか、中から回すかだ。ハムスターの回し車のように、豚を中に入れて回せばさほど苦労はなかろう。頑丈な鉄製の水車なら豚の体重くらい支えられる」

「水車の車輪に豚が入るのか？」

「少女が『中に入って遊べそう』な大きさだと証言している。また水車を設計したドウニ少年なら改造も容易だ」

「少年がなぜそんな無意味な改造をするね？」

「意味はある。豚を水車に入れて事前に用意したのも彼だ。それについては後ほど動機と共に説明する」

フーリンの矢継ぎ早の質問にも、大門はまったく動じない。周到に準備した仮説なのだろう。動機のほうも少々つついてみてもいいが、そちらはなんとでも言い訳されてしまいそうだ。

さて——どうする。

行く手に早くも暗雲が垂れ込める。フーリンは強いて依頼人とは目を合わせないようにしながら、手遊《てすさ》びに空の煙管を手の中で弄《もてあそ》んだ。気散じに一服したいところだが、どうやら境内禁煙らしい。もちろん今さらそんなマナーを気にする人間でもないが、探偵が煩《うるさ》いしあまり官憲の目も引きたくないので、公《おおやけ》の場ではなるべく違法行為は慎《つつし》むよう心がけている。

ここで隣の探偵を見てみると、未だ按兵不動《アンビンブドン》。この状況でもまだ自軍の兵を動かす気配はない。

その探偵の恬然《てんぜん》とした態度にもいらりとした。なぜ何も反論しない。もっとも、相手の主張を聞くだけ聞き、最後にそれをたたみかけるように一気に引っくり返す——というのがこの男の討論スタイルなので、単にまだ反攻の機が熟していないというだけなのかもしれないが。

もちろん全てをこの男に委ねて高みの見物でもいいのだが、どうも性格上、辛抱というものが苦手である。それにこの依頼で探偵が受け取る報酬は、自分への返済額と同義。すなわちこの依頼料は自分の金。自分の金を賭けた勝負を、手をこまねいて傍観していられる性質《たち》でもない。

どうする。

自分から仕掛けて——みるか？

「百歩譲り、豚で水車を回してギロチンの刃を移動できるとして」

フーリンは注意深く言葉を選びながら、静かに布陣を張った。

「なぜわざわざ、そんな面倒な手を使うね？　豚が使えるなら最初からそいつに直接運ばせればいいね」

まずは釣り糸を垂らす。あからさまと言えばあからさまな釣り餌《え》だが、会話の撒き餌の中では食いつかずにはいられないはず。

大門が怪訝《けげん》な顔つきで片眉を上げた。

「その反論の意図がよくわからんな。仮にその理屈で儂の仮説を崩せたとしても、単に別の仮説に置き換わるだけだろうに。それでは『奇蹟の証明』にはならんではないか……」

フーリンはポーカーフェイスの裏でやや焦る。やはり釣り餌がでかすぎたか？

「だがまあ、ついでだ。答えてやる」

大門はぐびりと缶茶を飲んだ。

「いいかお嬢さん。豚の脱走時のことを思い出してみろ。彼らは豚を台車を使って戻した。豚は臆病な動物で、少しでも不安を感じるとその場を動かなくなる——少女に豚を意のままに動かすことはできんかったのだ。力ずくで牽引《けんいん》もできんし、下手に小屋から出せばただ逃げられるのがオチだ」

——かかった。

「お前今、良いことを言ったね」

フーリンはここぞとばかりに糾弾の矢を叩き込む。

「お前の言う通り、豚は臆病な動物ね。些細な環境の変化でも石のように硬直する——そんな臆病な豚が、はたして狭い水車の檻に入れられて、懸命に水車を回すと思うか？　豚はハムスターじゃないね。賭けてもいいが、お前の仮説では水車は回らない。何なら豚一匹と水車一台揃えて検証実験してやってもいいね。経費はお前持ちで」

空の煙管を小刀のように構え、びっと老人に向かい突き出す。

これでどうだ――と反応を窺う。実際のところ、この圧倒的不利なルール下で有効な戦術はこれしかない。揚げ足取り。相手の言動を逆手《さかて》にその論理の不備を突くのだ。

相手は無数の可能性を盾にいくらでも言い逃れできるのだから、事実の真偽で追い詰めることはまず困難。ならば相手の言質《げんち》を取りつつ、相手自身が認めた事実で論駁《ろんばく》するのがここでの最善手――。

だが。

大門の表情は変わらなかった。

やがてガハ、と老人は大口を開けた。ガハ、ガハハ、ガハハ……さも愉快そうに肩と腹を揺らして大笑いする。

「いやはや。そういう筋運びか、お嬢さん……」

ひとしきり笑ったあと、老人はステッキを突いて歩き出した。フーリンと探偵の間を通り、境内の一ヵ所に向かう。

手水舎とはまた別の小さな屋根の下に、もくりと煙を上げる巨大な香炉があった。

大門はそこに向かう。フーリンたちが後を追うと、老人が袂から何かを取り出すのが見えた。線香とマッチ。その数本に火をつけ香炉に供える。

「この儂の揚げ足を取ろうとは、なんとも――若い。しかしそんな戦術は百も承知だ。儂が何年そこの上芸君の相手をしたと思っている。そうぬるい論理の構築はしとらんよ……」

再びマッチを擦《す》り、新たな線香に火を灯《とも》す。

「だが確かに、お嬢さんはいい線までいった。はたして豚が思う通り動いてくれるか？　今回儂が最も悩んだのはそこだった。上芸君なら間違いなくこの欠缺《けんけつ》を突いてくる。しかし防御は難しかった。鞭《むち》で叩くには水車の檻が邪魔となり、槍で突こうにも水車の回転に阻《はば》まれる。戯絵《ざれえ》の豚ならば餌を目の前にぶら下げれば永遠に走り続けるやもしれんが、現実の豚は学習するのでそう都合良くはいかん。正直言って、儂はこの仮説を放り出す寸前だったよ。そう――」

またマッチを擦る。今度は線香に近づけず、そのままマッチの火を見せびらかすようにフーリンたちのほうへ向けた。

「この水車が」

火が風に揺らめく。

「鉄製だと、気付くまでは……」

そこでフーリンははたと気付いた。

マッチ――火――鉄製の水車。
まさか――。

「お察しの通りだ、お嬢さん」

マッチの火の向こうで、大門がにいっと皺《しわ》深い笑みを見せた。

「鞭に代わる拍車は火。少女はギロチンを回収するために、鉄製の水車を火で炙って、中の豚を歩かせたのだ。家畜の豚、鉄製の踏み車、火――この三種の神器で儂のトリックは完成だ。名付けて、『炙り家畜踏み車』――」

＊

――ごわっと、目の奥に紅蓮《ぐれん》の炎《ほのお》が揺れた。

何かが脳裏に蘇った。赤い火。焼けた鉄。悲鳴に叫喚《きょうかん》。その酸鼻《さんび》を極める火刑の犠牲者はもちろん豚などではなく――。

「岡本綺堂《おかもときどう》作・『半七捕物帳』――」

彼女の陰惨な記憶に被《かぶ》さるように、老人の注釈が続く。

「江戸の岡《おか》っ引《ぴ》きだった半七老人を探偵役に据えた、大正・昭和初期の探偵小説の快作である。この中の『三河万歳』という短編に、三味線の音に合わせて猫を踊らす『猫踊り』という芸が出てくる。江戸時代に実際にあった見世物だが、この訓練法がなかなか残酷でな。火鉢で炙った銅板の上に、猫を吊り下ろすのだ。猫が熱さでえっちらほっちら手足を動かす様子が、まさに踊っているように見えるわけだな」

えっ、と渡良瀬が再び手を口に当てる。

「猫を……火鉢で？　なんて残酷……」

もし仮説が本当なら自分はもっと残酷なことをしているはずだが、自覚が無いのか。

しかし――残酷か。

フーリンは要らぬ知識を思い出している自分に笑った。かつて金《きん》軍に拉致《らち》された北《ほく》宋《そう》の徽宗《きそう》・欽宗《きんそう》は、焼いた鉄板の上を犬の格好で歩かされた。殷《いん》の紂王《ちゅうおう》と妲己《だっき》が考案した、熱した銅柱の上を渡らせる（あるいは抱かせる）「炮烙《ほうらく》」という刑は苛酷な火責めの例として有名である。

スペインの異端審問で使われた、鉄製の椅子に座らせ火桶《ひおけ》で熱する「スペインの椅子」。時のローマ皇帝により聖ラウレンティウスが処された「焼き網」での火炙《ひあぶ》り。日本のキリシタン弾圧に登場する、体に巻き付けた蓑《みの》に火を付けて踊らす「蓑踊り」

——人間の嗜虐性の歴史を繙《ひもと》けば、その創意工夫に富んだ火責めの事例は事欠かない。

「火傷《やけど》を避けようとする動きは、脊髄《せきずい》中枢神経による不随意の屈曲反射だ。なので豚の意志に関係なく起こり、豚を強制的に走らせることが可能である。

北原白秋に岡本綺堂——この二名筆《めいひつ》が儂の此度のトリックの種本だ。どうかな上苙君。如何《いか》な君でも、ここまで無道なトリックは想定しておるまい——？」

——やられた、とフーリンは率直に思った。

この探偵は確かに頭が切れる。だが性格は温厚なので、「動物を火で炙る」という発想はなかったかもしれない。むしろこれなら自分の領分。深酒で憂《う》さを晴らす前に、いくらかでも事前に報告書をチェックしてやるべきだったか——。

そう幾分悔《くや》みながら横目で探偵の様子を窺うと、彼は白手袋を嵌めた右手で顔の片側を覆っていた。

フーリンはぎょっとする。この格好《スタイル》は——。

——憂思黙想《ブラウンスタディ》——

探偵が深い思考に入ったことを示す、ある種のお約束的ポーズである。

片目を塞ぐのは不要なものを見ないため、片目を開けたままなのは見えざるものを捉えるため――しかしなぜ、今ここで？　これはいわば探偵の「奥の手」だったはずだが――。

つまり……それを使わずにいられないほど、この大門のトリックが想定外だったということか。

フーリンは荒く舌打ちする。だからこんな勝負は受けるべきではなかったというのに――。

だが、今さらそれを言っても始まらない。今は少しでも多く時間を稼ぎ、探偵に考える猶予を与えねばならない。

「……少女が家畜の豚を生きたまま火で炙るという、なかなかエグい絵面は個人的には好みね」

空の煙管を咥えつつ、フーリンは己に注意を惹《ひ》きつけようと一歩前に踏み出す。

「烤乳猪《カオルウジュウ》（仔豚《ぶた》の丸焼《まるや》き）が食べたくなったね。けれどいろいろ疑問は生じるね。そもそも少女は豚を可愛がっていなかったか？　自分が丹精込めて育てた家畜に、どうしてそんな惨《むご》い仕打ちができるね？」

「『可愛さ余って憎さ百倍』という言葉もある。だがよかろう。今の質問のほかにも、少年が殺された理由、首が斬られた理由、それに先ほどの水車を少年が改造した理由——こういった残りの疑問について、今から時系列でまとめて説明しよう。個別に答えていては時間がかかってしょうがないからな。

では聞くがよい各々方《おのおのがた》。儂はこの事件を、だいたい次のように考えた——」

そして大門は仮説の全貌《ぜんぼう》を語り始めた。

*

——まず少年は、集団自殺の現場から脱出後、そのまま少女を祠まで運んだ。

そこまで逃げたのは単純に火事の煙を避けるためだ。また少年は、そこで少女とともに外部の助けを待つつもりだった。火事跡はいずれ誰かが発見するだろうし、そうすれば教団の異常にも気付いてもらえるだろうからな。

となると問題は水と食料だ。食料庫が余震で崩れることを警戒したのか、一応祠には少年が事前にいくらか運んでいたようだが、しかし食料はあればあるほどいい。できれば家畜小屋にいる豚や鶏も無駄なく活用したいところだ。

しかしここの土地柄、それらの家畜を肉にしてもすぐに腐ってしまう——かといって一度に食べ切るにはもったいないし、水も塩も限られた状態では塩漬けもままならない。

そこで少年はもう一つ、工作が得意な彼ならではの手を打った。

発電だ。

電力を確保して冷蔵庫を再稼働し、家畜の肉や他の腐りやすい食料を保存しようとしたのだ。そのための仕組みが前述のトリック、「炙り家畜踏み車」だ。つまりこの仕掛けは、最初は家畜を使った発電設備として彼が作ったものだったのだ。

家畜の肉を保存するために家畜を使うとはなかなか鬼畜な発想だが、この状況で道義は問えまい。少年は最後の集団自殺までの何日間かを使い、こっそりこの設備を準備した。ちなみに台車は水車まで豚を運搬するのに使った。台車が水車のそばにあったのはそういう理由だ。

そうして万全の準備の下、少年は少女とともに救助を待つ生活に入る。

だがやがて、一つの問題が二人の間に持ち上がる——。

それは、ペットの仔豚の処遇の問題だ。

＊

「ペットの仔豚の処遇……？」

先ほどの「猫踊り」からやや神経過敏になっているのか、渡良瀬が感情過多な反応を見せる。

「それってまさか……ドウニくんが、仔豚も食料にしようとしたってことですか？」

「それもある。だがそれより大きな問題は、仔豚の餌をどうするかだ。水以外にも、人と飲食物が被るのだ。

離乳前の仔豚は人間にも貴重な栄養源である脱脂粉乳を消費する。

　水と脱脂粉乳の袋だけわざわざ『仔豚の隠し場所』にしまったのは、まさに仔豚に、それらを食べられないためだ。それに少年には計算外の出来事——運び込んだ食料の一部が駄目になっていたとか、そういった不運も重なったかもしれん。とにかくそういった理由で台所事情が逼迫《ひっぱく》し、それで合理的な性格のドウニ少年は、泣く泣く仔豚を処分しようとしたのだ」

「で、でも……」

　渡良瀬がしぶとく抵抗を見せる。

「ドウニくんは約束してたじゃないですか。仔豚も一緒に助けるって。サイズまで測ろうとしてた……」

「嘘も方便という言葉がある。それに事前に成長具合を測ったのは、単に離乳期を知りたかっただけかもしれんぞ。あるいは食べ頃かどうかを判断していたとかな」

「そんな……」

渡良瀬の顔が青くなる。フーリンも別に仔豚に同情したわけではないが、大門に反論できないという点では不愉快だった。――しかし可能性としては十分成り立つ。

大門が残りの線香すべてに火を点け、香炉に放り込んだ。

「まあ何にせよ仮定の話だが、状況証拠からはこういった解釈もできるということだ。ではよろしいかなお嬢さん？　儂の仮説の続きだが――」

＊

――こうして少年は、仔豚を処分する肚を決める。

少年は何とか少女を説得し、仔豚を殺す準備に入る。このとき仔豚は家畜用のギロチン台ではなく、祠の祭壇の前で殺すことになった。これはおそらく仔豚を家畜としてではなく、自分たちと同じ信者として神前で葬ろうとしたためだろう。このあたりは少女の要望と思われる。

少年はギロチンの刃と祠の鳥居、それと麻縄のロープを使って簡易ギロチン台を祭壇の前に作った。ギロチンで斬首するのは無論「聖者の死」を真似るためだ。そして哀《あわ》れな仔豚をギロチンの下に固定する。そのように準備を終えたあと、少年は少女の見守る中、集団自殺の時の教祖のやり方に倣い、粛々《しゆくしゆく》と祈りの言葉を唱え出す――。

だが、その最中だった。少年の祈禱の声を聞きながら、少女の心の平衡が段々と失われ始めた。

愛するペットを失う哀《かな》しみに、二人だけ生き残った罪悪感や孤独感。そして何より、いまだ鮮明に残る凄惨《せいさん》な事件の映像。そういった諸々がフラッシュバックし、徐々に少女の正常な精神を曇らせていく。

そしてやがて、祈禱を唱える少年の姿が、斧で信者の首を刈り回る悪魔のような教祖のそれと重なった。

その瞬間、少女は壊れた。

大好きなペットが悪魔に殺される。そんな焦りと錯覚に囚《とら》われた少女は、思わず祭壇にあった儀礼用の刀を摑み――。

迷わず、少年を刺した。

＊

じゃっ、と玉砂利の上に何かが落ちる物音がした。

「ドウニくんを……刺した？　私が……？」

渡良瀬が、自分の足元に鞄を落としていた。顔は白蠟《はくろう》と見紛《みまが》うばかりに青白い。

「そんな……そんなことって……」

大門が帽子のつば先をつまみ、ゆっくりかぶりを振った。

「すべては可能性の話だ、お嬢さん……。だが仮に儂の仮説が真実だったとしても、幼い君を誰も責めはせん。それにもしかしたら、これこそが君の真に知りたかったことではないか。自分の深層意識の奥底から聞こえる模糊《もこ》たる懺悔《ざんげ》の声。その正体を確かめるために、君は君自身を告発しに来たのだ……」

渡良瀬が震える手で鞄を拾い上げる。ずいぶんと大仰《おおぎょう》な反応にも思えるが、まあその動揺は当然のことではあるのだろう。自分に優しくしてくれた少年を仔豚の命と引き換えに刺したとあっては、少女どころか少年の存在も救われない。

もっとも、当事者でも何でもないフーリンにしてみれば、こんなのはただの御託《ごたく》にしか聞こえないのだが——けれどももちろん、可能性としては否定しきれない。「無意識の罪悪感が自分を告発しに依頼に向かわせた」という理屈も、どこかで聞いたふうな深層心理学的な定型解釈、という印象が拭《ぬぐ》えないが、しかしそれだけにいかにもありそうな話ではある。

それに当然、これが真実だという帰結も十分有り得るのだ。もしそうなら、こちらがいくら正攻法で攻めようとその牙城《がじょう》を崩せるわけがない。

なぜならそれが、現実に起こった出来事なのだから。

老人もちらりと渡良瀬を見た。それからすうっと目を閉じ、どこか心情を慮《おもんぱか》る声色で言う。

「……辛いだろうが、もう少し我慢してくれ。何、儂の話はあともう少しだ。例の『炙り家畜踏み車』のトリックまで辿り着けば、そこで終了だ……」

＊

――少女の力でも、動脈など刺し所が悪ければ致命傷になるだろう。上手くいけば骨にも傷は付くまい。

ともかく、こうして最後の悲劇は起きてしまった。

普通ならここで終わる話だったろう。だが「新宗教団体」という特殊性が、少女をさらなる狂気の結末へと導いた。少年を殺して我に返った少女は、自分のしでかした罪に恐れおののく――そしてその罪をなかったことにするために、一つの教義にとりすがるのだ。

そう――「蘇り」だ。

一見ただの教義の寄せ集めにすぎないこの教団だが、それでも大まかな思想の傾向は見て取れる。それは「魂の救済の思想」だ。イエスの復活と救済を待望する終末思想、魂の浄化、聖人化への憧憬《しょうけい》——そこにさらに彼らが「脛に傷を持つ身」であることを考え合わせれば、この教団の本旨は「罪深き魂の救済」、つまり「罪を犯した者がその罪を赦《ゆる》され救済される」ことにあった、とみることもできよう。

その象徴の一つが「聖人の蘇り」だ。神の恩寵《おんちょう》を受け聖人化した者は、罪過のある古い生を捨て、無辜の新しい生を受ける——「この教団で過去を捨てて生まれ変わる」こと自体が、その暗喩であり模倣だったのかもしれん。ともかくそういった「蘇り」の思想がこの教団にあったことは事実だ。

そしてその教義が、結果的に少女に猟奇的な行動をとらせた。「聖人」になれば死んでも「蘇る」——教義からそう考えた少女は、そこからさらに逆算的に、少年が聖人になったと思い込もうとしたのだ。

少年が「聖人」となっていずれ「蘇る」なら、自分が殺したことにはならない——そんな理屈が働いたのだろう。何とも稚拙で危うい思考だが、それは幼い少女なりの精一杯の自己防衛心理だった、と儂は想像する。

ゆえにここから先の少女の行為は、彼女自身が自分でそう思い込むためのいわば「状況証拠」作りである。

まず信者は聖人の死を真似ねばならないので、彼女はたまたま上手い具合に簡易ギロチンの下に倒れた少年の首を、刃を落として斬る。

　次に自分が殺した証拠を隠蔽《いんぺい》するために、儀式用の刀や床に付いた血を、少年の服などで丹念に拭《ふ》く。この刀や床は後に家畜の鶏などを殺すのにも使ったため、少年の血が検出されないのは前述の通りである。

　そして聖人になるには「奇蹟」を起こさねばならない。少女は以前聞いた「首無し聖人」の奇蹟の例を参考に、「家畜小屋のギロチン台で首を斬られた少年が、死なずに祠まで歩いた」というストーリーを創り出す——が、それを信じるには、何としてもギロチンの刃を祠から小屋へと元の位置に戻さねばならない。だがそれはとても彼女に動かせる重さではない。

　困った彼女は、そこである解決法を思いつく——それが例の、「炙り家畜踏み車」を使ったギロチンの回収方法だ。

　これも少女が独力で思いつくにはやや苦しいかもしれん。だが仮に少女が少年から、似た発明のアイディアを事前に聞いていたとすればどうか？　たとえば明治時代の銅線工場では、水車で銅線を巻き取り引き延ばすこともしていた——水車で紐《ひも》状のものを引っ張る、もしくは巻き取るという発想さえあれば、この方法に思い至るのもまったく無稽《むけい》な話でもない。

　いずれにせよ可能性の話だが、ともかくも彼女はこの方法に気付き、そして実行した。

ちなみにこの踏み車の仕掛けは、少年が外で作業していたときに作った。少女はこれに麻縄のロープでギロチンをつないだだけだ。そしてこのロープが燃え残った。また同じく燃え残っていた「慰霊塔」は、「炙り」用の薪材として少年が使ったものである。例の「最後の晩餐」のキャンプファイヤーで、村の薪は全部燃やし尽くされてしまったのだろう。木材が極端に少なく、さらには火事で焼け野原と化したこの村には、あとはそれと鳥居くらいしか薪材が残っておらん。なお柱全部が燃えていたのは、「炙り」の火の不始末が原因と思われる。

さきほどのそちらのお嬢さんの指摘通り、確かに「豚を火で炙る」という惨いことを、少女が躊躇なくするとは考えにくいかもしれん。だがこのときの少女は通常の精神状態ではなかったし、言うことを聞かない豚に腹を立て、お仕置き気分で火にかけたとも考えられる。そのあたりはいくらでも解釈可能だ。

さて——こうして状況証拠作りを終えた少女は、自己防衛の最終段階に入る。

記憶のすり替えだ。

彼女は自分の中に「首を斬られたドウニ少年が、自分を抱えて祠まで運んだ」というストーリーを捏造し、それを信じ込んだ。そしてその他の都合の悪い事実は全部忘れ去って、翌日目覚めたところから記憶を新たにつなぎ直してしまう。

総括すれば、「炙り家畜踏み車」による凶器消失トリックと、自己防衛のためのストーリーの捏造。この二つが、今回の「奇蹟的現象」という解釈を引き起こした主因である――。

＊

急にテレビの音を消したように、静寂が境内を覆った。

ようやく大門が一人語りを終えた。話し終わりと同時にびゅうと風が吹き、その頭の帽子を飛ばす。老人は落ち着いた所作で帽子を拾い上げ、土を払って被り直した。

そして蛙か蜥蜴《とかげ》を思わせる黒眼《くろまなこ》で、じっと探偵を見る。

「……で、どうかな上苙君？　この儂の仮説は」

――はっ！　と、フーリンは全身で嘲弄《ちょうろう》を露《あらわ》にした。

どうもこうもない。すべてが仮定、仮定、仮定に仮定を重ねた話だ。推理というよりただの創作。起きた結果をひたすら我田引水《がでんいんすい》で都合よく自説に当て嵌めているにすぎない。

だが、なら絶対有り得ない話かというと――そうとも言い切れない。

幼い少女の刃物の一撃が致命傷になることもあるだろうし、少年が偶然ギロチン台に倒れることもあるだろう。犯した罪を認めたくない気持ちから人は証拠隠滅に走りもするし、記憶を自分ですり替えてしまう症例も現に存在する。そもそも子供の論理などあってないようなものだ。まだ精神が未成熟な少女が、不合理な動機で不合理な行動をとったとしてもおかしくはない。

その証拠に、話を聞いた渡良瀬はすっかり青ざめていた。大門の仮説にそれなりの説得力を感じてしまったらしい。老人の臨場感たっぷりの説明のせいもあるだろうが、やはり本人自身の事件の記憶があやふやだという部分が大きいだろう。記憶を「奇蹟」にすり替えるほどの衝撃的な何か——それはきっと、本人がそう思い込みたいほど嫌な事実に違いないからだ。

無駄だと思いつつ、フーリンは最後の反論を試みる。

「その仮説だと、家畜小屋のギロチン台のほうにも少年の血痕が残っているのはおかしくないか?」

「少年の血液は少女の衣服にも付着している。彼女が『踏み車』のトリックでギロチンの刃を元に戻すときに、それが移ったと考えれば問題ない。そもそも台の血痕も大量に残っていたわけではない。その後の風雨や余震の影響で、現場の痕跡は限りなく消されている」

「踏み車に使った豚の行方は？」

「言っただろう。少女は奇蹟を信じるための『状況証拠作り』を行ったと。ならばトリックに使った豚は当然――」

「処分した、か。ペット好きな心優しい少女のイメージが、ずいぶんと酷薄な女に堕《お》ちたものね」

「心神耗弱時の人格は元の人格と同等には扱えん。それにお嬢さん、君だってかつてはそんな少女時代があったのではないか」

フーリンは薄く笑った。

「――一つ聞き忘れたが、依頼人の記憶にあった『首のようなもの』とは？」

ああ、と老人は空のうろこ雲を振り仰ぐ。

「その候補はいくつか考えたのだが、逆に当てはまる解釈が多過ぎてな。これと決められずじまいだ。だがここまできたら、そう難しく考える必要もあるまい。いくら豚を火で急《せ》き立《た》てようと、ギロチンを引っ張ってくるまでには時間がかかる。その間一人でぽつねんと水車を炙り続けるのも寂しかろう。ならばお供を欲しがるのが人情というもの――」

フーリンは怪訝に眉《まゆ》を寄せる。

「つまりその間、ペットの仔豚を抱いていたと？」

「それも有り得るが、それなら目の前に豚がおる。それに『首のようなもの』というからには、それはまさに首のような形をしたものに違いない。つまり――それは何の捻《ひね》りも無く、少女が切断した少年の首そのものだよ、お嬢さん」

＊

ふらっと、渡良瀬が体のバランスを崩した。

フーリンは反射的に片手を伸ばしてむんずと後ろ襟を掴む。リーチが長いのが幸いした。

「す、すみません……」

フーリンの腕にしがみつきながら、依頼人が消え入るような声で礼を述べる。

不客気《ブーケチー》（どういたしまして）、とフーリンは外向けの笑顔で応じた。あまり自分の役柄でもないが、代金支払い前の顧客を無下《むげ》にも扱えない。

「すまない。少し言い方が直截《ちょくせつ》過ぎた」

大門が目を伏せて詫《わ》びる。今さら生首の一つや二つ、どうってことあるまいに――正直そう思ったが、まあ依頼人にとっては卒倒せざるも得ない真相だろう。これでは聖なる奇蹟どころか、単なる猟奇殺人だ。

しかし、それにしても——。

ふっと、フーリンは自嘲《じちょう》の笑みを浮かべる。

こんなもの、どうやって否定する。

もちろん難癖《なんくせ》ならいくらでもつけられる。わざわざ祭壇前に簡易ギロチン台を作る必要があったのか。本当に少女がここまで大掛かりな隠蔽方法を思いつくのか。首を切ったときの大量の出血は鶏の血程度で検出不可能になるのか。その後の風雨でギロチンを引きずった痕跡まで消せるのか。

だがそんなものは、結局のところただの水掛け論。

どこまでも言い逃れはできてしまう。「可能性」を大義名分に掲げれば、大抵の無理は通ってしまうのだ。

相手にそうさせないためには、もっと可能性の幅を狭める確かな証言や物証が必要。しかしながら事件はすでに過去の話で、当時の関係者も一人だけ。風雨や余震の影響で碌《ろく》な物証もない。そんな「ないない尽くし」の状況下で、こんなぬるぬると鰻《うなぎ》のように言い逃れる相手を、いったいどう追い詰めろというのだ。

頼みの綱《つな》の探偵も、虎《とら》の子《こ》の「憂思黙想《ブラウンスタディ》」を持ち出している時点で、もはや後がないのは明白。詭弁を弄《ろう》そうにも、弄せるだけの材料がない——いやそもそも、詭弁を、弄しているのはむこうなのだ。

……無理だ。勝てるはずがない。こんな詭弁相手に反証などと——。

と、半ば勝負を投げ出しそうになった、そのとき。

へっくしと、探偵のくしゃみが聞こえた。

「どうかご安心を、渡良瀬さん」

ずずりと洟を啜りあげる。

「犯しもしない罪の意識に、悩む必要はありません」

フーリンは見返りの姿勢のまま、ぴたりと固まった。

さながら仕女図《シーニュトウ》（美人画）のモデルのごときポーズをとり続ける彼女を尻目に、探偵はコートのポケットからティッシュを取り出す。それでチィンと洟をかんだ。きょろきょろとゴミ箱を探すが、見つからないので丸めてまたポケットにしまう。

「相変わらずの名調子でした、大門さん。それに話運びも迂遠《うえん》過ぎて逆に面白い。まさか白秋だけでなく、岡本綺堂まで出してくるとは……。久々に当時の小説を読み返したくなりましたよ。ですが」

白手袋で青髪を掻き上げる。フーリンの視界の先で、翡翠もしくは煎《い》り銀杏《ぎんなん》のごとき色の瞳が、金石《きんせき》のように変わらぬ不退転の気を放つ。

「その可能性は、すでに考えた」

＊

「「何？」」

フーリンと大門の声が重なった。大門はともかくフーリンも驚きを隠せなかった。可、可、い、い、い、い、い、い、能性はすでに考えていた？

「渡良瀬さん。僕が先日渡した報告書を開いてもらえますか。百二十八ページです」

探偵に促され、渡良瀬は慌てて鞄から分厚い紙束《かみたば》を取り出す。しかしページに手を掛けたところで、一瞬不安げな目を探偵に向けた。探偵が微笑んで頷き返すと、渡良瀬は勇気づけられたようにページを開く。

「あ、ああ――……！　ありました！　これですか⁉　第三章『凶器消失』第三節、『動物動力源によるギロチン刃回収の可能性』――！」

老人が目を大きく見開いた。

「まさか」

フーリンは腕を伸ばして依頼人から報告書を奪った。そのページを食い入るように見つめる。

書いてある。

確かに書いてある。

「……ちょっと待つね。このトリックは、さすがのお前も想定外だったんじゃないのか？」

「何を言うフーリン。僕の考察に遺漏はない」

「だったらアレは何ね。何で『憂思黙想《ブラウンスタディ》』を出したね」

「憂思黙想《ブラウンスタディ》……？　ああ、さっきくしゃみが出そうでしばらく堪えてたんだが、あれがそう見えたか？　だったら誤解を招いて悪いことをした。無自覚に叙述トリックを使ってしまったか……」

なんと。

「本当に、最初から全部わかっていたのか？　ならどうしてもっと早く口を挟まなかったね。私がこれまでどんな思いで議論を引き延ばしていたか――」

「あれは意図的に引き延ばしていたのか。それは気付かずすまなかった。いやなに、二人の白熱した討論を何だか邪魔しづらかったのと、あとフーリンのこんな必死な姿を久しく見てなかったもので、つい……」

殺《シャー》　殺《シャー》　殺《シャー》　殺《シャー》　殺《シャー》　殺《シャー》……。

張献忠が成都に建立したという「七殺碑」の文章ばりに殺《シャー》の字が頭を占めた。ちなみに「七殺碑」の逸話は後世の創作で、元は民衆教化のために同じ張献忠が発布したた

「聖諭」の文言をもじったものらしいが今はどうでもいい。

——探偵が一歩、前に進み出た。

秋の紅葉よりもなお紅《あか》き、チェスターコートの裾《すそ》が翻《ひるがえ》る。風に青髪が揺れ、胸に当てた白手袋の金糸が秋光を受けて輝く。

「大門さん。堅物のあなたにしては楽しい稚気《ちき》でした。だが残念ながら、その仮説には致命的欠陥がある。——そう。集団自殺後のあの日あの場所に、そんな都合の良い家畜など存在しなかったのです」

＊

清閑な境内に、ばさばさと鳩《はと》の群れが舞い降りる。

それ以外は無音だった。大門は仁王の吽形像《うんぎょうぞう》のように口を結んだ渋《しぶ》い顔つきのまま、蝦蟇《がま》めいた黒目で探偵を睨む。やがてステッキで玉砂利を弾《はじ》きながら近づいてきた。探偵の目と鼻の先で立ち止まる。

「家畜が……存在しない？」

「そうです大門さん。あなたの仮説は存在しない動力を仮定している」

「だが少女は、家畜の数を記憶していない。確かに晩餐会で食べ尽くされた可能性はあるが、その証拠はない」

「ところがどっこい、あるのです」

しばらく、両者は鼻を突き合わせるように対峙した。やがて大門から離れ、老人は例の折り畳み椅子まで歩いてそこに腰を下ろす。ステッキを再び刀のように立て、探偵を眼光鋭く見据えた。

「ならば証明してみせよ、探偵」

探偵が頷く。そのまま大門に近寄ったかと思うと、老人が持っていた透明の袋に手を突っこんだ。「一つもらいます」瓦せんべいを一枚取り、今度は本堂に向かって歩く。

本堂前の鳩の群れに向かい、砕《くだ》いた瓦せんべいを巻き散らした。

「——少女の回想で、豚が脱走したときのエピソードを思い出してください」

そのまま説明を始める。

「豚を捕まえた少年は、首輪の名札ケースに番号札が入ってないことに気付き、少女からその札を受け取ります。そして少女のお気に入りの豚が『十二番』だと気付きました——ではなぜ少年は、その豚が十二番だと気付いたのでしょうか？」

大門は今度は阿形像《あぎょうぞう》のように、「あ？」と喧嘩腰《けんかごし》に口を開いた。

「何を頓珍漢《とんちんかん》な質問を——無論、札の数字を見たからに決まっておろうが」

「札に十二と書いてあったから、少年は十二番だと気付いた——そうおっしゃいますか？」

「他に何がある。十二と書いている数字を十二と読まんのはただのへそ曲がりだ」

「ところが、そうとも限らない——」

探偵は足を擦り、玉砂利の上に大きく次のような数字を描く。

「例のプレートの数字は、デジタル数字状に角ばった線で書かれていました。この字体で書かれた『十二』は——」
隣に再び足で線を引く。

「上下を引っくり返せば、『二十一』とも読める」
二つの数字の間に立ち、両手を開いてそれぞれを指し示す。
「少女は無言でプレートを差し出しているので、少年が受け取った段階ではまだこの数字が十二か二十一か判別付きません。即座に少年が『十二』とわかったはずがないのです」

　老人は目だけ地面に向けた。

「少女が手渡した向きでわかったのではないか？」

「少年は受け取ったプレートを横に持ち替えています。つまり手渡された向きからは、十二にも二十一にも持ち替えられたということです」

「ならば何か他に、上下を判別できるものが――」

「プレートにはシンプルに数字だけ書かれていたと証言にあります。それに少年は豚はどれも同じに見えると言っているから、個体を識別して十二番と気付いたわけでもない。とすれば、少年がその数字が『十二』だと気付いた理由はただ一つ――」

　探偵がさっと手を横に振る。せんべいのかけらが遠く弧状に撒かれ、興奮した鳩たちがわっと餌を追って散った。

「家畜の数が、二十四以下だったからにほかなりません」

　フーリンはふと探偵の足元を見る。無数にいた鳩が、今は確かに二十羽以下に減っていた。

「家畜の豚は一から順にナンバリングされています。少女の述懐によれば、『病死した十一番とその子供以外、豚は皆例外なく順番に食べられている』ので、十一番以外に欠番もない。もしその条件下で家畜が二十一匹以上いたなら、数字は十二と二十一、両方の可能性があったはずです。だったら当然少年は、どちらの数字か迷うことになる。

しかし少年は迷わなかった。なぜか――もし家畜が二十四以下なら、二十一はどんなことがあっても有り得ないからです。ゆえに、瞬時に十二だと気付く。少年がたった一枚のプレートから十二と特定できたという事実から、家畜の数は二十四以下に限定されてしまうのです。

また豚は番号順に食べる習慣なので、次に食べる予定が十二番ならば、十一番以下はすでに存在しないと判断できます。よって当時村にいた豚の数は、最大でも二十四引く十一匹で、九匹。一つずらして二十一引く十二とすれば、奇《く》しくもカプレカ数という特殊な計算法と同じになりますね。まあこれは蛇足ですが――」

思わぬところでいつかの話とつながった。ここで例のなんちゃら数を出すか――。

「一方で、『最後の晩餐』のシーンを思い出しましょう。晩餐会では豚の足が一人一本ずつ配られた。晩餐会には教団の全員が参加したので、その数は教団の人数と同じく三十三。豚の足は一匹につき最大四本なので、もし食べたのが八匹以下なら、足の本数は最大でも八×《かける》四で三十二本となり、一本足りません。つまり少なくとも、九匹以上の豚が晩餐会で食べられたことになるのです。

家畜の数は最大で九匹。食べられた数は最小で九匹。よって家畜の数は九匹以外有り得ず、その全部が晩餐会で料理されたとわかります。なので集団自殺後、少女のペットの仔豚を除き、あの村に家畜の豚は一匹も存在しなかった――」

探偵が再び大門の前に立ち、老人と真っ向から向き合った。

「以上で、反証終了です」

しばらく、大門から返答は無かった。老人は椅子に腰掛けた姿勢のまま、木彫りの仏像のように身じろぎ一つせずじっと考え込む様子を見せる。

時が止まったような長考が続いた。寝入る虎を見守るのにも似た緊張感の中、やがて老人の、大きく息を吐き出す音が再び時を動かす。体中の空気をすべて絞り出すような長い呼気だった。

「なるほど」

そして繰り返す。

「なるほど……」

それから老人はゆっくり顔を上げた。空のうろこ雲でも数えるかのように、しばらく視線を頭上に泳がす。木陰と木漏れ日が老人の体にまだらな影模様を落とした。

さながら亀の日光浴のように、老人は首を伸ばして秋の陽射《ひざ》しを目一杯顔に受ける。

「……儂の負けだ」

最後にそう言い、ぐっと帽子を顔の上に引き下ろした。

＊

——ふうと、フーリンは安堵《あんど》の息を吐いた。

老人が変に御託を並べず、あっさり負けを認めてくれたのは助かった。自分なら「九匹目の豚は足一本だけ切ったのではないか」とか何とか、適当な言い掛かりをつけて往生際《おうじょうぎわ》悪く食い下がっているところだ。

まあしかし、「最後の晩餐」で豚は食べ尽くされたという説は、もともと老人も「妥当」と認めていたこと。その論拠が示されたので、潔《いさぎよ》く勝ちを譲ったといったところだろう。

いずれにしろ綱渡りの論証だが、とにかく勝負はついた。ちらりと依頼人の様子を窺うと、彼女は脱力したようにその場にしゃがみ込んでいた。自分が猟奇殺人犯だという仮説が否定され、彼女もまずは一安心といったところか。

フーリンは依頼人に手を伸ばして助け起こすと、さりげなくその背中に手を回し、そそくさと出口の山門に向かった。老人の気が変わって妙なケチをつけられる前に、この場は早々に立ち去るのが得策である。

山門前には、さきほど探偵から逃げた鳩たちが場所を変えて屯《たむろ》していた。フーリンはモーセが海を割るようにそこに突入する。途中ちらりと振り返ると、探偵が大門に一礼してから、こちらの後を追ってくるのが見えた。さんざん自分を詐欺師呼ばわりした相手に、ずいぶん義理堅いことである。

するといきなり、老人の低い胴間声が耳に突き刺さった。

「——待てい、上芸君！」

フーリンの心臓がどきんと鳴る。探偵も足を止めた。

「何ですか、大門さん？」

老人がステッキにしがみつくようにして立ち上がる。今にも前のめりに倒れそうな姿勢で、数歩前に踏み出した。

「君は……君はいったい、いつまでこんな愚行を続ける気だ？」

「それはもちろん、『奇蹟』が証明されるまでです」

「本当に君は、そんなものが証明できると思っているのか？」

「できる——と、思っています」

数瞬、境内の空気がまたぴんと張り詰める。だが今度はすぐに老人が緊張を解いた。ひゅうう、と下手な竹笛のようなため息が聞こえ、それから老人の肩が悄然《しょうぜん》と落ちる。

「……それが君の致命的に愚かな点だ。有限の人間の知性で、本気で宇宙の無限に立ち向かえると思っとるのか。儂は数学は門外漢だが、無限に戦いを挑んだ数学者の中には、精神を病んだ者も多くいると聞く。儂は君がその轍《てつ》を踏む気がしてならん……」

――おや？　とフーリンは思った。今の老人の言葉には、どこか探偵の身を案じるような含みがある。この二人、単純に犬猿の仲というだけでもないのか。

「連続体仮説に挑んだカントール、その遺志を継いだゲーデルのようにですか」

探偵もやや険の取れた声で答える。

「しかし大門さん、それはご安心を。僕が挑むのはそこまで大それた問題ではない。単にこの世に奇蹟が存在することを示すだけです。そういう心配は、まさにこれから数学の未解決問題に挑もうとする若き数学者たちに向けてやってください」

「単にこの世に奇蹟が存在することを示すだけ、か――」

インバネスコートの裾が揺れた。老人はまた一歩、前に倒れ込むように足を踏み出すと、顔の皺を深めて泣き笑いのような表情を作る。

「今の言葉で儂は確信したぞ。上苙君、今すぐその偏執的な思考を捨てたまえ。君の理性はすでに危うい境界上にある。

いいか上笠君――例のイタリア人のことなどもう忘れろ。君は君自身のために、その生を使うべきだ。君の母親も、自分の敵討《かたきう》ちのために我が子が狂気に陥ることを望んでおるまい」

「もし僕が大門さんとの論争に負けたのだったら、僕も自分の理性の衰えを自覚しましょう。ですが、こうして僕が勝利した今、その台詞はただの負け惜しみにしか聞こえない――」

「違う！」

老人は激しくかぶりを振る。

「違う。違うのだ上苙君……。君は勝利したわけではない。儂の仮説を否定してしまった時点で、君はもう負けたも同然なのだ。このまま不毛な道を突き進み続ければ、確実に君は……」

ふとそのとき。

白い物が、老人の顔を覆った。

……鳩？　いや違う。生きた鳥の羽ではない。人工物。人の手で丁寧に仕上げられた、粋《いき》で巧《たく》みな工芸品――。

扇？

そこでふと。

あたりに漂う薫香に気付いた。

この甘く清浄な、仙女の天園に誘われるがごとき馥郁《ふくいく》たる香りは――。

白檀《びやくだん》――？

老人の背後で、ふわり、と薄手の白いコートの裾が広がった。同じく白いふさふさの毛皮帽が目に入る。そこに誰かが立っていた。大門よりやや背が高く、手足やウエストのシルエットが鶴《つる》のように細い。

その人物は手に持った白扇で老人の口元を覆うと、癖のある日本語で警告した。

「少しお待ちください。それ以上のお喋《しやべ》りは契約違反になりませんか？　このあと私の仕事もあります。余計な情報漏洩《ろうえい》はあまり気分が良くないです」

＊

「リ……」

その顔を見た瞬間、名前がフーリンの口を衝《つ》いて出た。

「儷西《リーシー》！」

突然現れた中国人女性は白扇をぴしりと折り畳むと、フーリンに冷めた目線を送る。

「好久不見《ハオジュウブージエン》、老仏爺《ラオフオイエ》」

女はどこか棘《とげ》のある声でそう挨拶すると、すっと老人の後ろから出てきた。

豊満なフーリンとは対照的に、細身のモデル体型。色白で顔は小さく、美女というより育ちのいい清楚《せいそ》な美少女といった容貌《ようぼう》だ。今にも折れそうな細いくびれ腰は、コートのベルトを引っ張ればそのまま千切れるのではなかろうか。

女は腰に手を当てると、舐《な》めるような目でフーリンを上から下まで見回した。

「――どうやら健康には問題なさそうですね。でもとても見ないうちに、あなた大変大きくなってませんか？　ん……？　大きい……ではないですね。ぷ……。ぷと……。太《ぷと》りました？」

不慣れな日本語を装って侮蔑《ぶべつ》の言葉を吐かれるが、しかしそんな非礼も気にならないほどフーリンの衝撃は大きかった。なぜこいつが出てくる――？

「な……なぜお前が、この日本にいるね？」

リーシーは嘲《あざけ》るような笑みをフーリンに向ける。

「さあ……なぜでしょう？　ひとまず入国審査では、観光目的《サイトシーイング》と答えましたが」

「入国審査……？　もしかして正規の手段で来たのか？　どうしてビザが下りた

ね？」

「下りなければ、自ら作るしかありませんね？」

「日本の侘《わ》び寂《さ》びは華美好きのお前の感性に合わないね。いいからとっとと上海《シャンハイ》の古巣に戻るね。記念に秋葉原で手土産くらいは買ってやるね」

「それが久々に出会ったかつての朋友《ほうゆう》に向ける言葉ですか。まあその冷淡さが、老仏爺らしいといえばらしいですが……」

そう答えながら、リーシーが不気味な微笑みを浮かべつつこちらに近寄ってきた。間にぼうっと立っていた依頼人を手で押しのけ、フーリンの真正面に立つ。

身構えるフーリンに、今度はにっこりと笑いかけた。そしてさらにフーリンの脇を素通りし、本堂手前に集まっていた鳩の群れのところまで歩く。

人の気配を感じた鳩たちが、ばさばさと空に逃げた。その集団を首を曲げて見上げながら、リーシーが不思議そうに呟く。

「ところで日本人は、どうして鳩を食用にしないのでしょうね？」

呆然《ぼうぜん》と言葉を失っていると、探偵が驚きと興味の入り混じった顔つきで近寄ってきた。

「彼女は何者だ、フーリン？」

「……宋儷西《ソンリーシー》。昔の仕事仲間ね」

依頼人の手前、仕事の具体的内容までは述べなくていいだろう。しかし非常にややこしい女が出てきた。普段上海を根城にするこの女がなぜわざわざ日本くんだりまで出張ってきたのかは不明だが、そこに何らかの意図があることは明白である。

無駄骨だとは思うが、ひとまず探りを入れてみる。

「契約違反とは、何のことね？」

「哎呀《アイヤ》？」

リーシーが振り返り、星のごとき瞳で見つめ返す。やはり話す気はなし。この女に口を割る気がないなら、フーリンの手腕をもってしても自白させることは不可能。

「そうか。なら観光を楽しむね。再見《ツァイツェン》」

フーリンは依頼人の手首を摑み、すぐさま山門へと向かった。三十六計逃げるに如《し》かず。得体の知れない相手には関わらないに限る。この女の目的が何であれ、こちらが話に乗りさえしなければおそらく被害は受けない――。

「――あれ？」

そこで渡良瀬が慌てた声を出した。

「す、すみません。ちょっと待ってください。報告書が――」

フーリンの手を離し鞄を漁《あさ》る。例の分厚いプリントの束が煙のように消えていた。

まさか――。

「それはこれでしょうか？」

リーシーが腰に片手を当て、もう片手で報告書を頭の横に掲げていた。フーリンはうんざりした顔で額に手をやる。さきほど依頼人を押しのけたときにやられたか。この女の手癖《てくせ》の悪さは昔と寸分も変わらない。

「……大丈夫、焦ることないね。オリジナルの電子ファイルは渡したUSBのほうに――」

「そちらはこちらでしたか？」

今度は腰に当てた手を上げる。その二本指の間には、パールホワイトの記録媒体が秋の陽光に照り輝いていた。

「ついでに補足しますと、事務所のパソコンにあったデータ等も諸々消去させて頂きました。ネットのファイルサーバのバックアップも跡形なく。このリーシー、偸《トウ》（窃盗）は専門ではありませんが丁寧な仕事ぶりに定評があります」

その発言に探偵が顔色を変えた。

「なんだと？　ちょっと待て、僕はネットのセキュリティには人一倍気を使っている。かなり腕利きのハッカーでも侵入は難しいはずだ。まさか――トロイの木馬か？　僕のＰＣに中国製の偽造半導体部品か何かが使われていて、それで秘《ひそ》かにバックドアを――？」

「いいえ。バーナーと千枚通しで事務所の窓ガラスを焼き破ってクレセント錠を開け、聖書の赤線部分からパスワードを推測しPCをクラックしました」

普通に泥棒だ。というか聖書に赤線というベタなパスワードのヒントの残し方をしている時点で、探偵のセキュリティ意識もたかが知れている。

「……わかった。金か？　だがその報告書にはお前が期待するほどの金銭価値はないね——」

心胆《しんたん》冷え込む思いでフーリンが問いかけると、リーシーはふふんと鼻を鳴らした。踵《きびす》を返して境内のベンチに向かい、そこに置かれたボストンバッグを手に取る。そこから金属製の蓋《ふた》付きケースを取り出し、中に報告書とUSBを放り込んで、さらに南《なん》京錠《きんじょう》の鍵まで掛けた。

再び戻り、その鍵を探偵に投げ渡す。

「老仏爺ときたら、相変わらずお金のことばかり……でも性分がお変わりないのは喜ばしいことですね。どうぞそのままのあなたでいてください。

ところで私の訪日の目的ですが、表向きは観光ですが実態は不動産等の購入物件の下見です。あと事のついでに、そこの偵探先生《ヂエンタンシエンション》との推理勝負も一応予定に入っております。

嘻嘻《シシ》（ふふ）——そういえば日本語では、『偵探』は『探偵』と漢字が逆になるのでしたね。まあそれはさておき、今この堅牢《けんろう》なケースに、先生の大切な報告書を封印しました。もし返してほしくば、どうぞ私との勝負をお受けください。時間と場所は追って連絡します——ああもちろん、この報告書は私は読みませんのでそこはご安心を。依頼主からもきつく見るなと言われておりますので。形ばかりの保証になりますが、そちらの鍵はお預けします」

そう早口で一気にまくし立ててから、リーシーはまたベンチに戻る。ケースをボストンバッグにしまい、それを両手で持ち抱えた。それから大門のところに駆け寄り、老人の背中を押して二人で出口に向かう。

「ではまたのちほど。老仏爺——再会《ツァイフィ》」

フーリンとすれ違いざまに皮肉っぽくひらひらと手を振り、そして山門の向こうに姿を消した。

あとには、白檀の香りだけが残った。

境内に残された三人は、ただ呆然とその場に立ち尽くす。

「だから……」

フーリンはぽつりと呟いた。

「だから防犯対策は、あれほどしとけと言ったね……」

「いや……。そもそも盗まれるものがなかったしな……」

探偵も魂《たましい》ここにあらずといった様子で、ただ手の中の銀色の鍵をじっと見つめる。

「あ、あの――あの人って結局、日本語上手いのか下手なのか、どちらなんですかね……？」

存在にあまりに現実味がなかったためか、渡良瀬がかなり的の外れた疑問を抱いた。

フーリンは疲労も露に、弱々しく首を振る。「あの女に、確実なことなど何一つないね……」そう答え、山門前に再び舞い降りた鳩の群れに、吸い込まれるように足を向ける。

――契約違反？　よくわからないが、裏で誰かが糸を引いていることは確実だ。いったい何が起こっている――。

フーリンが近づくと、鳩たちがまた機械的に一斉に飛び立った。その灰色の群れに円《まる》い壁のように囲まれ、フーリンは一瞬自分が深い井戸に落ちたような錯覚に陥る。

避坑落井《ビーコンルウオジン》（一難去ってまた一難）。目の前の坑《あな》をようやく避けたと思ったら、さらなる深い井戸の出現だ。これはいかなる陥穽《かんせい》（落とし穴）の計か。はたして次のこの穴、落ちずに逃げ帰れるものか、否か――。

第三章　坐井観天《ズオジングアンティアン》

フーリンの足取りは重い。

自ら刑場に赴《おもむ》くような心持ちである。先日の望まぬ邂逅《かいこう》のあと、リーシーからとある横浜《よこはま》の高級中華料理店への招待状が届いた。が、それはもちろん、美味《おい》しい料理で饗応《きょうおう》しようという歓待の気持ちからでもないだろう。

はたして料理されるのは、食材か己らか——やがて前方に現れた、横浜中華街北口の黒い玄武《げんぶ》門を前に、監獄の門をくぐる思いのフーリンである。

＊

中国歴代王朝のいずれかの宮廷文化を模した、華麗な内装の店内。

天井が妙に高い。二階分くらい吹き抜けている。部屋も何かの式場のようにだだっ広く、案内された円卓はゆうに十人が座れるくらいだ。贅沢《ぜいたく》というより甚《はなは》だ居心地の悪さしか感じない。

その円卓の上座、奥の天子南面するあたりには、例の女が白銀の衣を纏《まと》って鎮座していた。きらびやかな宝飾品で飾り立てた、隋唐《ずいとう》時代あたりの姫めいた貴妃服。その手では孔雀《くじやく》の羽根をあしらった白い羽毛扇をゆったりと振り、左右には芭蕉扇《ばしようせん》を持った下女まで侍《はべ》らせている。まるで西遊記か何かに出てくる、妖怪変化《ようかいへんげ》の何とか公主といった趣《おもむき》である。

そこにはどこか臣下に謁見《えつけん》を許す女帝のような貫禄《かんろく》さえ漂うが、まあ実際、彼女がこの店のオーナーなのだろう。この女の拠点は上海だが資産や利権は世界各地に点在する。それにしても服装が自由すぎるが。

円卓を挟み、フーリンはその女帝の真向かいに席を取っていた。自分の左側が探偵、右側が依頼人の渡良瀬という布陣である。

フーリンはしばらく無言でリーシーと火花を散らしていたが、ややあって、リーシーが先に口火を切った。

「ようこそ、老仏爺《ラオフオイエ》。このたびはこんなむさ苦しいところに」

フーリンは鼻を鳴らして応じる。

「気にするなリーシー。不快な女主人を除けば店内は十分快適ね。ところでこの店の内装はいったいどういう趣味だ？　ここを拠点に新王朝でも開く気か」

「このようなコンセプトの高級料理屋なども、面白いかと……」

リーシーは扇の羽毛で顎を撫でつつ微笑む。

「品揃えはまだですが、衣装の貸し出しなども考えております。よければ老仏爺にも何かお貸ししましょうか？　私がこれであなたがそんな簡素な装《よそお》いでは、そちらも肩身が狭いでしょう……」

「今日は着飾りたくない気分だから遠慮しとくね」

毛皮のコートを脱いだ今、現在の自分はやや胸の開いた黒のワンピースにチェーンネックレスというシンプルな格好だが、まったく引け目は感じない。

「左様ですか。もし我慢ができなくなったら、肩肘張らずにどうぞご用命を。ときに老仏爺。こちらもつかぬことをお聞きしますが……」

リーシーは若干眉を曇らせ、フーリンの左側に目を向ける。

「なぜこの殿方は、室内でもコートを脱がないのですか？」

フーリンは左隣を見た。そこにいた探偵は、確かに例のトレードマークの一つである深紅のコートを着たまま椅子に座っていた。

フーリンはしばらく黙って隣の男を凝視し、それから平然とリーシーに視線を返す。

「私にも、まったく理解不能ね」

ニヤリと含みのある笑みを向けた。

「ただ一つ言えるのは、これがこの男の生き様だということね。人から阿呆だ頓馬《とんま》だと後ろ指を差されながらも、この男には絶対に曲げられない一つの信念があるね。それが例の『奇蹟の証明』であり、この赤コート姿ね。どんな状況下でもそのスタイルを変えないのは、必ず奇蹟を証明してみせるという、この男の金剛のごとき意志の固さの表れ――」

すると「あれ……？」という声が右隣から聞こえてきた。渡良瀬が不思議そうに首を捻っていた。そこでフーリンがもう一度左を向くと、探偵が何の躊躇《ためら》いもなくするするとコートを脱いでいた。

フーリンの視線に気付いた探偵は、ああ、と肩を竦《すく》める。

「すまない。忘れていた。脱ぐのを」

壁際に並んで控えていた女性店員たち――というより侍女らといったほうが相応《ふさわ》しい宮女風の出《い》で立《た》ちの女性たちの一人が、すかさず探偵に近寄ってきた。躾《しつ》けの行き届いた上品な仕草でコートを受け取り、それをクロークに掛けに去る。探偵の赤コートの下は赤いベスト姿だった。色彩的にはそう変わらない。

フーリンは去りゆく侍女の背中を煙管《キセル》を咥えて見送ったあと、おもむろにリーシーに向き直った。

「……で、『推理勝負』はいつ始めるね？」

＊

ばっと、リーシーが急に前に身を折った。

何かの花を模した銀の髪飾りをふるると揺らし、両手で腹を抱いて必死に何かを堪える。

やがて耐え切れなくなったのか、顔を上げると目に涙を浮かべ、けらけらと笑い出した。

「ま、まったく……。老仏爺《ラオフオイエ》ときたら……。その性急なところも変わっていませんね。まだ仲良かった頃の昔の私たちを思い出します」

フーリンは仏頂面《ぶっちょうづら》で答える。

「私の記憶には、お前と仲良かった頃がないね」

「まあ、老仏爺ったら……。まだお若いのに斑呆《まだらぼ》けでしょうか。私たち二人で築いたあの熱き時代をもうお忘れですか。あなたが老仏爺で私が西王母《シーワンムー》。二人の悪名は香港《ホンコン》・台湾・大陸三方の黒社会の隅々《すみずみ》まで轟《とどろ》き、多くの賊徒や仁義を欠いた無法者たちを震え上がらせたものです」

「悪名は主にお前の手柄ね」

「またご謙遜《けんそん》を。このリーシー、本音を言えば今もあなたの引退が残念でなりません。最初は現役を引いたあなたが腑抜《ふぬ》けていないか心配でしたが、そこはあまりお変わりないようで安心しました。ただ老仏爺……やっぱりあなた、少し太《ぶと》りましたね？もしあなたが今の私の衣装を羨《うらや》ましく思うなら一つ貸してあげてもよいのですが、これではサイズが合うかわかりません……」

「少しも羨ましくないから安心するね」

気持ちをすっぱりと切り替え、フーリンは改めて目の前の女を観察する。しかしこの女……いったいどういうつもりだ？　探偵と「推理勝負」などと言っているが、そもそもこの女には探偵と争う理由などない。二人は初見のはずだし、今回の依頼料など今のこの女には端金《はしたがね》にすぎない。

となると、やはり気になるのは——。

契約。

この女や前の老人と契約し、自分らを誘導している黒幕がいるということか。だとすればその人物とは、おそらく老人も口にした、例の——。

リーシーが手を叩いた。奥から着飾った美しい娘たちが列をなしてやってくる。手には金銀の盆を運んでいた。本気で饗宴《きょうえん》を始めるつもりらしい。

フーリンは諦め顔で、懐から煙草《たばこ》入れを取り出した。かなり癪《しゃく》だが、今は大人しく先方の出方を窺うしかない。肝心の報告書を向こうが握っている限り、こちらは手も足も出ないのだ。

煙管に草を詰めつつ、フーリンはリーシーのほうを見やる。女帝の椅子の隣には、宝箱の載った銀のワゴンがあった。おそらくあの中に、例の報告書がケースごと入っているのだろう。何もかも冗談掛かっているが、派手で遊び好きなこの上海女のやることだから仕方がない。意味など聞くだけ野暮《やぼ》というものだろう。

ただ、やはり――。

どうしても、確認せずにいられないものがある。

「ところでリーシー……」

半笑いで訊ねる。

「あそこにある、アレは何ね？」

探偵の座席の真後ろの方向を指差す。そこには王朝風の内装に明らかにそぐわない、武骨で透明な長方体の物体が置いてあった。

巨大な水槽。

ただし中に水は入っていない。代わりに白い羽毛と、発泡スチロールのような白いブロックがいくつも放り込まれていた。どうにも製作意図が読めない。

リーシーはそちらを向くと、ああ、とこくんと頷いた。

「あれはインテリアです」

まったく隠す気の無い大嘘を吐かれた。この女のこういう女狐《めぎつね》ぶりがフーリンは苦手である。

ひとまずあの水槽には警戒するとして、次点で気になるのは出された食事だった。

フーリンは円卓に続々と並ぶ料理の皿に嫌そうな目を向ける。どれも薫香漂う垂涎《すいぜん》ものの高級料理だが、当然これを口にしようものなら——。

リーシーが意地悪い声で訊ねてきた。

「どうしました、老仏爺？　まだお腹は空いてませんか？　もうそろそろお昼時ですが」

フーリンは煙管を咥えてそっぽを向く。

「実は最近、ダイエットをしてるね」

「それは面白い冗談です」

「まだ成果が出ていないだけね。まずは内臓脂肪を落としてるね。リバウンドが怖いからじっくり時間をかけて体型変化させる所存よ」

「もしかしてあなた、まだ私を警戒していますか？　もちろん料理に毒など入っていませんよ？」

「お前は笑顔でそう言いつつ、箸に粘着性の毒を塗りつけるタイプね」

するとと左隣からハハハと大笑いが聞こえた。

「そのトリックの可能性は低いな、フーリン――なぜなら今君が座っている真ん中のその席は、本来主賓である僕が座るべき場所だったからだ。あらかじめ食器に毒を塗るにしても、気分屋で横暴な君が座る席までは先方も予測できまい。

しかしなぜ探偵の僕を差し置き、助手ですらない君が中央に陣取る。もう少し僕の存在を立ててくれないか。それに第一、あの彼女は君の昔の友達なんだろう？　過去に何があったかは知らないが、そうあまり棘々《とげとげ》せずに、ひとまず再会の喜びをもっとこうきゃっきゃうふふと――」

「阿鼻叫喚《あびきようかん》ならともかく、この女と一緒にいて間違ってもそんな可愛げのある擬音は――ってウエオロ。お前何もう料理を食べてるね」

「ああ。実は今日、まだ朝食を食べてなくってな。空腹すぎて匂いの誘惑に抗《あらが》い切れなかった。そういえば事務所の冷蔵庫にカレーの残りがあったはずなんだが、フーリン知らないか？　脳細胞の活性化のため、スパイスの刺激が欲しかったんだが……」

「吐くね」

「ん？」

「今食べたものを全部吐くね」

「はは……そんなもったいない真似できるか。それより見ろフーリン、この燕《つばめ》の巣のスープを。かなりの上物だぞ。かの楊貴妃《ようきひ》も愛用したという燕の巣には抗酸化作用のあるシアル酸が豊富で、それが美肌とアンチエイジングに――」

「いいから吐くね！」

フーリンは椅子を蹴立《けた》てて立ち上がり、矢のように探偵に襲い掛かる。視界の隅に、「え？　食べちゃいけなかったんですか……？」と渡良瀬が不安げな顔でレンゲを置くのが見えた。

喉に指を突っこもうとするフーリンの手首を、探偵は必死に掴んで押し戻す。

「待て待て、だから落ち着けってフーリン……。彼女が最初から僕らに危害を加えるつもりなら、わざわざこんな面倒な手順は踏まない。ここに僕らを呼んだのは、どう考えても『推理勝負』をする気があるからだろう。だったらそれを邪魔するような真似をするはずがない」

リーシーがけたけたと笑った。

「あなた、面白いです」

羽毛扇を高く掲げ、それをばさりと振り下ろす。ぶわりと風が起こり、立ちのぼる料理の匂いを裂いて白檀の香りがこちらまで届いた。

「冷静な状況分析力と、危地にて据《す》え膳《ぜん》を食らう豪胆さ。まさに日本語の意味での

『鉄心石腸《テイエシンシーチャン》』。敵ながら天晴《あっぱ》れと言えましょう」

探偵がフーリンの手を振り払い、ほらな、という顔をした。フーリンは小さく舌打ちし、不承不承《ふしょうぶしょう》自席に戻る。だが警戒は解かない。この両面裏のため裏表がないような女に、何か企《たくら》みがないはずはないのである。

リーシーが子供のように瞳を煌《きら》めかせ、探偵を見た。

「ですがあなた――ちょっと惜しい」

「何？」

ぶわりと、扇が今度は下から真上に煽《あお》られた。

するといきなり、隣の探偵の椅子が「がん！」と跳ね上がった。

フーリンの視界から、一瞬で探偵の姿が消える。ぶおんと風が横顔に吹き付け、直後に「ドダン！」と大音響が背後から響いた。

しばらく、何が起きたかわからなかった。

フーリンは動きを停止したあと、やがてゆっくりと首だけを音のしたほうに回す。例の水槽の中に、無数の羽毛と発泡スチロールの破片が舞うのが見えた。その合間に青色の髪もちらほらと覗く。

「老仏爺の性格なら、私のほうが熟知しております。老仏爺はとても背後に気を使う性分……後ろに訳のわからない水槽が置いてあるその席に、老仏爺が好んで着くはずがないのです。

あとは案内を使ってそちらの依頼人の方をもう片方の席に誘導すれば、勘付かれることなく自然に偵探先生をその席に座らせられます。おわかりですか偵探先生。このリーシーが罠《わな》を張ったのは、まさにあなたがお座りになった席なのです……」

ぎったん、と重い機械音を立て、椅子だけが元の位置に戻る。床のタイルの目地に紛れてわからなかったが、よく見ると、探偵の椅子から背後の水槽にかけて、床の一部が一本のシーソーのようになっていた。そのシーソーが縦に半回転して探偵を椅子ごと持ち上げ、そのままダンクシュートのごとく後ろの水槽に叩き込んだということらしい。

——と、冷静に分析している間もなく、今度は水槽側面にあった板が回転し、ぱたんと蓋が閉まった。さらにその蓋についたホースからざばざばと注水が始まる。

その水を頭から被りながら、探偵がようやくむくりと起き上がった。まだ状況が把握できないのか、白い羽根まみれの格好でしきりに左見右見《とみこうみ》している。

右隣の渡良瀬は、烏龍茶《ウーロン》のポットを持ったまま静止していた。フーリンはごくりと唾を飲み込む。

「どういう……つもりね、リーシー……」

リーシーは顔を斜め下に向けると、扇を胸元に下げて白い首筋をこちらに晒した。

「確かにこのリーシー、とある人物から、偵探先生との推理勝負を依頼されました……」

それから再び前を向き、今度はこれまでと打って変わった熱の籠もった眼差しで、フーリンを正面切って見つめる。

「ですが正直、そんな依頼はどうでもよいのです」

力強く言い切った。

「この依頼を受けたとき、私は真っ先に思いました。『このチャンスを利用すれば、老仏爺を現役復帰させられる』と。私の真の要求はただ一つ、老仏爺——あなたご自身です。あなたさえ私のところに戻れば、他に何もいらないのです。

老仏爺……我らが結んだ金蘭《きんらん》の契りをお忘れですか。私とあなたは唇亡歯寒《チュンワンチーハン》。あなたあっての私、私あってのあなたでしょう。まだ鋭い牙《きば》をお持ちというのに、こんな辺境の島国で眠れる獅子《しし》を決め込まれてはたまりません。それは東の青竜を金魚鉢に、南の朱雀《すざく》を鳥籠《とりかご》に飼うようなものでございましょう。

このリーシーの見立てでは、老仏爺の心弱りはすべてこの偵探先生に起因するもの。ならば今ここでその禍根を断ち、仮睡の虎を叩き起こしましょう。どうぞこの私が憎ければ存分にお恨みを。それが名刀の錆《さび》を落とす磏《リャン》（砥石《といし》）となるなら、こちらも本望でございます——」

からん、とフーリンの指から煙管が滑《すべ》り落ちた。

これだから。

これだからこの女を相手にするのは、厭《いや》なんだ――!!

＊

落ちた煙管を拾い上げる気力もなく、フーリンはただ円卓に両肘《りょうひじ》をついてがっくりと頭を抱え込む。

横の依頼人も、一言も口を利かなかった。あまりの事態にどう対処していいかわからないようだ。ドンドンと、ずぶ濡《ぬ》れの生き物が水槽を内側から叩く音だけが虚しく響く。

「さあ」

優越感に満ちた声が天上から降ってきた。

「どうですか?」

「どうって?」

フーリンは顔も上げずに答える。

「このまま放っておくと、あの男溺死《できし》しますが?」

「そのようだな」

声の主はしばらく考え込むように押し黙った。

「愛する男が死に瀕《ひん》する姿に、動顚《どうてん》のあまり気もそぞろですか？」

「愛する男って？」

鸚鵡《おうむ》返《がえ》しに聞き返す。再び沈黙が続いた。

するとフーリンの側《そば》に誰かが近寄ってきた。侍女の一人だった。侍女はテーブルの下に潜り込むと、床の煙管を拾ってフーリンに手渡す。それからマッチも差し出してきた。教育が行き届いているというべきか単に空気が読めないというべきか、若干評価に困るところである。

フーリンはため息をついて煙管とマッチを受け取ると、煙草を新しくして火をつけた。

「なあリーシー。どうやらお互い根本的な誤解があるようね。別にこの男が死のうが生きようが、私にはまったく関係の無いことね。だからお前がこの男を殺しても、何も得るものはないね……」

リーシーが扇を畳んで頬に当て、ふふんと小鼻を膨らませる。

「この男が死ねばあなたは中国に戻ってくる。違いますか？」

「違うね」

どういう暴論だ。

フーリンは脱力して額に手をやる。その状態で黙秘を続けていると、ようやくリーシーが少し不思議がるような表情を見せ始めた。

リーシーは考え込むように視線を遠方に向けると、扇の柄で首筋をとんとんと叩く。それから細い脚を折り畳み、両足を椅子の上に引き上げた。膝を抱いて椅子の片側に身を寄せ、爪の塗りでも確かめるかのように片手を顔の斜め上に伸ばす。

そして呟いた。

「もしかしてこのリーシー、何か盛大な勘違いをやらかしていますか？」

やっと気付いたか。

どっと気疲れが押し寄せてきた。この女の勝手な思い込みと独断専行は今に始まったことではないが、こうして巻き込まれる側はたまったものではない。

「改めて説明すると、この男は私の情夫《チンフー》でも何でもないね」

フーリンは乾き切った声で補足する。

「単に私が多額の金を貸しているだけね。この男が死んだら借金が踏み倒されるという意味では確かに困るが、それ以上の利害関係はないね。もっとも、この話を聞いた上でなおその男を始末するなら、こちらも相応の賠償請求をさせてもらうが――」

ふとそこで。

円卓越しに、じっとこちらを観察するような視線に気付いた。

その鋭い眼光に一瞬ぞくりとする。リーシーが扇を再び開き、孔雀の羽根越しにこちらを盗み見ていた。心なしか、その眼が笑っているようにも見える。

この女の、何もかも見透かすような目つきが――。

嫌いだ。

「……ふうん」

リーシーが五本指を広げて口元に添え、にっこりと微笑んだ。

「相変わらず難しい御方ですね、老仏爺は。けれど老仏爺ご本人が自らそうおっしゃるのであれば、きっとそうなのでしょうね。ではそういう理解にしておきましょう。ですが、それでも今の状況はあまり変わりませんね？　つまりこの男はあなたにとって金銭価値があります。それなら交渉材料になります」

「今度は身代金《みのしろきん》要求か？　今のお前の生業《なりわい》は黄《ホワン》（売春斡旋《あっせん》）であって拐《グアイ》（誘拐）ではないはず。慣れない仕事に手を出すと痛い目見るね」

「老仏爺と袂《たもと》を分かってから、私もいろいろとお仕事の幅を広げたのですよ。でも確かに、拐よりは賭《ドウ》（賭《と》博《ばく》）のほうが水が合いました。なので、どうでしょう老仏爺。ここは一つ、賭けをしませんか？」

「賭け？」

「是的《シイダ》（はい）。私とあなたの推理勝負です。あなたが勝てばあの水槽の中身はもちろん、この店の権利丸ごとお渡しします。ですが、もし私が勝ったなら――」

桃色の唇がほころぶ。

「あの男の右目か、舌か、五指を頂きます。もしそれが嫌なら老仏爺、代わりにあなたが私の元に戻るのです――」

＊

努めて感情を押し殺そうとするフーリンの背中を、それでも冷たいものが流れる。

宋儷西《ソンリーシー》。界隈《かいわい》では「西王母《シーワンムー》」の異名を持つ怪女。

西王母とは中国の伝説の仙女である。崑崙《こんろん》山に住み、人々に不老長寿の仙桃を与える仙界の美女として知られる。だが一方で、中国古代の地理書「山海経《せんがいきょう》」などでは「天厲五残《てんれいござん》」を司《つかさど》る野獣めいた鬼神として描かれており、元は恐ろしい鬼神のイメージが、時を経て天界の麗《うるわ》しき仙女へと移り変わっていったとも言われる。

そしてリーシーは、まさにその両面を併せ持つ女だ。「天厲五残」の天厲とは災害や疾病《しっぺい》、五残とは五つの刑（刺青《いれずみ》、鼻削ぎ、足切り、去勢、死刑）のこと。かつてリーシーは某組織で拷問や処罰を担う部門の首席を務めており、その見目麗《みめうるわ》しい容姿とそれに不釣り合いなまでの残忍性から、いつしかその名で呼ばれるようになった（ちなみにフーリンの渾名《あだな》「老仏爺」は、中国三大悪女の一人・西太后《せいたいこう》の愛称である）。

つまり——今のこの女の言葉がはったりでも何でもないことは、付き合いの長いフーリンが一番よくわかる。この女には、人体を壊すことなど道端の野花を手折《たお》るより容易《たやす》い。

「……知道了《チイダオラ》（承知した）」

そう答えるしかなかった。

リーシーが満悦の表情で頷く。そして白い鈴蘭《すずらん》のように可憐《かれん》な笑みを見せた。ちなみに鈴蘭の花や根には毒がある。

「こちらの無理を聞いてもらえて嬉しいです。では早速、勝負の方法ですが——」

「『奇蹟の証明』か？　この探偵の代わりに、私がお前のトリックの仮説を否定する——」

「それも考えましたが、実はこのリーシー、少々口下手で説明があまり得意ではありません。なので老仏爺、こういう勝負はいかがでしょう。あなたが私の考えたトリッ、い、い、い、い、い、い、いクを当てるのです。あの青髪の美丈夫《メイジャンフー》が水死する前に私の考えをあなたが当てれば、あなたの勝ち。間に合わないか、またはあなたが先に降参すればあなたの負け。これなら手間も時間も節約できます」

フーリンは思わず天井を仰ぎ見る。

この女――説明すら投げた。

何て女だ。自分の考えた遊びを実現するための苦労は厭《いと》わないくせに、自分が面倒と感じる部分の手間は徹底して省《はぶ》く。筋金入りの享楽者《きょうらくもの》だ。

リーシーが侍女を呼び寄せた。筆と紙の扇子を持ってこさせ、さらさらと扇子に何かを書き入れる。何度か空煽ぎして墨を乾かし、それからぱちんと骨を閉じた。

「今ここに、私の仮説のトリックを封じました。では老仏爺、どうぞご推察を。なおあの水槽はだいたい三十分ほどで満杯になります」

ぎりり、とフーリンの煙管を握る指に力がこもる。

「リーシー……さすがにそれは無理難題ね。私は禹王《うおう》の悩みを言い当てる猩々《しょうじょう》ではないね。いくら巷《ちまた》で化け物呼ばわりされようと、まだ人の心を読む妖怪変化の域までは達してないよ」

「あと十年もすれば、本当に狐の尾が生《は》えてきそうですね老仏爺……。ですがご安心を。このリーシーも、紫禁城《しきんじょう》で求婚者に解けない難問を課す謎かけ姫ではございません。手掛かりぐらいは差し上げます」

玉座の姫は羽毛扇を優雅に煽ぎ、あたりに白檀の芳《かぐわ》しい香りを振りまく。

「ヒントはすでに、この室内に出ています」

フーリンは片眉を上げた。ヒントがすでに——出ている？

「どうぞ注意深くご観察を。解答は何度でも挑戦して頂いて結構です。かくいう私も、あまり趣味の悪い調度品を店内に置きたくはありません。どうかあそこに不気味な浮尸《フーシー》（水死体）のアクアリウムができ上がる前に、是非ともこの扇の秘文字をお当てくださいませ。

ですが老仏爺。私とあなたは異体同心。他の者には無理難題でも、私と気質を等しくするあなたならきっと正解に辿り着くでしょう。ええ、ええ、そうですとも老仏爺。もしあなたが、老仏爺であることをまだ忘れていないのなら——」

女の甘ったるい口調に合わせ、ひらり、ひらりと孔雀の扇が飛蝶《ひちょう》のごとく左右に舞う。

その風に乗り、清冽《せいれつ》清浄な白檀の香りが、邪気を祓《はら》う方術のようにフーリンめがけて押し寄せてきた。フーリンはしかめっ面で煙管を咥え直し、深く吸い込む。そして煙を吐き出し、あたかもその煙で白檀の芳香から身を守るように、白煙で体を覆った。

＊

慣れ親しんだ煙草の匂いを鎧《よろい》のごとく纏いながら、フーリンは静かに目を閉じる。

……ヒントが、すでに出ている？

女狐め。どこまでも計算ずくということか。一見なし崩し的に始まったこの勝負だが、おそらくここまでの茶番全部がこの女の筋書き通り。ここに自分たちを呼び出した時点で、すでに今の絵図は描かれていたのだ。腹立たしいことこの上ないが、今はその筋書きに乗るしかない――。

と、そこでフーリンは、水槽が急に大人しくなったことに気付いた。

見ると、ただの青毛の濡れ鼠と化した探偵が、ごそごそと尻《しり》ポケットを探っている。財布か？　しばらく観察を続けたフーリンは、やがて探偵がやろうとしていることをだいたい察した。どうやら探偵は財布の小銭を靴下に詰めて鈍器《ブラックジャック》を作り、それで水槽を叩き割るつもりらしい。

車に閉じ込められたなどの非常時に、窓ガラスなどを割るのに使う手である。だがそんなわかりやすい手口を、あの女が見逃すはずは――。

掌に小銭を全部出した探偵は、そこで悄然と肩を落とした。どうやら一円玉しかないようだった。見逃す以前の問題だった。

探偵はさらにごそごそと全身を探るが、出てきたのはメモ用具やペンライト、使用済みカイロくらい。さすがにこの日本で護身用の拳銃《けんじゅう》を持ち歩けとは言わないが、せめてスタンガンくらいないのか。

探偵の自力脱出の線はないようだ。

ならば、やはり自分が気張るしかない。フーリンは吸い尽くした煙管の灰を卓上の灰皿に落とし、煙草をまた新たに詰め替えた。あいにく人道精神も動物愛護精神も持ち合わせのない彼女だが、金の卵を産む鶏は貴重だ。今ここでこの男を失えば、最低でも一億円以上の損失となる。そんな損失はたとえ神が許そうと己の金銭感覚が許さない――。

ふとそこでまた、リーシーの揶揄《やゆ》するような微笑みに気付く。フーリンはいらりとして煙を吐き、目障《めざわ》りな視線を灰色の壁の向こうに消した。

フーリンは改めて店内を見渡す。

王宮風の内装。

日本の中華料理店でよく見る回転テーブルに、所狭しと並べられた高級料理。

箸にレンゲ、陶器の灰皿。甲斐甲斐《かいがい》しく給仕をする可憐な娘たちに、彼女らを統《す》べる女帝。

それ以外には自分と依頼人と、あと水槽中に単なる観賞用となった探偵が一匹いるばかりである。

この中のいったいどこに、ヒントが……？

フーリンは煙を長く吐き出す。するとその煙が近づくのを嫌がるように、リーシーがテーブルの向こうで扇を何度か振った。

卓上の空気が揺れる。それにあわせて白煙が踊る。その煙の動きをぼんやりと眺めていたフーリンは、ふと奇想を得た。

「風……か？」

また一度煙管を吸い、煙を輪にして頭上に吹く。

「水車さえ回ればギロチンは回収できる。問題は水車を回す動力がないことね。でも水車を風車のように改造できれば――」

鈴の音のような笑い声がフーリンの考察を止めた。

「惜しいですね老仏爺。発想は良いですが、一つ肝心な事実を忘れています。当の村は、ほとんど風が吹かない盆地にあるのですよ？　そのため夏場はさらに肉が腐りやすく、だから村に冷蔵庫が必要だったと少年が少女に説明しています」

フーリンは無表情に煙管の灰を灰皿に落とす。

まあ今のは軽い牽制《ジャブ》だ。そう簡単に正解が出るとは思っていない。

しかしこの女、今回の事件の委細を承知している。情報は例の老人から得たのだろうが、それにしても引用が細かい。まるでその場で依頼人の話を聞いていたかのようなな——いや、実際盗聴でもしていたのか。

そんなことを考えながら視線をテーブルに落とす。湯気を立てるスープが目に入った。探偵ご推奨の燕の巣。確か、何かの成分が美肌とアンチエイジングに——。

と、そこで、本日二度目の閃《ひらめ》きを得る。

燕の巣。

燕——。

「……明白了《ミンバイラ》（わかった）」

フーリンは呟いた。

「鳥ね。あの少女がこっそり飼い馴《な》らした野生の鳥がいたと仮定すれば、それでギロチンの移動ができるね。鷲《わし》か鳶《とび》か梟《ふくろう》か、とにかく大型の鳥を何羽か用意できれば——」

リーシーがコロコロと笑う。

「とてもユニークです。ですが惜しい、老仏爺はまた一つお忘れです。少女は少年以外には、ペットの仔豚が唯一の心の友だったのですよ？　もしそんなに馴れた鳥がいるなら、それを友達に数えてあげないのは些《いささ》か薄情というものではありませんか？　緩手《かんしゅ》ですねえ、老仏爺。それは可能性と呼ぶにも薄すぎます」

これも不発。

この仮説構築、意外に手こずる——？

フーリンは渋い顔で背もたれに寄りかかった。この勝負、仮説を立てる側が圧倒的に有利なルールのはずだが、実際にやってみるとなかなかこれが難しい。ただ奇想天外なトリックを思いつけばいい、というわけでもないのだ。証言の整合性にかなり気を配らねばならないし、そして何より今回、この女の思いつきを当てるという縛りがある。無数の可能性の中から一つを選ぶという条件が付いた時点で、その難度は格段に上がったと見てよい。

フーリンは改めて考え出すが、しかし二つも大きな思いつきを反故《ほご》にされた今、天啓《てんけい》はそう易々《やすやす》とは訪れない。刻一刻と、ただ徒《いたずら》に時間だけが過ぎていく。

フーリンが黙考に入ってから、ゆうに十分は過ぎた。

水槽の水は半分近くまで溜まっている。探偵が思い出したようにまた水槽の壁を叩き始めたが、気が散るので少々大人しくしとけと言いたい。

「ふふ。あれではまるで水牢《みずろう》ですね、老仏爺……」

リーシーが世間話でも始めるように語りかける。

「あれを見ると、老仏爺が『三白眼の溺鬼《サンバイイエンニイグエ》』と恐れられていた時代を思い出します。あなたは水責めがお得意でしたね。水飲み漏斗《じょうご》や顔掛け布、氷点下の冷水シャワーにクレーン式の懲罰椅子――」

歌うような節をつけ、指折り数える。

「水をたっぷり飲んで膨れた囚人の腹を蹴り、口から噴水させるあの『潜水艦《エル・スブマリーノ》』は世にも楽しい見世物でした。あと老仏爺の持ち技の中で私のお気に入りは、唐辛子入りの炭酸水をよく振り鼻に突き込む、メキシコ流の『テワカナソ』……」

嫌なことを思い出させる。フーリンは引《ひ》き攣《つ》り笑いを浮かべた。この女との思い出話はどうも血腥《ちなまぐさ》くて困る。あるいはこうしてこちらの集中力を乱す作戦か。

「あなたの手際に比べれば、CIAのウォーターボーディングなどただの子供の水遊びです。そういえば水車も水責めの道具でしたね。あと水牢と聞いて連想するのは、かの大奇術師フーディーニの水中脱出劇、『中国水牢《チャイニーズウォーター》』……ただし拷問の世界で『チャイニーズウォーター』というと、普通は額にぽたぽた水を垂らす水滴拷問法のことを指しますね。

ああ、そうそう――知っていますか老仏爺。この水滴拷問法、名前こそ『チャイニーズ』と付きますが、これは実は中国人ではなく十五世紀のイタリア人法律家、ヒポリトゥス・デ・マルシリイスが考案したものなのですよ。とんでもない濡《ぬ》れ衣《ぎぬ》です。皆さん中国人を何だと思っているのでしょう……」

気を鎮《しず》め、外部の雑音を遮断して一から考え直す。この女の「ヒント」という発言に惑わされているのかもしれない。一度基本に立ち返ってみよう。

前にあの元検察の老人が言った通り、今回の事件のポイントはただ一つ——遺体と、凶器が離れた場所にあった事実をどう説明するかだ。

物理的にその手段は二つしかない。凶器を移動させるか、遺体を移動させるか。しかし重いギロチンを運ぶ手段は今は思いつかない。ならばあとは死体をぶん投げるくらいしか——。

そこでフーリンははたと気付く。

死体を——投げる？

つい苦笑が浮かぶ。煙管の柄を指でひねって灰を落とした。

「追加のヒントを与えたつもりか？」

「哎《アイ》？」

煙管の先端で、すっと女帝の眉間《みけん》を指し示す。

「霹靂車《ピーリーチエア》。あるいはトレビュシェット。それがお前が封じたトリックの名前ね。少年が水車と慰霊塔を利用して原始的な投石機であるトレビュシェットを製作し、遺体はそれで祠まで飛ばされた――それがお前の想定する今回の事件の真相ね」

＊

――トレビュシェット、という名の投石機がある。

中世ヨーロッパで使用された攻城兵器で、大きな岩などを敵陣に投げ込むのに使う。

見た目はクレーン、あるいは支点が著《いちじる》しく偏《かたよ》ったシーソーのような形状をしている。そのシーソーの片側に重りを載せ、テコの原理で反対側に載せた投擲《とうてき》物を飛ばす。

玩具のように単純な構造だが、実際の戦争で活躍したことからもその性能は折り紙つきだ。人力とは比較にならない飛距離を稼ぐことができ、中には百四十キロの岩を三百メートル先まで飛ばせたものもあったという。

「……少年の悩みの種は、脱出のアイディアはあってもそれを作る材料がなかったことね」

リーシーの表情の変化に確かな手応えを感じ、フーリンは薄く笑う。

「でも、トレビュシェットなら作れたね。トレビュシェットは簡単なシーソー構造。

必要な素材はシーソーとなる棒、支点、重りの三つだけ――そしてこの三つは村に全部揃っていた。そう。家畜の慰霊塔、水車の回転軸、そして『洞門』を爆破したときにできた岩ね。

少年はそのトレビュシェットで崖上までロープを張り、それで脱出するつもりだった――しかし何かのアクシデントが起き、この仕掛けは彼自身の遺体を飛ばすことに使われた。ここでもう一つのポイントは、祠から川が真正面に真っ直ぐ流れて見えたことね。つまり水車の回転方向も祠を向いていた。それでトレビュシェットを作れば自然と祠の方角に飛ぶね」

ちなみにリーシーの言った「この部屋にあるヒント」とは、探偵が嵌《はま》った例の仕掛け自体のことだ。アームが縦に回転するシーソーの仕組みは、まさにトレビュシェットの構造そのものである。もし回転速度がもっと速ければ、探偵はピッチングマシーンのボールよろしく壁にぶち当てられていたことだろう。

リーシーはそれほど動ぜずに微笑んだ。

「追加のヒントのほうも、おわかりいただけたようですね？」

「無論。むしろそちらが本命ね」

そしてもう一つのヒントは、リーシーが口にした懲罰椅子という単語。

実はこれも、トレビュシェットと呼ばれることがある。

懲罰椅子とは、中世ヨーロッパの異端審問でも使われた水責めの拷問用具のこと。こちらもシーソーのような形状をしており、その先端には拷問対象者を座らせる椅子が取り付けられている。この椅子をテコの原理で池や川に沈めたり上げたりして、椅子に拘束した犠牲者を地獄の責め苦に遭わせるのだ。

この拷問装置、よほど中世で一般的な道具だったのか、「懺悔の椅子《stool of repentance》」、「折檻檻《castigatory》」、「肥やし車《tumbrel》」等々、ヨーロッパ各地にバラエティ豊かな呼び名がある。中でもその形が似ていることから、「トレビュシェット」という別名もまた存在するのである。

＊

「――正解です、老仏爺」

リーシーがぱっと扇を広げ、くるりと手首を返してその書き文字を見せた。

〈WATER WHEEL TREBUCHET〉（水車トレビュシェット）と、英語で書かれていた。

「ですが、まだ半分と言ったところでしょう。このトリックの本質はそれだけではございません。それになぜ少年の遺体はトレビュシェットで飛ばされたか？　なぜ遺体の首は切られたか？　そういった疑問にも答えぬ限り、まだまだ及第点は差し上げられません」

まだ遊ぶ気かこの女。さすがにフーリンも我慢の限界に近づいてきた。もしかすると本気で探偵を解放する気はないのかもしれない。となるとリスクは高いが、多少強硬な手段に出るしか——。

するとそこで。

ばん！　と何かを蹴り飛ばす音がした。

カラカラと床を滑り、透明な四角いブロックがフーリンの足元まで転がってくる。フーリンはその奇妙な物体を無言で注視した。

顔を上げると、水槽の外にずぶ濡れの探偵が立っていた。

「ど——」

「どうやって出たね!?　お前!!」

ついリーシーより先に口が出た。しかし探偵はすぐには答えず、何食わぬ顔で円卓まで戻ってくると、平然とまた自席に着く。

右隣で依頼人が、あんぐりと口を開けていた。フーリンも表情に大差はない。そんな二人の視線を浴びつつ、探偵は悠々とおしぼりで濡れた顔を拭く。

それから親指で、背後の水槽をくいっと指した。

「穴を、開けた」

フーリンはまた水槽を振り返る。

側面に、四角い穴ができていた。

目が点になった。

「水槽を……素手で……刳《く》り抜《ぬ》いた？　いやしかしウエオロ、いくら何でもそれは……」

「誰がシザーハンズだ。単にアクリルの性質を利用しただけだ。水族館の水槽などにも使われるアクリル樹脂は、強度と透明度は十分だが耐熱性はガラスほど高くない。一般的なアクリル樹脂なら摂氏八十度くらいで変形が始まる」

「水槽を……熱した？　で、でもお前、ガスバーナーなんて持ち歩いてたか？　お前は煙草を吸わないからライターも持たないし――」

「ガスバーナーやライターはなくとも、こんな便利なものがある」

探偵は黒いペンライトを手の上でくるりと回した。

「これはいざというときに目つぶし代わりにも使える、超高出力のレーザーポインター。あまりに出力が高いのでマッチや煙草にも火が付く。マッチの発火点は百五十度以上だから、条件は余裕でクリアだな」

超高出力レーザーポインター！

この時代遅れの探偵からそんな前衛的なアイテムが登場するとは！

「あとはもう一つはこれ、刺突《しとつ》武器にもなる超高硬度のタクティカルペン。脱出の種明かしをすると、僕はまず水槽の一部をペンで塗り、そこにレーザーを当てて熱で柔らかくした。次にそこをタクティカルペンで突き、小さな穴を開ける。さらにこの作業を繰り返し、切手のように切り取り線の穴を四角く開けたのだ。

最後にそこを蹴破《けやぶ》れば、綺麗な抜け穴のでき上がりというわけだ」

とんだ密室破りである。探偵がこんな強引な方法で密室を突破していいのか。

「あとは一円玉のアルミとカイロの酸化鉄でテルミット反応、という手もあったんだが……。上手く反応するかどうかは賭けだったし、それに逆に反応しすぎても、水蒸気爆発でこの部屋全体が吹き飛ぶリスクが……」

もうこの男が何を言っているかもわからない。啞然としつつ対面を見ると、リーシーが興味深そうに椅子から身を乗り出していた。鼬《いたち》が好物の卵でも見つけたように目を輝かせている。

「あなた……面白いです」

羽毛扇でばっと風を送る。

「その脱出方法は予想外でした。このリーシーの想定を超えてくるとは、あなたなかなかやります」

探偵は軽く会釈し、手で濡れた青髪を掻き上げた。それから手袋を外し、ぎゅっと水を絞る。着用していた赤いベストも脱ぎ、そちらも雑巾《ぞうきん》のように絞った。

リーシーの指示だろう、そこに侍女数人がやってきて脱いだ衣服を受け取り、代わりにタオルを差し出す。探偵は笑顔でそれを手にした。

「やぁ……これはどうもありがとう。こういう気配りは素直に嬉しいな。ただ宋女士《ソンヌーシー》。せっかくの気配りとお褒めの言葉をいただいたところ恐縮だが、僕はあなたに同じ賛辞を贈ることはできない。なぜなら——」

探偵はタオルを首に掛けると、おもむろに卓上の紹興酒《しょうこうしゅ》に手を伸ばした。手酌《てじゃく》でグラスに酒を注ぎ、それを風呂《ふ ろ》上がりの一杯とばかりに一息に飲み干す。

空になったグラスを顔の横に掲げ、にっと不敵に笑った。


「——その可能性は、すでに考えた」

＊

聞こえていたのか——。

場の空気が一転する。リーシーが肘掛けにもたれかかり、雪白の脚を組み替えた。

細い顎を手の甲に載せ、罪人を前にした酷吏のような邪《よこしま》な艶笑《えんしょう》を浮かべる。

「それはつまり、私の『水車トレビュシェット』をあなたはすでに思いつき、かつ否定済みということですか？」

探偵が頷く。

「いかにも」

「それは面白い冗談です。ですが、今のあなたのビックリ水中脱出ショーほどは面白くない……」

孔雀の羽根で口元を隠す。

「証明を」

探偵はワゴンの宝箱に視線を向けた。

「それはそこの報告書に書いてありますが——けれど宋女士、今はまだ僕が反証する段階ではない」

「怎么回事《ゼンミーフイシー》（どういうことですか）？」

「あなたの仮説はまだ完成していない。仮説にもなっていない仮説を反証する義務はこちらにはない。もしこのまま勝負を続けたいなら、先にそちらの欠落を埋めてからにしてほしい」

「原来如此《ヨアンライルーシー》（なるほど）……」

羽根の先で、白玉のような自分の頬を撫でる。

するとそこで珍しく、依頼人も口を挟んだ。

「あの……それは私からも、お願いします、今のお話ではドウニくんの遺体を運ぶ方法がわかっただけで、どうしてドウニくんが死んだかについては、まったく触れられていないので……」

リーシーがふむ、と頷きながら、小指の先で唇をプルンと弾く。

「我知道了《ウォーチイダオラ》（わかりました）。あなた方の言い分はもっともだと思います。ですが、これは少々面倒なことになりましたね……」

ようやくこの女の本音の一部を聞けた。やはり説明は面倒だという認識だったらしい。

リーシーはしばらく黙考したのち、やがて大儀そうに肘掛けから身を起こした。銀と真珠の耳飾りがしゃらんと音を立てる。足を再び組み替え、やや顎を持ち上げてこちらを見た。

「よろしい。ではご説明いたしましょう」

扇を胸に当て、孔雀の羽根の目を威嚇《いかく》のようにこちら側に向ける。

「このリーシーが思い描く、今回の事件の真相を……。言うなれば、今しがたの『水車トレビュシェット』など、ただ仰々《ぎょうぎょう》しいだけの舞台装置。肝心なのはそれを活《い》かした脚本でございます。

これから私が話しますのは、非情な運命に翻弄《ほんろう》され、幼き『サロメ』となった一人の少女の物語。その悲恋の顚末《てんまつ》を、どうぞ手絹《ショウジュアン》（ハンカチ）片手にご清聴あれ――」

＊

――まずはこの物語、少年がどのように村からの脱出を企てたか、そこから語らねばなりません。

なにせこの村、四方を囲むは断崖絶壁《だんがいぜっぺき》。脆《もろ》い岩壁は登れず、梯子を作ろうにも資材が足りず、鉤縄《かぎなわ》は投げても届かず、弓を使ってもなお能《あた》わず。おまけに崖上は石膏で塗り固められ、仮に矢鉤が届いても手堅く撥《は》ね返される始末。まさに天井《てんせい》・天牢《てんろう》、大地が造り上げた天然の監獄と呼ぶほかありません。

ならば、諦めて大人しく子飼いの家畜となりましょうや？　生簀《いけす》の魚で終わりましょうや？

少年はそれを潔しとしなかったのです。少年はその天賦《てんぷ》の才を活かし、さらなる手立てを求めました。弓で届かぬならもっと強い道具を。崖上が固められたならもっと遠くの茂みを。そのようにして少年は日々知恵を絞り、ついにとうとう、一つの妙案に至ったのです。

それが先述の大仕掛け、『水車トレビュシェット』でございます——。

＊

フーリンはそこで少し考える。

「滝が涸れる以前から、少年は『水車トレビュシェット』の仕組みを思いついていたということか？」

「是的《シイダ》（はい）。その通りでございます」

「ならなぜ、それを作ってとっとと脱出しなかったね？」

「それが老仏爺、作ろうにも作れなかったのです。水車は四六時中回っておりましたし、他の信者たちの目もあります。地震で滝が涸れて水車が止まり、さらに信者が全員『拝殿』に籠もるようになって、少年はようやく製作に取り掛かれるようになったのです」

フーリンは煙管の煙をくゆらす。まあ納得——か。水車が動いていたり信者の目があったりする限り、装置は作れない。このアイディアは、地震が起きて諸々の条件が整うことによって、初めて実現できるものなのだ。

「で、そこからどうして少年の首が斬られるね？」

「ええ。それをこれからご説明いたします……」

＊

少年はこの「水車トレビュシェット」を使い、鉤付きのロープをより遠くまで飛ばそうとしました。

それで崖上までロープを張り、それを使って逃げようと考えたのです。それが脱出方法です。手製の弓矢で届かないからといってそこで諦めず、さらに強力な道具を作ろうとしたのは、工作が得意な少年ならではの発想でしょう。

なお最初の構想時点では、少年は少女を背負って一緒にロープを登るつもりでした。なので少年が仔豚の体重やサイズを測ったのは、少女と一緒に担いでいけるかを事前に検証したかったからです。

さて。そして滝が涸れ、宿舎が壊れ、信者が「拝殿」に籠もるようになりました。他の信者の監視の目が無くなりましたので、少年はその隙に「水車トレビュシェット」の製作を開始します。「慰霊塔」を切り倒したのはこのときです。また重りの岩を運ぶのに例の台車も利用したでしょう。ただこのあとに述べる事情から、この台車は一旦家畜小屋へ戻されたと私は考えます。

長い慰霊塔の柱を水車の軸に組み合わせるのは難儀な作業ですが、幸い柱は水車近くにありますので、そこは工夫次第で何とかなるでしょう。たとえば少年が水車に入って車輪を回せば、水車をウィンチ代わりに使えます。それとロープを利用すれば、柱を引っ張ったり立て起こしたりといった作業が可能です。また邪魔な水車の羽根は外せます。

重りについては、例の麻縄で作った網を柱の一端《いったん》に縛り付け、水車小屋の屋根に上ってそこから岩を一つずつ入れて行けば、好みの重さに調節できるでしょう。飛ばす物を置く投擲台は、水車の羽根を剥がして柱に取り付けるだけですみます。

食料は事前に運び、最後の晩餐や禊入りはそつなくやり過ごして、少年はひたすら脱出の機会を待ちます。仕掛けの完成後にすぐ脱出しなかったのは、少女の母親が最後まで娘を手放さなかったからです。そして集団自殺が始まり、少女の母親が死ぬと、少年は少女を連れて無事拝殿からの脱出を果たします。

ここまでは少年の計画通りでした。それは順調と呼ぶにはあまりに痛ましい結末ですが、少なくとも将来への希望は残る終わり方だったでしょう。少年少女を苦しめた親の因果も最後には断たれ、二人は開かれた未来を手に入れる——そんな美しい結句でこの物語は結ばれるはずだったのです。

ただ一つ——。
ちょっとした、気持ちのすれ違いさえなければ。

*

「……気持ちの、すれ違い？」

フーリンが訊き返すと、リーシーは憐憫《れんびん》も顕《あら》わな顔でこくりと顎を引いた。

「左様でございます、老仏爺。ほんのわずかなボタンの掛け違いで、少女の淡い恋物語が、聞くも無残な悲恋話に変貌《へんぼう》してしまったのです。

ですがそれは、あらゆる悲劇に共通する筋立てでしょう。誤解、手違い、混同、錯覚——そんな些細な運命の悪戯《いたずら》で、卑小な人間の生き様はかくも大きく変転するのでございます——」

*

きっかけは、拝殿脱出後の少年の方針転換でした。

祠に戻る途中、少年は少女に、ひとまず彼女を村に置いていくと告げたのです。

それが少女が少年と交わした会話の内容です。少年としては、少女の安全に最大限配慮したつもりだったのでしょう。足を怪我した少女に山中の移動は困難ですし、危険も伴います。他の者たちが亡くなって二人きりになった今、無理して彼女を村から連れ出す必要もありません。ここは少女は祠で安静にさせておき、自分一人が助けを呼びに行くというのが、実に合理的で正しい判断です。

ですが、この話を聞いた少女は青ざめました。

自分が捨てて行かれると思ったのです。

あれほど凄惨な体験をしたあとです。極度の興奮と混乱の精神状態にあった寂しがり屋の少女が、そのように過剰な思い込みをしたとしてもそれほど不自然な話でもありません。それに少女の母親は離婚しています。つまり彼女は自分の父親に一度捨てられているのです。もし彼女が父親を慕《した》っていて、その記憶も重なったとしたらどうでしょう。

自分が大好きだった相手が、また自分を捨てていく――。

しかも今度は本当に、自分は孤独になってしまう――。

たった一人になってしまうくらいなら――。

ならば、いっそ――。

祠に向かう途中、少年はおそらく水車小屋にも立ち寄ったでしょう。火事で例の仕掛けが燃えてないか確認するためです。その確認作業に没頭する少年を近くで見守りながら、段々と、そんな罪深い欲求が彼女の中に芽生え始めてきました。

そして少女はくるりと踵を返し、松葉杖をついて家畜小屋への坂道を上ります。家畜小屋のギロチン台に着くとそこに腰掛け、そこから少年の作業を遠目で見守るふりをしながら、松葉杖をわざとギロチンの下に落としました。

やがて少女の不在に気付いた少年が、彼女の元にやってきます。彼女が置いていかれると知って拗《す》ねている、と考えた少年は、その隣に腰掛け、根気よく理由を説明します。少女はしぶしぶ納得したふりをしつつ、さりげなく少年に「松葉杖をそこに落としたから拾ってほしい」と頼み込みます。少年は何の疑問ももたずそれに応じ、ギロチンの真下に台の上から首を伸ばし——。

その瞬間、彼女はギロチンのレバーを引いたのです。

＊

がたん！　と椅子を激しく倒す音がした。

渡良瀬だった。背骨に激痛の針を刺し込まれたかのように目を見開いている。激しく円卓に手を突いた振動で、手元のスープがこぼれてテーブルクロスと服の袖を汚していた。

「そんな……有り得ない！　そんなこと……あって良いわけがない！」

激昂《げきこう》して叫ぶ。フーリンがやや気圧《けお》されるほど、当初の大人しい印象をがらりと変える憤慨ぶりだった。

だがさもあらん——前回の老人の仮説に比べ、こちらはもっと確信犯的な殺人だ。前回が心神耗弱状態における衝動的な犯行とすれば、今回は自分の行為をしっかり認識した上での、計画的犯行。その動機も「自分が一人になりたくないために少年を殺す」という、身勝手極まりないものにすぎない。

加えてそれも、ただの過剰な思い込みが原因とくれば——。

リーシーが美麗な陽の西王母のイメージそのものの顔で、慈母のごとくにっこりと微笑んだ。

「ええ小姐《シャオジエ》。ご立腹のお気持ちはわかります。確かにこれは些か行き過ぎの仮説でございましょう。なんとなれば、単に愛する者を手元に置きたいだけなら、首ではなくただ両脚を切断すればよいのですから……。

少なくとも私ならそうします。ですが、幼少のあなたがそこまで思い至らぬのも無理なきこと。それゆえにこれは悲劇なのです。思わず笑ってしまうほど愚かしい人間の判断が、取り返しのつかぬ結果をもたらす。その虚無的な人生観こそが、悲劇の本質……」

依頼人の憤慨箇所はどう考えても切断部位の選び方ではないだろうが、しかしこの女もわかって弄んでいるのだろう。囚人を言葉で嬲《なぶ》り倒すのは現役時代からのこの女の趣味だ。

「何にせよ、これはただの『可能性』の物語。そう気色《けしき》ばらずにご清聴を……。それに老仏爺、あなたもこの展開のほうがお好みでしょう？　人の不幸は蜜《みつ》の味。成就《じょうじゅ》した恋よりも悲恋。平易な絵柄よりも残酷無残。見世物はより香ばしさを強めたほうが、下衆《げす》な世人の関心を惹きつけるものでございます――」

＊

――少女がふと我に返ると、後に残るのは少年の亡骸《なきがら》と、伽藍堂《がらんどう》の空でした。なおこのとき、すでに少女の精神は正気と狂気の狭間《はざま》にあったと言えましょう。最後の一線を越えて心を壊してしまった少女は、それから取り憑かれたようにとある一つの行動を取り始めます。

少女はまず、家畜小屋近くにあった家畜運搬用の台車を引っ張ってくると、ギロチン台からそこに少年の胴体を落とします。そして首と松葉杖を抱え、台車に乗って遺体と一緒に坂道を下ります。それから例のトレビュシェットの横に台車を付けると、台車からトレビュシェットの投擲台にさらに遺体を落とし、そこに自分も乗ります。そう――少女は少年の遺体とともに、この村を飛んで脱出しようと考えたのです。さきほど「少年が台車を一旦戻した」と仮定したのはこういう理由です。またこれが台車が水車のところにあった理由でもあります。

幼い彼女にとって、トレビュシェットは「何かを崖の上まで飛ばすもの」という認識だったのでしょう。もちろん重量の違いなどに気が回るはずもありません。少年の首と胴体も一緒に載せたのは、少年をこの村に置いてけぼりにしないためです。一人取り残されるのが嫌で少年を殺したというのに、肝心の少年は置いて行ったのではあまりに本末転倒というもの。

岩の重りを積んだトレビュシェットは、回転しないようおそらくどこかを麻縄のロープで固定されていたでしょう。その留め具のロープを切るのに、少女は火を使ったと思われます。刃物などでは台に乗ったまま切りづらいでしょうから。

他のロープか何かを導火線のようにして火をつけ、少女は少年の体にひしとしがみつきます。松葉杖と首は自分と少年の体の間に挟み込みました。そしてロープが焼き切れ、シーソーが跳ね上がり、二人の体が宙を舞います。

しかしもともとは、鉤爪程度の物を飛ばすよう設計された投石機。その身が崖上まで届かないことは容易に推測できましょう。二人は一体となって低い弧を描き、真っ直ぐに崖の壁に――しかしそこで最後の強運、その先には、「拝日の祠」の入り口が待ち受けておりました。

川の向き、ひいては水車の回転の向きが、真っ直ぐ祠を向いていたことがここで幸いしたのです。二人は鯨《くじら》が海水を飲むように洞穴へと吸い込まれ――そしてご承知の結果と、相成った次第です。

はい？　――その後トレビュシェットの装置はどうなったか、ですか？　警察の現場検証通り、燃え尽きたのでございましょう。火元は少女が留め具のロープを焼き切るのに使った火です。その火がトレビュシェットに使った慰霊塔の柱やロープを燃やし崩し、図らずも手段が隠蔽されたというわけです。

あとそれと、少女が抱いていた「首のようなもの」についてでございますが……こちらはそのものずばり、やはり「少年の首」でしょう。飛ぶときに自分と遺体との間に挟んだ首が、彼女には「抱えていた」ことになったのです。

なので、少女の記憶はあながち間違いともいえませんね。少女は実際に少年の首を抱え、また少年の体に抱かれて、祠へと運ばれたことになりますので……。

――以上が、このリーシーの考える事件の顚末でございます。

総じて言えば、これは少し早とちりなサロメの少女の物語。

オスカー・ワイルドの戯曲「サロメ」では、預言者ヨカナーンへの愛に狂った王女サロメが、ヘロデ王に見せた踊りの報酬としてヨカナーンの首を王に要求し、そして手に入れます。いわば猟奇の愛。

対してこちらは怯懦《きょうだ》の愛。孤独になることに怯えた少女が、愛する人を失うくらいなら永遠に自分の物にしてしまおうと、想《おも》い人の首をギロチンにかけたのでございます。

ですが――こと欲深さにおいては、こちらの少女のほうが一枚上手でしょう。なぜと申しますに、サロメが手に入れたのは首だけですが、こちらの少女はその胴体までをも、己の手元に置いたのですから――。

＊

そう言って、リーシーは話の最後を締めくくった。

直後に侍女が、銀の盆にコップを載せて運んでくる。彼女の好物のライチジュースか何かだろう。リーシーは嬉々《きき》としてそれを手に取り、ストローでさも美味しそうに啜り込んだ。

この狐狸精《フーリーチン》が。フーリンは胸中で毒づく。何が「口下手」だ。芸歴ウン十年の講談師並みに堂に入った語りっぷりだろうが。

隣の探偵を見ると、この男はこの男で、リーシーの話を肴《さかな》に紹興酒を浴びるように飲んでいた。ほろ酔い加減で上機嫌そうである。お前は上海の夜を愉しむ観光客か。

一人、依頼人の渡良瀬のみが、死病人のような顔色でぼんやり宙を見つめていた。そこだけ世界が違うようである。まあ当事者の彼女にしてみれば、今のリーシーの仮説はとても笑って聞き流せるものではないだろう。犯罪性と動機の黒さは、前回の老人の仮説を数段上回っている。

だが、これが真実か――?

仮説と呼ぶのも馬鹿らしくなってくる。二人が偶然穴に飛び込んだというのもでき過ぎだし、そもそもトレビュシェットは攻城兵器。空を飛行するための道具ではない。それを使って飛べば、まさに投石機の石のごとく壁か地面に激突して無残に潰れるのが落ちだろう。

「物理的に不可能とお思いですか、老仏爺？」

リーシーがまた、こちらの心中を見透かしたような目を向けてきた。

「ですが、車が撥ねた小石が偶然通行人の頭を直撃するアクシデントもございましょう。それに着地時の衝撃については、ボールを真上に投げたときのことをお考えください。ボールは最高点で一瞬止まりますね？　どんな物体も上に投げれば、垂直方向の速度がゼロになる点が必ず存在するのです。トランポリンで高いところに飛び移るかのように落ちれば、それほど無理なく着地できたはずです」

フーリンは渋い顔を見せた。

この女――人体破壊の趣味が高じて、人体の傷害耐性《インジュア・トレランス》の研究などにも通じている。

これは名称通り、人の体が物理的にどれだけの傷害や衝撃に耐えられるか調べるものだ。そこで物理学の知見を必要とするので、一通りの基礎は身につけているのだ。こんな理由で物理を学ぶ女は後にも先にもこいつしかいるまい。

「ずいぶん浮かない顔をしていますね、渡良瀬さん？」

すると手酌で一人酒宴に興じていた探偵が、急に依頼人に向かって言った。

「今の作り話がそんなに気になりますか？　ですが、僕は確かに言ったはずだ。その、可能性はすでに考えた、と――」

――そこで探偵が、何杯目かの紹興酒の残りを一気に飲み干した。

タン、とグラスを音高に置く。生乾きの青髪を撫でるように掻き上げ、指についた水滴をピンと弾き払った。洒脱《しゃだつ》に足を組み、酔った目元で玉座を見つめる。

「宋女士。あなたの仮説はわかりました。では改めて、その仮説を引っくり返してみせましょう」

*

「……聞きましょう」

リーシーはグラスとストローを持ったまま、肘掛けに腕をかけてリラックスした姿勢を見せる。

フーリンも対抗するように悠然と煙管を吹かすが、胸中《きょうちゅう》は穏やかどころではなかった。大見得切ったはいいが、本当に大丈夫か？　まさか物理学で対抗するつもりでもあるまいが——。

「宋女士」

探偵はそんな呼び掛けから始めた。

「あなたは案外、男女の恋愛に興味をお持ちだったんですね？」

フーリンの腰が椅子からややずり落ちた。いきなり切り口がそこか。

リーシーはさらりと答える。

「恋物語は好きでございます」

「それが意外でした。フーリンがあなたの今の生業は『黄《ホワン》（売春斡旋）』だと言っていたので、もっとドライな女性なのかと……」

「趣味は趣味、仕事は仕事です」

「趣味……ということは、プライベートではよく読むのですか？　その手の恋愛小説などを……」

「はい。日本の小説や少女漫画も読みますが、一番の愛読書はやはり『紅楼夢《こうろうむ》』でしょうか」

「ああ。紅迷《ホンミー》（紅楼夢ファン）でしたか。それで納得しました。道理であなたの使用人が、全員美少女揃《ぞろ》いのはずだ……」

フーリンのこめかみに若干青い筋が浮いた。何和《なご》やかに会話をしている。もじもじと互いの趣味を訊ね合う見合いの場に居合わせたつもりはない。

「ですが、まだ年端《としは》もいかない少女に『サロメ』の王女の心理を重ねるのは、やはり少々行き過ぎでは？」

そこでようやく探偵の声調が変わった。フーリンはぴくりと耳をそばだてる。始まった——か？

リーシーが扇で口元を隠す。

「女心はときに、驚くほど早く成長するものです」

「しかし恋心と異常性愛の間には、かなりの隔《へだ》たりがありますが……」

「異常と正常の境目《さかいめ》とはいったいどこでしょう。むしろ未熟な子供のほうが、善悪の判断がつかずに恐ろしいことをしでかすものです」

「女心は早く成長するのでは？」

「女心と道徳心は別物です」

……動機で攻めるつもりか？

フーリンは煙管を軽く吸う。確かに動機であれば比較的突っこみやすい。だが——。

扇の裏からくすりと笑い声が漏れる。

「どうやら殿方には、繊細な乙女心は理解しがたいようですね。ですが先生、これはあくまで可能性の物語。少しでも可能性の『ある』ものならば、決して『ない』とはできません。世の中に、愛する男の首を斬りたいと願う。そんな女の心理がある限りは——」

その通り。動機などいくらでも言い逃れできてしまう。この方面から攻めるのはまったくの愚策でしかない。

「王女サロメが愛欲からヨカナーンの首を求めたというのも、ただのオスカー・ワイルドの創作ですが……」

探偵が飽きずに紹興酒をまた注ぐ。

「戯曲の原典となった聖書では、サロメは母親の指示でヨカナーンの首を求めただけだ。ですがいいでしょう。フェティシズムに起因する犯罪など現実にいくらでもある。それほど少女が少年を愛していたと、認めます」

動機を――認めた？

「……ですが」

探偵がグラスを持った手の人差し指を立てた。

「となると、一つ疑問が湧《わ》きます。些細な疑問です。それだけ少年を愛した少女が、なぜ目覚めたとき、少年と離れていたのでしょうか？　あなたの仮説だと、少女は少年の体を抱きしめて飛んだはずですね？　ならば少女は少年に寄り添ったままの姿勢で目覚める――物語はそうあるべきでは？」

リーシーが扇を目線の高さまで持ち上げた。

「それは本当に……些細な疑問ですね」

すっと目を細める。探偵の質問の意図を探っているのか。

「その答えは簡単です。少女の腕力では放擲《ほうてき》の勢いに耐え切れず、途中で手を離してしまったのでしょう。現実の物理法則はそうご都合主義とはまいりません」

「二人が空中で分離したとすると、飛行の軌道も変わるし、間に挟んだ首や松葉杖もどこかに行ってしまう。とすると、すべてが同じ祠に飛び込んだという想定に無理が生じるのでは？」

「ならば、落下時の衝撃で離れたのでしょう」

「これはまた珍妙なことを。先ほどのあなたの物理的な説明では、二人はほとんど速度ゼロに近い、衝撃の無い状態で着地したのではなかったのですか？　それに忘れているかもしれませんが、少女は足に壊れやすいギプスをしていた。このギプスが壊れていないのは、渡良瀬さんが台車を動かせない理由の一つに挙げた通りです。もし落下の衝撃がそれほどのものだったら、ギプスが無事だったというのも解《げ》せない話です」

するとリーシーが、八重歯《やえば》を見せて笑った。

フーリンはそれを見てぎくりとした。この女が犬歯を剥いて笑った——ということはつまり、ようやく本気の敵意を見せたということか。今までは探偵の実力を推し量っていたというところだろう。この女は本地を現すまでが実に長い。

「やはりそこを、突いてきますか」

「僕を試したのですか？」

「とんでもございません。ただ細かい説明を省けるなら、それはそれでよいかと……」

嘻嘻《シシ》（ふふ）と笑って扇を打ち振ったあと、ついに隠し持った牙を剝く。

「偵探先生のおっしゃる通り、それほど無理なくというのは言葉のあやです。少女の描写によれば、祠の高さは西の崖の真ん中ほど。少年が言うには崖は三十メートル以上ありますので、つまり祠の高さは十五メートル以上ということになります。物体を十五メートルの高さまで飛ばすのに必要な初速は、どんな重さであれ、時速にしておよそ六十キロ以上。となれば垂直方向だけでなく水平方向の速度もあまり無視できませんので、たとえ最高点近くで着地したとしても、その衝撃力はそれなりのものになるでしょう。

ですが不思議なことに、壊れやすいはずの少女のギプスは無事。すり傷捻挫《ねんざ》といった負傷も特になく、衣服が床に擦《こす》れて破れたような形跡もございません。はてさて、これはいかなる魔法でありましょう——」

自分で自分の首を絞めるような証拠を並べ立てながら、扇で額を撫でるように煽ぐ。うっすらと頰に赤みが差していた。この女が興に乗ってきた証《あかし》である。

まるで妓楼《ぎろう》の女の客引きのような流し目を、探偵に送る。

「……アクリルなどの素材知識に詳しい先生なら、魔法の正体はもうお気付きですね？」

探偵が頷く。

「祭壇……ですか」

「是的《シイダ》（はい）。例の祭壇は発泡スチロール製。発泡スチロールの二大特性は『断熱性』と『衝撃吸収性』――そう、発泡スチロールは、実に優れた衝撃吸収材なのです。

あのとき二人は偶然祭壇の上に落ち、それで分離しながらも着地の衝撃は各々緩和されて、少女はギプスの破損を免《まぬが》れた――ほら先生。あなた自身も、私の仕掛けたあんな罠に嵌っても、怪我一つ負いませんでしたね？」

＊

祭壇……だと？

フーリンは眩暈《めまい》のする思いで煙管を咥え直した。ただの発泡スチロールの箱を適当に積み上げたハリボテの祭壇が、緩衝材のマット代わりに？　いやそれより何より――。

「ちょっといいか、リーシー」

さすがに口を出さずにはいられない。

「確か祭壇は、その後の余震で壊れたんじゃなかったのか？」

「余震で壊れた『かもしれない』というだけです」

リーシーは愛くるしい笑みで返した。

「現場の状況からは、祭壇がいつ壊れたかは『不明』だったはずです。少女が目覚めたときの回想も入り口を向いた描写しかありませんので、祭壇の様子はわかりません」

「だが、発泡スチロール程度で衝撃を防ぎ切れたとは――」

「防ぎ切れなかったとも、言えませんね？」

「――もし発泡スチロールの上に落ちたなら、少女の体にその破片がくっついていたはずね。それに祭壇の刀が刺さったり、花瓶の水がかかったりもしたんじゃないか？そもそも少女が目覚めたとき、『祭壇の上に落ちていた』なんて描写は一言も――」

「祭壇は布で覆われていました。破片が体につかなくても何ら不思議はございません。また刀や花瓶はそれらを上手く避けて衝突すれば問題ありませんし、祭壇からは反動で転がったのかもしれません。

また再三申し上げますが、少女の描写からは祭壇の様子は確認できないのです。目を開けた正面に愛する者の生首があれば、他の意識など吹き飛ぶのはむしろ道理でございましょう」

　フーリンはぎりっと歯を軋《きし》ませる。

「そういえば祭壇前には、小型の鳥居もあったはずね。大人がやっとくぐれるくらいの高さの。衝突するならまずそちらが先ではないか？」

「大人がくぐれるくらいというのならば、きっとくぐったのでは？」

　哈哈《ハハ》、と悪戯っぽくリーシーが笑う。フーリンは太い息を吐き、募《つの》る苛立ちを抑えた。

「トレビュシェットで勢いよく打ち出された二人が、たまたま祠の穴に飛び込み、たまたま鳥居の下をくぐり、たまたま飾りを上手く避けて祭壇に衝突した——そんな無茶な偶然が、二つも三つも重なったというのか？」

「……老仏爺」

　リーシーが鼬が獲物の肉の味にうっとりするような、どこか陶酔した凶悪な笑みを見せた。

「その偶然が許容されることが、何よりこの勝負の特徴でしょう。老仏爺に対して私は言いましたね？『水車トレビュシェット』という解答では『まだ半分』だと。

　つまり私のトリックの名前には、まだ後半があるのです。むしろそちらがこのトリックの本質。『水車トレビュシェット』という大掛かりな大砲をもって、ゴルフのホールインワンのように崖の祠の穴を狙い、針の穴を通すように小さな鳥居の下をくぐり、そして上手く飾りを避けて衝突の衝撃を緩和するよう発泡スチロール製の祭壇に命中させる――」

求愛する孔雀のように、ばっと扇の羽を頭の上で広げる。

「その手際、喩えるなら凄腕《すごうで》のスナイパーが魅せるピンホールショットのごとし。すなわちこのトリックの正式名称は、『水車トレビュシェット・ピンホ、ホ、ホ、ホールショ、ショ、ショット』

――」

＊

水車トレビュシェット……ピ、ピ、ピンホールショ、ショ、ショット――？

フーリンの顎がガクンと落ちた。眩暈どころではない。自分が空飛ぶ鳥ならそのまま落下しかねんばかりの意識の失速ぶりである。

「リーシー……それはお前、本気で真面目に言っているのか……？」

「真面目も真面目、組織幹部の葬式で弔辞の言葉を述べるくらい大真面目でございます。このリーシー、いかなる遊びも愉しむためには決して手を抜きません」

それって結局、遊びの延長上ということだろうが。

「なあリーシー……こう言ってはなんだが、その仮説、自分で言っててかなり無理がある主張だと思わないか？」

「これは老仏爺にしては、ずいぶんと歯切れの悪い反論を。無理があるからといって何か差し支えが？　この勝負、端《はな》から無理を承知の滑稽《こっけい》問答であることは、お互い了承の上でしょう。馬を牛と呼び、鹿を馬と為《な》し、石に漱《くちすす》ぎ流れに枕するのが今回の流儀ではございませんか。無礼講《ぶれいこう》の座敷で無礼と誹《そし》られるとは、これ甚だ理不尽」

のらりくらりと……！

フーリンの手中の煙管の柄がぎしっとしなる。腹立たしいことこの上ない——が、しかし反論はできない。つまるところ、「可能性さえあればいい」というのはこういうことなのだ。

仮に成功率が十回に一回、いや百回に一回だろうと、その一回が起こる可能性さえ示せれば、相手側はそれで十分。対してこちらは、その可能性が決して生じないことを、確かな証言や物証に基づいて証明しなければならない。

端から「偶然にしてはでき過ぎ」という反論は封じられているのだ。何と傍若無人なルールであることか。相手のご都合主義を批判さえできないとは——。

こんなルールの下で、真っ向勝負で勝ちを得られるわけがない。ならばあとはイカサマか、しぶとくごねて相手の失策を誘うしかない。現時点ではどんな勝機も見いだせないが、とにかく相手の言い分を認めることだけは禁じ手だ。こんな屁理屈、少しでも認めようものなら――。

「その通りです、宋女士」

すると探偵が口を開いた。

「つまり少女が祭壇にぶつかりさえすれば、ギプスの破損は防げるわけです」

何？　とフーリンは片眉を上げて隣の男を見る。相手の屁理屈を、認めた――？

探偵がまた一献《いっこん》傾ける。

「だが、あなたのその主張は無意味だ。なぜなら少女が目覚めたとき、まだ祭壇は壊れていなかったからだ。つまり少女たちは祭壇にぶつかっていなかった――あなたの仮説が成立する余地は、ないのです」

＊

リーシーがぱかりと、口を大きく開いた。

フーリンはつい反射的に身構えた。リーシーは例の八重歯を威嚇のように見せつけながら、そのまま声もなく笑う。左右の侍女の、芭蕉扇を振る手がぴたりと止まった。

「その証拠はないと、今しがた申し上げたつもりですが？」

「ないのではなく、あなたに見えていないだけです。見るべきところを見れば証拠は普通に存在します」

「つまり先生は、このリーシーの両目がただの黒真珠だとおっしゃる？」

その黒真珠がすっと細まる。自分の瞳を節穴ではなく高価な宝石に喩えるところが、この女の自尊心の高さを表している。

「まったくこの帥哥《シユウワイガア》（イケメン）ときたら、先ほどから面白い冗談ばかり……ではどうぞご証明を」

どこか投げ遣りともとれる口調でそう言うと、リーシーは椅子の背に凭《もた》れかかった。態度は素っ気なく見えるが、その眼差しは今にも族誅《ズウズウ》（親族の皆殺し）の令《れい》を下さんばかりに厳しい。

探偵はこくりと頷くと、おもむろに卓上に腕を伸ばした。

料理の皿から、饅頭《マントウ》を一つ取る。それをお手玉のように上に放り投げた。フーリンはつられて軌道を目で追う。

「少女が目覚めたときのことを、思い出してください」

探偵は落ちてきた饅頭をぱしっと摑むと、自分の顔と比較するように横に掲げた。

「彼女は最初に、何を見ましたか？」

リーシーはゆるゆると扇を振りつつ、じっと饅頭を見つめる。

「最初に？　少年の首……いえ、朝日――？」

「どちらも正解です。より正確に言うなら、少女はまず朝日を感じて洞窟の入り口の方角を向き、それから地面に転がる少年の首を見た――」

探偵は饅頭を頭上に持ち上げ、天井の照明に透かすようにした。

「ではなぜ少女には、少年の首が見えたのでしょう？」

リーシーは一瞬考え、そして「あっ」と声を上げた。

「そうです宋女士。本来なら、その顔は暗くて見えないはずなのです」

日食のように、探偵の顔の上に饅頭の影が落ちる。

「そのことは、少女の祠での『朝の勤め』の回想から推察できます。祠の中の少女からは、入り口の少年の顔は逆光で判別できず、地面の仔豚も暗くてよく見えませんでした。なので、首と彼女の位置関係を考えれば、彼女が一目でそれが少年の首だとわかったはずがないのです。ましてや『目が合う』なんてことは――」

孔雀の羽根が動きを止める。リーシーが珍しく神妙な顔つきを見せた。

「鏡――ですか」

細面《ほそおもて》を上げて言う。

「そのとき祭壇にあった鏡が朝日を反射し、少女の後方からスポットライトのように地面の首を照らした。なので少女には、暗くても一目でそれが少年の首だとわかった、と――」

探偵が深く頷く。

「ご明察です、宋女士」

「つまり――少女が目覚めたとき、祭壇の鏡はまだ倒れずに存在した。それが祭壇が無傷で立っていた何よりの証拠だと、偵探先生はそうおっしゃりたいのですね？」

「まったくもってその通りです」

「ですが、それはそれでおかしい」

リーシーが柳眉《りゆうび》を顰《ひそ》める。

「確かこの祭壇の鏡には、上に布が掛けられていたはず。それに光を反射すると言っても、単に朝日が来た方角に真正面に跳ね返るだけではありませんか？　地面を照らすにはもっと鏡が下に傾いていないと――」

「『女心は早く成長する』――そう言ったのはあなたですよ、宋女士」

探偵が饅頭を戻し、また酒瓶とグラスを手に取る。

「覚えていませんか？『最後の晩餐』の前、少女が取った行動を――」

リーシーが瞳を丸くした。

「天哪《ティエンナー》（ああ）！　おめかし――」

「その通りです。例の『最後の晩餐』に向けてめかしこむために、少女は祭壇の鏡を使ったのです。特に髪の結いを『自分で満足のいく仕上がり』にするには、どうあっても鏡でのチェックは欠かせません。

祭壇の高さはほぼ少女の背丈に等しい。鏡は祭壇の上段に置いてありますので、少女の身長より高い位置にあったことになります。もしその高さにある鏡を少女が使ったのなら、当然鏡を下に向けたでしょう。そして鏡はその状態で布をかけ忘れたまま放置され、巡り巡って地面の生首を照らした――」

探偵は静かに酒を口に含む。

「もちろんこれらはただの憶測です。しかし『鏡が布を外され下を向いていた』という状況は、これ以外にほぼ説明のつけようがありません。逆に言えば、『鏡が布を外され下を向いていた』という状況から、少女がこのような行動をとったと推察されるのです。

それにいずれにせよ、『逆光と地面の暗さの中、少女が一目で少年の首だと気付いた』という証言から、『祭壇の鏡が立っていた』という状況が演繹《えんえき》されることには変わりない。おめかしうんぬんはその事実を補強するための補説です」

空となったグラスに、探偵はまた琥珀《こはく》色の液体をなみなみと注ぐ。止まらぬ酒——まるで一斗の酒を飲めば、百の推理が生まれんと言わんばかりに。

「宋女士。あなたの仮説は最初から合わせ鏡に囚われている。もし少女が祭壇にぶつかったなら、ギプスは無事だが鏡が倒れている。もし少女が祭壇にぶつかっていないなら、鏡は無事だがギプスが壊れている。だが現実には、ギプスも鏡も両方とも無事だった。となれば宋女士、あなたの『水車トレビュシェット』仮説では、この着地の問題はどうしたって解決できない——」

くっと杯を飲み干す。

「反証は、以上です」

そう言ってようやく、探偵はグラスを卓に手放した。

＊

「……鍵を」

やがてリーシーが、手をこちらに向けケースの鍵を要求してきた。

一人の侍女が、銀盆を持って探偵に近寄る。侍女はその盆に鍵を受け取ると、リーシーの下に運んだ。リーシーは指先でその鍵をつまみあげ、それをそのまま脇にいた別の侍女に手渡す。鍵を渡された娘はリーシーの代わりにワゴンの宝箱から例のケースを取り出し、それを鍵で解錠して中の報告書を主人に差し出した。

「——二百三十四ページです」

探偵が補足する。リーシーは頷き、パラパラと紙を送った。

「これですか。第四章『死体移動』第四節、『重力動力源による機械的射出装置を用いた可能性』——」

長い睫毛《まつげ》を下向きにして、しばらく文章を読み込む。

それから顔を上げ、普通の笑顔を見せた。

「本当に全部、想定済みだったのですね」

そして足を組み、改めて膝上に報告書を置き直す。肘《ひじ》掛けに肘を載せて頬杖《ほおづえ》をつき、ファッション雑誌でも読むような気安い格好で再度ページを繰った。

「なるほど……地面は暗いから、仮に祭壇が壊れたとき、偶然鏡が縦に立って落ちたとしても、その鏡に朝日は届かないのですね。……あら？　ふふ、少女が少年の遺体のみをトレビュシェットで飛ばし、自分は歩いて祠まで行った……という仮説まで否定してありますね。そうそう、私も一度はそれを考えたのですが、少女が『トレビュシェットは崖の上に物を飛ばすためのもの』という認識でいる限り、その動機は成立しづらいのですよ……狙って祠に入れられるものではありませんしね……」

どこか愉しげに独《ひと》りごちる。リーシーはそうやってしばらく報告書を読み耽《ふけ》ったあと、再び顔を上げた。報告書を閉じて脇の侍女に渡し、組んだ足を解く。膝を揃えて羽毛扇を腿《もも》の上に置き、両手をその上に添えた。

それからゆっくり、頭を下げた。

「……私の負けです」

ふう――と、フーリンの全身から力が抜けた。何とか切り抜けた、か――。

「誠に残念です。せっかく老仏爺とコンビを再結成する、良い機会でしたのに。これは思わぬ伏兵でした。しかしこんな殿方がいらっしゃるとは、世間もまだまだ広いですね。私はとんだ坐井観天《ズオジングアンティアン》（井戸から天を見上げる＝井《い》の中の蛙《かわず》の意）です」

この女にしては殊勝なことを言っている。まあこんなただのこじつけ推理勝負、負けてもどうということはないというのが本音だろうが――しかし勝ちは勝ち。結果に文句は言わせない。

フーリンは煙管を吸おうとして、思い直して隣の探偵から紹興酒の瓶《びん》を奪った。まずは祝杯。今飲まずしていつ飲む。

侍女が冷めた皿を下げ、新たな料理や飲み物を給仕し始めた。

探偵がそれらにまた手を付け始める。依頼人もひとまず冤罪が晴れて緊張が解けたのか、気の抜けた顔で再び箸とレンゲを手に取った。

リーシーの投了により、銃殺前の刑場のように張り詰めていた空気がほわりと緩和した。拷問用の針椅子にでも座る思いの数時間だったが、どうにか上々の結末を迎えたようだ。探偵の勝利で依頼人の心証も上がったし、気付けば自分の個人資産も店一軒分増えている。終わってみれば万々歳だ。

ただ一つ気掛かりなのは、例の「契約」という言葉——。

だがまあそのあたりは、ひとしきり飲んでから考えても遅くはあるまい。

「……老仏爺。今回の勝負とは無関係に、春節《チユエンジイエ》の時期にでも一度里帰りしませんか？」

「しないね」

リーシーがくすりと笑う。この化け鼬もどこか厄《やく》が落ちたように、妙に晴れ晴れとした顔つきで扇で額を煽いだ。

「まあいいでしょう。懐かしい昔話もできましたし、老仏爺がお変わりないことも確認できました。今回の訪日はそれだけで店一軒分の出費に値します——」

くつろいだ口調で言いながら、視線を一点に固定する。その先には一心不乱に食事を掻《か》き込《こ》む探偵がいた。密輪の希少動物でも見るように、リーシーは探偵をしばらく興味深そうに眺める。

「ところで、老仏爺」

扇の先で探偵を指し示した。

「こちらの先生が老仏爺の情夫でない、というさきほどの話に、嘘偽りはありませんか？」

フーリンはぐびりと酒を呷《あお》って答える。

「天に誓ってないね」

「老仏爺に誓われては天も困るでしょうに。しかしこの先生、見た目・胆力・頭のできともに、老仏爺の無聊《ぶりよう》を慰めるのに、ちょうど手頃な男かと存じますが」

「それほど暇してないね。それに金の卵を生む家畜という意味では、十分可愛がってるね」

「もう少し人間扱いしてやってはいかがでしょう……。ですが今回の手合わせでわかりましたが、この先生、笨蛋《ベンダン》（間抜け）な格好の割になかなかのやり手です。このリーシーの人生で、勝ち戦《いくさ》の勝負を引っくり返されたのはこれが二度目です。一度目は老仏爺、もちろんあなたですが……」

「確かにこの男の能力は認めるが、それ以上に力の使い方を誤っているね」

フーリンは鼻息で酒を吹き散らさんばかりに笑う。

「万札を鼻紙に使うようなものね。それにこれは相当のマザコンよ。こいつが奇蹟にこだわる理由を聞けばきっとお前も引くね」

「はあ。左様でございますか……」

そこでつと、リーシーが椅子から立ち上がった。

扇で口元を隠しながら、何か考えるようにしずしずと円卓の周囲を回ってくる。餓《が》狼《ろう》のようにがつがつと料理を貪《むさぼ》る探偵の、すぐ背後に立った。

白檀の甘い清香を全身から放ちつつ、じっと青髪の後頭部を見つめる。

「しかしあなた——面白いです」

探偵がレンゲを持つ手を止め、びくっと顔を上げた。

いきなりの背後からの声に驚いたらしい。フーリンは肘を張った無頼な仕草で酒を飲みつつ、はてなと首を傾げた。……何だ。褒美でもやる気か。この女には気に入った部下にはつい上納金以上の贈り物をしてしまうという、朝貢《ちょうこう》外交のような太っ腹な気質もある。

するとリーシーはさらに探偵の背中に寄った。少し身を屈《かが》め、探偵の耳の後ろにゆっくりと自分の唇を寄せる。

そして囁《ささや》く。

「あなた……最高に面白いです」

フーリンの手がぴたりと止まった。

ん？

――最高に、い、最高に？

＊

眼下には、横浜港に今にも沈まんとする夕日が見える。

横浜中華街からやや南、『港の見える丘公園』。ちょうど良い頃合いで日暮れ時である。

デートスポットとしてもよく知られるこの公園だが、肌寒い平日のためか人影はまばらだ。園内には広場で練習に励《はげ》む大道芸人と、それを珍しそうに眺める小学生くらいの子供たちくらいしかいない。どこか秋風索漠、まさに唐詩選から一句選んで詠《よ》みたいくらいの物寂しい情景である。

そんな寒々しい公園の片隅に、ぴったりと寄り添う影が二つ。

こちらは形影一如《けいえいいちによ》。鴛《えん》（雄のおしどり）を追う鴦《おう》（雌のおしどり）のように、片方が一方を摑んで放さない。

——何の冗談だ、これは。

フーリンは三白眼を半眼にし、重なり合う二つの影絵を眺める。その影絵から少し離れたところでは、依頼人の渡良瀬がぽかんと口を開けて突っ立っていた。今回の彼女の用向きは終わったはずだが、流れで何となく付いて来てしまったらしい。

しばらく乾いた表情で見守っていると、大きいほうの影が振り返った。

「なあフーリン。さっきから彼女の中国語が早口でわからないんだが、いったい彼女はなんと……？」

フーリンの三白眼がさらに白目になる。この聞くも小《こ》っ恥《ぱ》ずかしい台詞を自分に訳せと言うか。それこそ恋愛小説の翻訳家になった覚えはない。

「ちょっと上海訛《なま》りがキツくて、私にも聞き取れないね。まあ大方、その女がお前を気に入ったということじゃないか。良かったなウエオロ。その女のヒモになれば一生喰いっぱぐれないよ」

ぞんざいに答え、懐から煙管を取り出す。一緒に巻き煙草と切刃も出した。戸外では刻《きざ》み煙草は使えないので、代わりに短く切った巻き煙草を火皿に詰めて吸う。

しかし忘れていた。そういえばこの女、結構惚《ほ》れっぽいのだった。

査定のハードルは高いが、一度合格点を出せばあとは氷河が溶けるがごとく、である。「最高に面白い」の賛辞は、探偵がかなりの高得点を弾《はじ》き出《だ》した証拠だろう。この容姿端麗な探偵が事件の関係者に惚れられるのはよくあることだが、これまた今回は難儀な女に引っ掛かったものだ。この男が天然でコマした歴代の女たちの中でも、トップクラスの凶女である。

例の衣装を脱ぎ、今また最初と同じ白コート姿に戻った白檀女の背中を見ながら、フーリンは苦々しい思いで煙管を食《は》む。まあ情夫にもしていない男の色恋に、自分が口出す権利は何もないが——しかしそれにしても、この胸に生ずるむかつきはいったい何なのか。あまり経験の無い感情だが、おそらく頭の悪いカップルが目の前でいちゃつくのを見せられるときの不快感と同一であろう。

ただ一つだけ、この女には気に入った男を剝製《はくせい》にしたがる性癖があるのが気になるが——まあこの男が自分の融資案件であることは、すでにこの女にも伝えている。自分の目があるうちはさほど無茶もするまい。

が。

そんなことより。

「老仏爺」

フーリンが警告を発するより先に、リーシーが振り向いた。

「お気付きですか？」

フーリンは開きかけた口を閉じ、頷く。

公園の入り口付近に、いつの間にか黒塗りのベンツが止まっていた。

その近くにはスーツ姿の人間が数人、人の出入りを塞ぐように立っている。彼らの間には来るときは無かった工事用のコーンも置かれていた。立て札のようなものもあるが、おそらく「工事中につき立ち入り禁止」といった文言でも表に書かれているのだろう。

明らかな人払い。

誰が、何のために――。


すると。

にゃぉーん、と――。

猫が空を飛んできた。

＊

「リーシー！」

フーリンは叫ぶ。猫は背を丸めてフーリンの頭上を飛び越え、綺麗な放物線を描いてリーシーたちのほうへ落ちて行った。リーシーは一歩踏み出して顔の前にばっと白扇を広げると、それを野球のミットのようにして猫の体をしなやかに受け止める。

同時に警告が返った。

「老仏爺！」

フーリンは目の端に飛来する金属光を捉えた。瞬時に体を捻り、煙管の柄でそれを弾く。——鏢《ビャオ》!? 弾いてからその正体に気付いた。中国の投擲武器で、日本の棒手裏剣のようなもの。しかしなぜこんなものが——？

直後、絹を切り裂く悲鳴が聞こえた。

ぱっと声の方を向く。リーシーからやや離れたところで、依頼人が棒立ちして錯乱の声を上げていた。その足元には、赤いコートの男が横たわっている！

「探偵さんが……探偵さんが！　私を——この私をかばって——！」

まさか。フーリンの顔が驚きに強張《こわば》った。自分が弾いた鏢が依頼人に向かって飛び、それを探偵が身を挺《てい》して防いだ——!?

「おお……なんという『番狂わせ』だ……」

また近くで声がした。フーリンは腰を落として身構える。誰だ。警戒しつつ振り向くと、するとそこに立っていたのは――。

広場で芸の練習をしていたはずの――。

大道芸人――！

間近に立つと、長身のフーリンも見上げるほど長躯《ちょうく》の大男。ただし痩《や》せ型で、狭い肩幅と長い手足はどこか麒麟《きりん》を思わせる。灰色のトレンチコートに灰色の中折れ帽。その無個性で陰気な服装は、芸人というよりまるで冷戦時代のスパイ映画から抜け出てきたような印象を与える。

発した言葉は日本語だが、日本人ではない。アジア系ですらなく、帽子の下からは薄青く澄んだ目と金色の髪が覗く。その端正だがどこか憂鬱《ゆううつ》な瞳を持つ白皙《はくせき》の面立ちは、東欧か中欧か、とにかくおそらくスラブ系――。

「しかしまさか、あの死角からの一撃を易々と防ぐとは……。そう言えば中国には、三只眼《サンヂーイエン》という三つ目の妖怪《ようかい》がいると聞く。あなたがそれではないか。どちらにしろこれで予定は大幅に狂った。日本語で言うところの『番狂わせ』だ……」

フーリンは品定めする目で相手を見た。

「お前は？」

男は沈鬱《ちんうつ》な表情で口元を歪める。

「最初あなたに会ったときは、確かズデニェクという偽名を使った。いや、ズジェネクだったか……。ウクライナの某新興財閥《オリガルヒ》の用心棒として出会ったときはアレクセイ。ドイツの某地下組織で敵対したときはエッケルト。だが何度も顔を変えているので、あの頃の私の面影はもうあるまい。

そんな私に比べ、あなたは変わらず美しい。むしろ磨《みが》きがかかった——昔の糸杉のように細かったあなたより、ルーベンスの絵のように肉感的な今のあなたのほうが私好みだ。私は今のあなたの体型を心から歓迎する、老仏爺」

第四章　黒寡妃球腹蛛《ヘイグアフーチユウフーヂユ》

フーリンは呆気《あつけ》にとられた顔で、しばらく目の前の闖入者《ちんにゆう》を見つめた。

何だこの、出会い頭《がしら》に失礼な男は……？

ウクライナのオリガルヒ、ドイツの地下犯罪組織――どちらも心当たりはあるが、肝心のこのエッケルトだかエッフェル塔だかの男の記憶がない。顔も変えたと言っているので見覚えがないのは当然だろう。しかしこれだけの上背、少しくらい印象に残ってもおかしくないが――。

喵喵《ミヤオミヤオ》と、男の足元にさっきの猫が戻ってきた。男は長身を屈めて猫を愛撫《あいぶ》する。

「おお、可愛い仔猫《コーシエシカ》……乱暴に扱ってすまなかった。だがお前を投げても無事なことはわかっていた。なぜならきっと、心優しい彼女たちはお前を助けずにはいられないだろうからだ……」

猫は囮《おとり》に投げたということか。そういう目論見《もくろみ》であれば猫で蹴鞠《けまり》をしてやるのも吝《やぶさ》かではないが、しかし相手の思惑通り、それで一瞬隙を作ってしまったのは事実。

少々甘口の対応であったと反省せざるを得ない。

「コーシェシカ……アレクセイ……」

リーシーが何かを思いついたらしく、背後から声が掛かった。

「老仏爺。もしかしてこの男、前にロシア連邦保安庁《FSB》の防諜部《ぼうちょうぶ》でケースオフィサーをしていたロシア人ではないですか？　ほら、昔うちの麻薬ルートに介入した件で組織に拘束され、老仏爺の『歓迎』を受けた――」

ああ、とフーリンの脳裏に陰気な金髪ロシア男の顔が蘇る。そういえばこんな気色悪い雰囲気だったか。この女は性格はともかく記憶力は頼りになる。

「……確かに私はロシア語も話すしロシア人のように猫好きだが、ロシア人ではない……」

対不起《ドイブーチー》（すみません）、と冷静な謝罪が入った。この女は存在自体が当てにならない。

「……お前がどこの何人だろうと、別に関係ないね」

フーリンは低い声で応じつつ、ちらりと横目で倒れた赤コートを見やる。まだ息はあるようだが――。「この私に刃を向けた時点で、どうせ終わった命ね。ところで死ぬ前に、素直に目的と雇い主の情報を吐く気はあるか？　殊勝な態度を見せるなら、張献忠流に生きた皮剝ぎ蝙蝠《こうもり》にすることは勘弁してやるね」

灰色男が、どこか感銘を受けたような表情でフーリンを見た。

「魯迅《ろじん》曰《いわ》く、『明は皮剝ぎに始まり皮剝ぎに終わる』……か。何と古式ゆかしい女だ。まるでイワン雷帝の治世で親衛隊《オプリーチニキ》の隊員に出会ったかのようだ。できればあなたともっと親睦《しんぼく》を深めたいところだが、残念ながら今はあまり時間がない……」

言いつつ、男は懐から黒い小瓶を出す。

「——чёрная вдова《チョールナヤ・ブダヴァー》。英語でブラック・ウィドウ、日本語ならクロゴケグモ——中国語だと黒寡妃球腹蛛《ヘイグアフーチユウフーヂユ》か。この小瓶の中身はそのクモから抽出した生物毒だ。通常健康な成人がこのクモに咬《か》まれても死に至ることはめったにないが、このクモは品種改良を重ね若干毒性を高めてある——」

毒……だと!?

フーリンは再度振り返り、探偵の容体を確認する。いつの間にかリーシーがその頭を膝に載せて介抱していた。探偵の表情は苦悶《くもん》に歪んでおり、肌には滝汗が光っている。あの鏢にそんな毒が——？

「ふむ……結構効いたようだ。動脈にでも刺さったか……？」

「お前……！」

煙管を逆手に持ち替えて凄《すご》むフーリンを、男は猫を盾のように掲げて牽制した。

「落ち着くがいい、美しい人。あなたの雪《スニエーク》の目とこの猫に誓い、私は無益な殺生《せっしょう》などしない。一般に生物毒には解毒剤がないものが多いが、幸いクロゴケグモの毒には血清が効く。当然その血清はこちらで用意してある。一時間以内に接種すれば間に合うだろう」

逆に言えば、それを超えれば間に合わない——ということか。

「いったい、何が目的ね？」

「難しいことではない。私の目的は、あなた方と例の『奇蹟の証明』の推理勝負に持ち込むこと。それ以外は何も求めない」

「お前……馬鹿か？　その勝負をするのに肝心の探偵をリタイアさせてどうするね」

「それはこちらも計算外だった。私の予定では、あなた方が猫に気を取られている隙に、あ、い、あなたに鏢を当ててるつもりだったのだ。そしてあなたをレースの賞品とし、探偵に勝負を申し入れるはずだった——とんだ『番狂わせ』だ」

人を福引の景品か何かのように——！

「だから申し訳ないが、少し待ってはもらえないか。今依頼主に確認しているところだ。はたしてこのまま勝負を続けてもよいか、否か——」

台詞《せりふ》の途中で、何かの着信音が鳴る。男はポケットからスマートフォンを取り出し、届いたメッセージを確認した。

「……よし。許可が下りた。では続行しよう。ちなみにそちらは誰が探偵の代理に立ってもよいそうだ。探偵の『否定の証明』はすべて報告書に記載されているはずだから、それさえあれば本体は別にあってもなくてもいい、とのこと」

その最後の台詞に、フーリンの左右の口角が吊り上がった。

今、確信した。この局面でこんな人を虚仮《こけ》にした戯《おど》け口を叩く人物は、彼女の知る限り一人しかない。

例のイタリア人――。

「腕ずくで奪う、と言ったら？」

「それは難しい。血清は入り口のベンツの中にあるが、勝負不成立となった時点で係の者が破棄する手筈《てはず》になっている。それに老仏爺、誤解されているかもしれないが、血清は何もそちらが勝負に勝たねば渡さないわけではない。この勝負を受けさえすれば、勝敗に依《よ》らず血清は勝負終了時点でお譲りする」

「勝敗に依らず……？　負けてももらえるということか？　だがこの場合の負けとは――」

「当然、あなた方が敗北を認めること」

フーリンは構えた手を下ろし、煙管を本来の持ち方に戻した。

相手に視線を固定したまま、懐から灰入れと再び切刃を取り出す。こちら側が勝つか、投了を認めない限り続く――しかし探偵は見ての通りあのザマだ。となれば当然、その決断を下すのは――。

「それと老仏爺。私の依頼主は、あなたと個人的なトラブルは抱えたくないと言っている。そのため今回、あなたを勝負に巻き込んだ迷惑料として、パタヤのマッサージパーラーと新宿のアミューズメント施設を無条件で進呈《しんてい》するそうだ。またもし仮に探偵が不幸にも死んだ場合、負債の補償に応じる準備もある。もちろんこれらは全部、あなた方がこの勝負を受けることが前提だが……」

フーリンはつい、微笑みさえ浮かべてしまった。

何と配慮の行き届いた懐柔策であることか。こちらが勝ちにこだわる理由をとことん奪いに来たか。勝負の禍根《かこん》を残さぬようこちらに仁義を切り、なおかつそれさえも己の手駒《てごま》に利用する手腕は、さすが表と裏両方の社会に顔が利く例のイタリア人といったところだ。しかしなぜ、そうまでして――。

フーリンは煙管の吸い口を食む。蛍の尻のように煙草の先端を何度か赤く点滅させ、それからふう、と蜘蛛《くも》糸のような白煙を吐いた。しばらく煙の味を反芻《はんすう》するように口を閉ざす。

「――よろしい。では、勝負を始めるね」

＊

灰色男が、すっと真横に手を伸ばした。

仕込まれているのだろう。猫が、反射的に男の肩から首の後ろを回ってその手に乗り移った。まるで鷹匠《たかじょう》の鷹のように腕の上に止まる。猫が乗っても、男の腕は銅像のようにぴくりとも動かなかった。

「勝負を受けて頂き光栄だ、老仏爺」

感情の籠もらない声で言う。

「ではまず、舞台の前口上から述べさせてもらう。今回こちらが用意した仮説は、とあるありふれた奇術トリックだ。英語で言う変身《メタモルフォシス》、あるいは交換鞄《サブスティテューション・トランク》。つまり『人物入れ替わりトリック』――」

「『人物入れ替わりトリック』？」

フーリンはじっと宙の一点を見つめる。

「それはあれか――つまり、ドウニ少年が別の人物と入れ替わっていた、ということか？」

灰色男は頷く。

「その通り。ミステリー界でも奇術界でも、それ自体はもはや使い古された類いのトリックだろう。奇術界で『人物入れ替わりトリック』といえば、まず思い浮かぶのは——」

「なるほど。あのとき『拝殿』からリゼ少女を連れ出したのは、実はドウニ少年ではなく別の人物だった——というのは、考えられる一つの仮説ね」

男が壊れたゼンマイ人形のように一瞬停止した。

「待つがいい。私の話はまだ終わっていない——」

「確かにそれなら、凶器の隠蔽も死体の移動もわけないね」

フーリンは構わず続ける。

「集団自殺の時は信者は顔を伏せていたから、どさくさに紛れて少年を殺して入れ替わるチャンスもある。斬った少年の首を使えば、恐慌状態の少女を騙すことも可能。動機は少女への好意など——」

「老仏爺。私の話を——」

「でも何にせよ、その仮説は間違いね」

「老仏爺！」

男の抗議を、フーリンは柳に風で受け流す。

「これもすでに検証済みの話よ。根拠は死体の数ね。村にあった死体は全部で三十二体。一体は『祠』にあったドウニ少年の物で、残る三十一はすべて『拝殿』内から発見された。

もしその犯人が最終的に村から脱出したなら、死体は一つ減っているはず。しかし死体の数は人数分あるので、犯人は一度拝殿内に戻ったとしか考えられない。けれど少年を殺して入れ替わった犯人がわざわざ拝殿内に戻って自殺するとは考えにくいし、第一拝殿は外から施錠されていた。重い門は少女には閉められず、また閉める理由もない。そのため少女が後から閉めたとも考えられない。

つまり入れ替わろうが何しようが、この拝殿の状況の矛盾は解決できない――すなわちお前の仮説など、聞く前からすでに破綻《はたん》しているということね」

フーリンは数歩前に踏み出し、まさに銅像《スタチュー》の芸のように立ち尽くす大男の顔に煙を吹きかけた。

「論破ね？」

男は猫を乗せてないほうの手で帽子を押さえる。そして自分の目を覗かれることを恐れるように、少し顔を背けた。

「だから老仏爺。あなたは少々性急すぎる……」

声にかすかに羞恥《しゅうち》が交じる。

「あなたの議論の相手は、私ではない」

――何？

そのときフーリンは気付いた。男のコートの陰に隠れる、小さい何者かの存在に。

子供だ。小学校高学年くらいだろうか。ややサイズ大きめの茶色い子供用ダッフルコートを着込み、フードを雨合羽のように深く下ろしている。足元はワンタッチテープのスニーカー、背中には塾用らしき背負い鞄。

フーリンの目が見開く。あれは――男の大道芸を観賞していた、まわりの子供たちの一人。

少年は無言で男の背後から出てきた。茜色《あかねいろ》の西日に包まれながら、しばらくじっとその場に佇《たたず》む。やがてこちらに近寄ってきた。身構えるフーリンの脇を素通りし、一直線に倒れた探偵へ向かう。

その枕元《まくらもと》に立ち、まだ幼さが残る声で言った。

「……どうも。お久しぶりです、ウエオロ師匠」

＊

ウエオロ――師匠？

自分の胸の高さくらいまでしかない少年を、フーリンは異形の生き物でも見る目で見下ろす。

そしてすぐに思い当たった。この少年は――。

「覚えていますか？　八ツ星聯《やつほしれん》です。あなたの下で助手として修業し、探偵のノウハウを叩き込まれた――」

フーリンは唖然と二人を見守る。すると背後から陰鬱な声が響いた。

「老仏爺。私は確かに言った。私の目的は、あなた方との勝負に持ち込むことだと。これから始まるサーカスの主役は彼で、私などただの前座にすぎない。私が受けた依頼は、単なる勝負の調整役《コーディネーター》だ――では、いいかな老仏爺？　話の先を続けても。この台詞を伝え切るのも、私の請け負った仕事のうちだ……」

まるでフーリンの反論などなかったように、淡々と先ほどの話を蒸し返す。

「――奇術界で『人物入れ替わりトリック』といってまず思い浮かぶのは、『脱出王』の異名を取ったハンガリー出身の稀代《きたい》の大奇術師、ハリー・フーディーニ。縄抜けや中国水牢《チャイニーズウォーター》、刑務所からの脱出など、様々な『脱出芸』で知られる。中でもステージ上で演者と助手が一瞬で入れ替わる、早業《はやわざ》交換マジックの『変身《メタモルフォシス》』は有名だ――」

合成音声のナレーションのように、無機質な声で続ける。

「そしてまたフーディーニは、『心霊《サイキック》ハンター』の異名も持つことでも知られる。当時世間には胡散臭《うさんくさ》い『心霊術』が流行していたが、彼は手品知識と持ち前の洞察力で、それら心霊術のイカサマを次々と暴《あば》いていったのだ。

しかしその行動により、彼はそれまで親交のあったとある作家と対立を深めてしまった。その作家こそ何を隠そう、かの名探偵シャーロック・ホームズの産みの親、サー・アーサー・コナン・ドイル――」

男はそこで一呼吸置く。

「例の『コティングリー妖精《ようせい》事件』で妖精の存在を支持したことでも知られる通り、ドイルは本格的な心霊主義者だった。そんなドイルにとり、野暮な分析で心霊術の神秘のベールを暴こうとするフーディーニの行為は、とても許しがたいものだったのだろう。

一方でフーディーニのほうも、心霊の存在そのものを否定していたわけではない。むしろ彼は存在を信じたがっていた。かつて最愛の母を失ったとき、死後の母親の霊と交信するために、一時期心霊術に傾倒さえしていたフーディーニ。そんな彼には、その心霊術がただのインチキであることは、自分の信じるものへの侮辱以外の何物でもなかったのだ。

『不可能を消去して、最後に残ったものが如何に奇妙なことであっても、《When you have eliminated the impossible, whatever remains, however improbable,》それが真実となる《must be the truth.》』——これはかのホームズの有名な台詞だが、そんな近代合理性の塊《かたまり》のような発言を作中の人物にさせながら、心霊の存在を信じていたドイル。他方、観客を魔法めいた奇術で幻惑しながら、あらゆる心霊術を否定し続けたフーディーニ。何とも皮肉な対比ではないか。どちらもその根底には、『神秘を信じたい』という想いがあったというのに——」

ホームズの台詞。それはこの青髪の探偵の、「あらゆる可能性を否定し、何も残らなければ奇蹟」という、例の奇蹟の証明法の手本となったものである。今のはそれを意識した上での引用だろう。とすれば当然、この口上を考えたのは——。

「……師匠」

小学生——八ツ星が、歳に似合わぬ憂愁を帯びた声を出す。

「あなたがドイルなら、僕がフーディーニになりましょう。道に迷った師に引導を渡すのも弟子の務めです。ですが願わくば、今日という日があなたの回心の日にならんことを。終わらぬ聖杯探しの旅から解放されることは、敗北ではなく祝福なのです

──」

＊

傾きを増した夕日が、閑散とした公園を橙《だいだい》色《いろ》に染め上げる。

その穏やかな静寂の中で、依頼人が「弟子……？」と呟くのが聞こえた。それと探偵のうめき声。意識があるかは定かでないが、聞き覚えのある昔の弟子の声に身体が無意識に反応したのかもしれない。

八ツ星聯──。

かつての探偵助手。

ここに来てまた一枚、やっかいなカードを引いた。神童の誉《ほま》れ高き天才児。フーリンも過去何度か行動を共にしたことがあるが、この少年の才気煥発《かんぱつ》ぶりには幾度となく舌を巻かされている。それこそ回想の少女ではないが、こんな天才少年が南阿佐ケ谷の片隅の冴《さ》えない探偵事務所で一助手を務めていたことに、常々違和感を感じていたものである。

しかしこの元助手、数年前に何らかの理由で破門になったはず。とすれば今回の参戦は、その意趣返しか──？

少年はしばらく、探偵の脇に立ったままその顔を見下ろしていた。それからしゃがみ込み、探偵の腕を取る。脈拍を測るように手首をしばらく握った。

そして安堵したように頷き、一度ぎゅっと両手で探偵の手を包みこんでから、腕を元の位置に戻した。

「手荒な真似をしてすみませんでした、師匠。ですがこうでもしないと、あなたは僕の勝負を受けてくれないので……」

少年はまた立ち上がると、今度は視線をフーリンのほうに向けた。

「どうも、お久しぶりです。フーリンさん……。今回はあなたが師匠の代理ですか？」

フーリンは煙管をくゆらす。

「どうもそのようね」

「一つ提案があります。まず最初に、僕に師匠の報告書を見せてくれませんか？　そこに僕の仮説が否定されてないことが確認できたら、それで勝負を終わりにします。そのほうがお互い効率的でしょう？　もちろんズルなんてしません」

フーリンはさらに煙管を一吸いする。

「……ほう」

煙を吐きつつ笑った。

「見くびるなよ小僧」

久々に血潮が湧きたった。

「この私を案山子《かかし》扱いか。茶番もいいところの馬鹿勝負だが、売られた喧嘩《けんか》は買う性分ね。余計な気遣いはいいから、さっさとお前が思いついたアホトリックを語れ。それを私が聞き、即座に捻り潰す。それで一切合財終了ね」

フーリンの剣幕に、少年は怯えるというよりただびっくりしたようにぽかんと口を開ける。「あ、いえ別に、僕はそんなつもりじゃ……」そう言い訳しつつ、指でぽりぽりと頬を掻いた。

「どうやら僕の言い方がまずかったようですね。気に障《さわ》ったなら謝ります──わかりました。ではここはルール通り、代理人のあなたとまずはきちんと論戦しましょう。でも、あまり勝負を長引かせないでくださいね。あなたもうちの師匠をそう簡単には失いたくないでしょう。いろいろな意味で……」

フーリンは表情には出さず、喉奥《のど》だけで笑った。一々癇《かん》に障ることを吐《ぬ》かす小僧だ。このあたりの口の悪さは師匠譲りか。

「では早速、僕の仮説を発表します。ベースはもちろん、今そこのコーディネーターさんの言った『人物入れ替わりトリック』──」

八ツ星が再びフーリンに歩み寄ってくる。

「ですが、タイトルはもう少し凝《こ》りました。僕の考案したトリックの名称は、『ウビ・エスト・デウス・トゥス？』——日本語で『君の神様はどこにいる？』」

歩く途中で、フードがするりと滑り落ちた。柔らかそうな癖毛《くせげ》の黒髪と、額の広いあどけない顔が現れる。寝癖が仔豚の尻尾のように跳ねていた。

「プラス副題《サブタイトル》。『聖ウィニフレッドのクリーン発電』——」

＊

フーリンは酒のつまみに杏仁豆腐《あんにんどうふ》でも出されたような顔をした。

「君の神様はどこにいる？」に、「聖ウィニフレッドのクリーン発電」——。

……絵本か？

それが最初の感想だった。字面だけなら本屋や図書館の児童書コーナーに並んでいそうなタイトルである。どんなトリックを意図して付けた名前なのか、まったく想像がつかない。

八ツ星は寝癖を気にするように、しきりに後頭部を手で撫でつける。

「ええと、フーリンさん。さっき『ドウニ少年入れ替わり説』についてあなたが指摘した矛盾点を、もう一度教えてくれますか？」

「……ポイントは、死体の数ね」

フーリンは様子見で答える。

「発見された死体の数は全部で三十二。少女を除いた教団関係者は総勢三十二人。一人脱出すれば三十二引く一で残りは三十一、頭数《あたまかず》が合わない。お前みたいな小僧でもできる計算ね」

すると少年は、ふるふると首を左右に振った。

「合ってます」

円《つぶ》らな瞳でフーリンを見上げる。

「死体の数は、合ってますよ」

フーリンは三白眼を眇めた。

「まだ引き算は習っていないのか？」

八ツ星少年は頭に手を乗せながら苦笑する。

「いいえ。もちろん習いました。もう六年生ですからね、整数どころか分数《有理数》の四則計算まで履修《りしゅう》済みです。そういうことではないんですよフーリンさん——そうですね、それではもう一度、村にいた人数を確認してみましょうか」

指をタクトのように振り、まるで塾講師か何かのように教え慣れた様子で巧みに話を誘導する。

「さてフーリンさん。村には当時、どんな人たちがいましたか？」

「教団関係者ね」

「もう少し具体的に」

「教祖と幹部、それに一般信者たち……」

「それだけですか？　もっと重要な存在を忘れていませんか？　宗教団体なんですよ？　宗教には必須《ひっす》の存在をどうして無視するのです？」

フーリンは酒の代わりに酢を飲んだような渋面を見せた。

「まさかお前――あの村に、本当に神がいたとでも言うつもりか？」

「いたじゃないですか」

すると少年はあっさり肯定した。

「空想でもなく、集団幻想でもなく、思弁的存在でもなく、形而上学《けいじじょうがく》的観念でもなく。実体も実体、まごうかたなき物質的存在としての――」

少年が胸の前で合掌する。

「御神体が――」

＊

「――宗教によって、信仰の対象は様々です」

言葉に詰まるフーリンを尻目に、八ツ星は淡々と続ける。

「山川の自然、天体、動物、死者の霊魂、伝承的存在、純粋概念――アニミズムから多神教、そして一神教へと至る過程で、人類は様々な森羅万象を信仰してきました。そこに必ず介在するのが物理的な崇拝対象です。本来神様とは目に見えぬもの。その目に見えぬものを実感するために、存在を具象化した『何か』が人々には必要だったわけですね」

八ツ星がコートのポケットから何かを取り出す。半透明のカードボックス。中から数枚カードを抜いてこちらに見せた。子供に人気のトレーディングカードゲーム――アニメ調の絵柄のモンスターに、ゴッド何とかとかいう名前が付いている。

「精霊信仰の日本の神道なら、普通御神体は森や山などの自然物。神籬《ひもろぎ》・磐座《いわくら》ですね。ケルト人なら樫《かし》の木。トーテミズムの北米先住民ならトーテムポール。キリスト教などの唯一神教は原則偶像崇拝を禁じていますが、代わりに十字架などの象徴物や聖者の残した聖遺物、聖画像《イコン》などが信者の心の拠《よ》り所《どころ》になります」

フーリンは渋面をさらに強めた。この小僧、見かけこそ愛らしい兎《うさぎ》のようだが――持つ尾針はいっぱしの毒蠍《どくさそり》。

「つまり……お前の仮説というのは……」

「はい。実はこの村では、その御神体が現実の人間の遺体だったということです。遺体が一体増えるなら、一人逃げても計算は合います。三十二引く一足す一は三十二で、そのままです」

「だが……お前も今言ったね。キリスト教では偶像崇拝は原則禁じられているし、日本の神道でも普通御神体は森や山などの自然物だと。この教団の教義は主にキリスト教と神道の混合体。だったら――」

「はい、確かに言いました。キリスト教では原則禁止だし、神道では普通自然物だと。ですがそれらはあくまで『原則』であり『普通』です。何事にも例外はありません。聖遺物に聖者の遺体や遺骨が選ばれるのは珍しくもありませんし、日本の神社でも、日本橋箱崎《はこざき》の高尾稲荷《たかおいなり》神社などは御神体に女性の頭蓋骨《ずがいこつ》を祀っていますね。神仏混淆《こんこう》で仏教も含めれば、仏舎利《ぶっしゃり》に納められているのは釈迦の骨ですし」

「けれど、例外は例外ね。この宗教団体がそんな例外に倣った保証はどこにも――」

「あ、いえ……お忘れですかフーリンさん。この勝負のルールを」

パラパラとカードを上から下の手に落としながら、八ツ星がさらりと言う。

「こちら側はあくまで、可能性さえ提示できればよいのですよ。御神体の正体など教団の中枢にいた人間以外誰も知らないのですから、彼らが全員消えた今、その可能性は誰にも潰せません。また犯人が祠から御神体の遺体を持ち出しても、第三者はもともと何が御神体かわからないのですから、それが持ち出されたことに気付くことさえできないわけです」

フーリンは苦い顔で煙管を食んだ。またしても同じ逃げ口上。裂いても裂いても死なないプラナリアのように、どこまでもうっとうしいルールである。

しかし……これは正直痛手だ。遺体が一つ増えたということは、「自由に歩き回れる第三者」がこの世界に現れたということ。だとすれば凶器の隠蔽も死体の移動も自在である。さすがにこれでは反駁しようがない。

さて。この一刀、どういなす——フーリンが心中汗をかきながら、時間稼ぎに煙管の煙草を取り換えようとした、そのとき。

「お待ちください」

楊琴《ようきん》のように軽やかな声が響いた。

「その仮説には、明らかに不合理な点がございます」

＊

——リーシーだった。

探偵の頭を膝に載せ、ハンカチで汗を拭いたり扇で煽いだりと手厚い看病を見せながら、顔だけこちらに向けている。その様子はさながら病人を天然痘《てんねんとう》から守る天花娘娘《ティエンホワニャンニャン》、あるいは行き倒れた旅人を喰らわんとする白骨夫人《バイグウフーレン》。

八ツ星が栗鼠《りす》のように目を丸くした。

「ええと、リーシーさん——でしたか？　なぜあなたが反論を？　いえ、別にいいのですが、どちらかといえばあなたは師匠の敵、つまり僕たち側の人間では？」

リーシーが扇を立てて顔を隠した。照れたのかもしれない。

「私の契約分の仕事は終わりました。その後のプライベートで何をしようと、私の勝手です」

「はあ、そうですか。まあ別に誰が代理に立ってもいいというルールなので、構いはしませんが……。ではリーシーさん、改めてお訊ねします。僕の仮説の不合理な点とは？」

リーシーが即答する。

「タイミングです」

「タイミング？」

「入れ替わりのタイミング。ただその説明に入る前に、二、三確認したい点がございます。よろしいでしょうか？」

「もちろんどうぞ」

「まず一点。その『御神体』と入れ替わる方法で脱出できるのは、ただ一人教祖のみ。この認識でよろしいでしょうか？」

八ツ星は頷く。

「そうですね。信者の首は皆残ってますし、死体の入れ替えができるのは護摩の火で焼け死に、身元のごまかしが利く教祖だけです。その認識で間違いないでしょう」

「では二点目。ドウニ少年との入れ替わりは、少年が集団自殺から逃げる前に行わなければならない。こちらの認識は——」

「それもＯＫです。ドウニ少年が逃げたら『拝殿』は外から施錠されるので、少年の協力なくしては外に出られない。しかし命からがら逃げた少年が、わざわざまた捕まる危険を冒してまで拝殿の扉を開けるとは思えません。それに少女の母親はもう死んでますし、少年も『最後の説得が駄目なら諦める』と言ってましたので、二人とも親への未練はなかったと考えられます。むしろ悲惨な現場など二度と見たくない、と思う気持ちのほうが強いでしょう。あと少年は扉の札を破って外に出ているので、それ以前に扉は開いておらず、ゆえに少年より先に拝殿を出た信者も存在しません」

「——と、すると、少々おかしくはありませんか？」

芍薬《しゃくやく》が花の重さに茎を曲げるように、リーシーが重たげに頭をしならせた。

「はたして教祖はいつ、どこで、ドウニ少年と入れ替わったのでございましょう？　集団自殺の際には、少年はリゼ少女の後ろに座りました。処刑の音は前から迫ってきていたので、席順から少女の前に少年が殺されるはずはありません。また集団自殺が始まる直前まで、教祖は『祈禱の間』に籠もっていました。それゆえ、その間の入れ替わりも不可能です」

「ですから、それこそフーディーニですよ。手品の仕込みは観客の注目を浴びる前に終わっている。教祖は『禊』に入る前に少年を殺し、入れ替わったんです」

「『禊』の前に入れ替わる？　ではあの『祈禱の間』にいたのは——」

「もちろん教祖ではありません。あれの正体は『御神体』のミイラです」

少年がまた一枚、カードをデッキから引き抜いた。包帯を巻いたミイラの絵だった。

「教祖の『禊入り』には、ドウニ少年が常に付き添っていましたね？　あの少年の正体が教祖です。教祖はミイラに自分の教団服を着せ、自分は殺したドウニ少年の教団服を着て、腹話術の人形のようにミイラの教祖を操ったんです。

水浴びは自分で行い、着替えるときに護摩火の陰でミイラと入れ替わりました。禊の終了時には、一旦『祈禱の間』のミイラをそのまま広間の上座に運んで座らせ、自分はドウニ少年として下座の信者たちの最後列に並びます。

そして祈禱で信者が頭を下げたところで、再び上座に戻り、手早くミイラと入れ替わります。赤白の教団服を二重に着込んでいれば、この入れ替わりはそれぞれ上の服を脱ぐだけで済みます。奇術でよく見る早着替え——あるいは中国の伝統芸能『変面』ですね。

脱いで不要になった服は、護摩火にでも投げ込めば証拠隠滅完了です。ただし少年の教団服はあとでまた変装に使うので、そちらは燃やさなかったと思いますが。

ちなみに祈禱の声は、きっと出所がばれないよう壁にでも反響させていたのでしょう。そういえば『遠くから聞こえる声《ディスタンス・ボイス》』も腹話術の技術ですね。そういう意味では、このトリックの本質は奇術ではなく腹話術——フーディーニではなく、エドガー・バーゲンだったかもしれません」

後者はおそらく著名な腹話術師の名前なのだろう。しかしおよそ日本の小学生がさらりと喩えに引用するような代物《しろもの》ではない。

探偵が苦しげに体を反らした。リーシーはその頭が膝から落ちないよう両手で探偵の体を押さえつつ、うつむき加減に反論する。

「ですが――リゼ少女は、教祖が『禊入り』したあと、戻ってくる少年の顔を見ています。いくらなんでも、大人の教祖と親しい少年の顔を見間違えるはずは――」

「だから、それゆえの首切りですよ。リゼ少女にドウニ少年が生きていると印象付けるため、教祖はそのときわざわざフードから斬った少年の首を見せたんです。集団自殺で脱出するときに、少女が薄目で確認した『少年の顔』もまた同じ――」

「嘻《シ》嘻《シ》嘻《シ》嘻《シ》嘻《シ》嘻《シ》（ふふふふふふ）――」

フーリンはぎくりとした。リーシーが口に白扇をぴたりと当てたまま、体を震わせて妖怪めいた笑声を立てている。

やがて頭を上げ、瞳を猫のように夕闇《ゆうやみ》に光らせた。

「捉えた――」

リーシーは丁寧な仕草で、探偵の頭を自分の膝から下ろした。

そして夕日を真正面に浴びつつ立ち上がる。開いた白扇をゆっくりと肩の上に高く掲げ、それからばさっと斜めに振り下ろした。白い閃光《せんこう》が晩靄《ばんあい》めいた空気を切り裂き、白檀の香りが山颪《やまおろし》のように天から地へと吹き付ける。

「ですから、それが不合理だと言うのです。それはつまり、教祖の『禊入り』の前に、すでにドウニ少年は首を斬られて殺されていたということ。禊の期間は三日。つまり少女が祠で発見した死体は、少なくとも三日経過したものになります。されど当時の季節は夏。くわえてこの土地は、殺した豚も冷蔵保存しなければ数日で腐るような気候の盆地。ならばこの条件下で――」

ぱん！　と小気味良い音を立てて扇を閉じる。

「リゼ少女が、まるで『生きているような』死体を見るはずがありません」

＊

音吐《おんと》朗々《ろうろう》――。

峡谷に笛の音を響かすような耳触りの良い美声で、リーシーが八ツ星の仮説の矛盾を突く。

その白扇の先端を相手に差し向ける様、さながら白刃を喉元に突き付けるがごとし。フーリンは胸中で快哉《かいさい》を叫んだ。よくやったリーシー。罪人の舌を鋏《やっとこ》で引き抜くがごとく相手の論理を骨抜きにする能弁振りは、天厲五残を司る西王母《シーワンムー》の面目躍如といったところである。

敵に回せば厄介この上ない化け鼬も、守護神として祀れば霊験《れいげん》あらたかな神獣となる。フーリンは万の援軍を得た思いで敵を見た。さあどう出る八ツ星。かつての探偵の弟子といえど、こんな魑魅魍魎《ちみもうりょう》と対峙した経験はあるまい――？

するとハツ星は、奇妙な中国語を呟いた。

「……你真胖《ニーヂエンパン》（あなたは太っています）」

あたかも笛の掛け合いの中で銅鑼《どら》が鳴ったような、尻の据わりの悪い空気があたりに流れる。

「――ん？　ニーヂェンファン？　ニーヂェンブァン……？」

周囲の困惑の視線を浴びながら、八ツ星少年が首を捻りつつ珍妙な独り言《ひとりごと》を何度も呟いた。フーリンの眉間に深い皺が寄る。なんだこの子供。壊れたか？

「すみません、格好をつけて中国語で返そうとしたら、無気音と有気音どちらか忘れてぐだぐだになりました。僕はただ、リーシーさんを上から目線で褒めてあげたかったのです。『素晴らしい。よくそこに気が付きましたね』と――」

……你真棒《ニイヂエンバン》（素晴らしい）、と言いたかったらしい。リーシーの顔が二重の意味で強張る。

花マルです、と少年は続ける。

「ですが、その答えはシンプルです。村には立派な冷蔵庫がありましたね？　それを使って保存したのでは？」

「冷蔵庫で遺体を保存――確かにそれも可能ですね、もし冷蔵庫に電気が通っていれば。ですが真遺憾《チェンイーハン》（残念）、村では川の流れも家畜も途絶えました。発電用の水車を回す動力は存在しなかったのです」

「水車を回す動力は存在しない？　そうでしょうか。たとえば重力なんかは――」

「重力？　たとえば岩をトレビュシェットの重りとして用いたようにですか？　ですがそれでは継続的な回転には――」

「リーシーさん」

八ツ星が片手でリーシーの発言を制した。

「そしてフーリンさん。一言言わせてもらいますが――」

フーリンに向き直り、同時にさきほどのカードのデッキに手を伸ばす。そこから一枚引き抜き、指の間に挟み込んだ。

「あまり小学生を見くびらないでください」

そしてそれをピッとフーリンに向けて飛ばす。フーリンは同じく二本指で受け止めた。

中を見ると、よくわからないがキラキラした気合の入ったモンスターの絵が描かれていた。

「こんなのは小学生にもわかること——いやむしろ、小学生だからわかること、と言いましょうか。いいですか皆さん。平成二十年の学習指導要領改訂により、日本の小学六年生の理科に『発電・蓄電』の指導内容が追加されました。その実験内容の一つに、いわゆる『重り発電』と呼ばれるものがあります。重りを付けた糸をモーターの軸に巻き付け、その重りを高いところから落として糸を引っ張り軸を回転、発電させるというものです。

いわば重力の位置エネルギーを用いた『重力発電』だと言えます。まあ発電量から見ればおもちゃみたいなものですが、低コストかつクリーンな再生可能エネルギーなので、実用化に向けた応用研究も一部で進んでいたりもします」

クリーンな再生可能エネルギー——「聖ウィニフレッドのクリーン発電」か。しかし——。

「その『重り発電』で、水車を回転させたということですか？」

リーシーがすかさず反論する。

「ですが、その肝心の位置エネルギーはどうやって？　重りを落とすには水車をもっと高い位置まで移動させ、さらに重りの岩も持ち上げないと——」

「重力の位置エネルギーを得る方法は、何も上に持ち上げるだけとは限らない——」

八ツ星が一度指を空に向け、それからゆっくり大地を指差す。

「下に向かって落としても、相対的に同じポテンシャルが得られます」

リーシーの表情が固まった。

「下に向かって……落とす？」

「そうですよリーシーさん。あの村にはありましたね？　かつては生活用水に使い、水が涸れたあとはシンクホールとして崩壊し今はただのゴミ捨て場と化した、深い深い――」

パラララと、八ツ星がカードを再び上から下に落とす。

「い、井戸が――」

＊

八ツ星がカードをシャッフルしながら、フーリンに歩み寄ってくる。

「洞門爆破でできた岩を重りにして井戸に落とし、水車を回して発電した――それが僕の仮説の補足部分です。ちなみに副題の『聖ウィニフレッド』とは、七世紀英国のウェールズに実在したといわれる聖女。異教の首長の息子の要求を拒《こば》んで首を切られ、その首の落ちた場所から泉が湧いたという伝説があります。この泉は現在『聖ウイニフレッドの井戸』という観光名所になっていますね。ああ。あと井戸つながりで言えば、この『港の見える丘公園』にも、昔フランス領事館があった頃に使われた『風車汲み上げ式の井戸』の模型があります」

八ツ星はフーリンのつい目と鼻の先までやってくると片手を出し、「今投げたやつ、レアカードなので返してください」と言ってきた。カードを渡すと、それを大事そうにカードボックスにしまい、また前の立ち位置に戻る。

フーリンが何か言い返そうとした矢先、リーシーが噛みついた。

「そんな……そんな方法で、十分な電力が得られるはずが――」

「おや？　リーシーさんはそう思いますか。そういえばリーシーさんは、物理の基礎知識が多少ありましたね。では少々、得られるエネルギーを計算してみましょうか……」

少年は何食わぬ顔で答える。

「ゴミ捨て場の穴の深さは、およそ六十メートル。シンクホールとは地下水の浸食などで地下に空洞ができ一気に崩落する自然現象のことですが、中には直径四メートル程度で深さ百メートル級の穴が空いた例もありますので、このくらいの穴ができても確かにおかしくはありません。

ではかに、この穴に二百キログラムの岩を落下させたとしましょう。すると得られる位置エネルギーは、重さ×高さ×《かける》重力加速度で、約十一万七千六百ジュール。ジュールをワット時に換算すると、一ワット時は三千六百ジュールですから、水車のモーターの発電効率をおよそ六十パーセント程度と仮定しても、一回この作業をすることで得られる仕事量は十一万七千六百×〇・六÷三千六百で、約二十ワット時になります」

リーシーがぐっと言葉に詰まる。少年は淡々と続ける。

「この作業を二十回繰り返せば、合計で約四百ワット時。一方で業務用冷蔵庫の消費電力は、とあるメーカーのカタログによれば四百リットル程度の冷却時で百六十四ワット。ただし日本電機工業会の調査では、ここ十年間で家電の消費電力はだいたい二分の一くらいの省エネ効果になっています。なので事件当時の冷蔵庫の消費電力を約二倍の三百三十ワットと見積もると、それでも一時間稼働させるのに必要な消費電力量は三百三十ワット時。得られる仕事量は四百ワット時なので、冷蔵庫を一時間動かしてもおつりがくる計算です。

もう少しリアルに考えてみましょうか。二百キログラムの岩を網籠《あみかご》に入れるのは大変ですが、一つ二十キロぐらいの岩に分割して入れれば一人でも十分作業できます。麻縄のロープと網は『腐るほど』ありますし、かつての井戸なら滑車などもどこかにあったでしょうから、そういったものを利用して仕組みは十分構築可能です。

それに六十メートルの自由落下にかかる時間は、空気抵抗等を考えなければおよそ三から四秒。もちろんモーターを回す抵抗力が掛かりますので、仮に落下に一分要するとして、それでも二十回岩を落とすのに必要な時間は二十分です。作業に十分間の余裕《マージン》を取ったとしても、三十分あれば一時間分の電力を蓄電できてしまいます。三十分で一時間分。八時間で十六時間分。八時間やれば八時間休めるということですね」

リーシーが地面にへばりつく白蛾《はくが》のように押し黙る。フーリンは観念して目を伏せる。

「ロープを巻く時間も短縮できます。重りのロープを二系統にし、一方を落とす際に一方を巻き上げる形にするのです。もちろん岩は底で落とせるよう網籠の仕組みを――」

「――もういいね！」

タオルを投げざるを得なかった。ここでリーシーが反論できないのであれば、これ以上この話を聞くのは無意味。

八ツ星がどこか物足りなそうにこちらを見た。勝負を制した優越感さえ漂っていないのがますます腹立たしい。

だが、これでわかった――地頭《じあたま》の良さは完全に向こうが上である。この少年の土俵で戦っていてはまず勝ち目はない。もっと自分たちが口を挟める得意分野に誘い込み、そこで何らかの論理の隙を突くしかない。

「発電方法は了承した。それでも疑問点はまだまだあるね」

まずは攻め口を求め、広く探りを入れていく。

「そもそも、そこまでして教祖が逃げた理由は何ね？　助かりたいなら最初から集団自殺などしなければいいね。どうせ自分で作った適当な教義だろう。出口など爆破せず、好きに屁理屈をこねて逃げ出せばよかったのではないか？」

「ですから、助かりたいがための集団自殺ですよ。木を隠すなら森の中、死を隠すなら遺体の中というわけです。教祖はどうしても、自分が死んだと思わせる必要があったんでしょう」

「思わせる？　いったい誰に？」

「誰にって——そこまでは僕も特定できませんが。まあ教祖が恐れる連中でしょうね」

「教祖が恐れる連中？　いったい誰のことを指してるね。少年と少女のことか？」

そこで八ツ星が「えっ」と小さく呟き、あんぐりと口を開けた。

「ちょっと待ってくださいフーリンさん。もしかしてあなた、本気でこの宗教団体が、ただの宗教団体だと信じているんですか？」

フーリンは額に深い縦皺を作る。

「どういうことね？」

八ツ星がまじまじとこちらを見た。フーリンはますます皺を深める。この少年、年齢のせいか生来の気質か、あまり人への悪意というものを感じさせない。害意の有無で敵味方を識別する彼女にしてみれば、ひどくやりにくい相手である。

「なるほど。これが『堅気に染まった』というやつですか。人って変われば変わるものなんですね。確かによく見ると、昔よりずいぶん丸くなったというか……あ、体型のことではありませんよ？」

プロポーションへの言及はともかく、餓鬼《がき》にわかった風な口を利かれて嬉しいはずがない。フーリンが仕置き気分で凄みを利かせようと一歩前に踏み出そうとした、その刹那《せつな》。

八ツ星が機先を制して言った。

「こんなもの、犯罪者の隠《かく》れ蓑《みの》に決まってるじゃないですか、フーリンさん」

＊

「……だいたい、おかしいと思いませんか？」

硬直するフーリンに、少年は言葉で追い打ちをかける。

「村の交易ですよ。村の生産物といったら、狭い耕作地で作るわずかな農作物のみ。それでどうやって外と交易して食料を増やすんです？　大根一本が二本と交換できるわけもない。もしそんな交易ができるなら、答えはただ一つ。村ではもっと付加価値の高いものを、栽培していたからにほかならない」

フーリンは虚ろな顔をした。

「……大麻か」

「おそらく。あるいはケシあたりも栽培したかもしれませんが、とにかくそういった違法植物がこの村の主力商品です。

丈の高い大麻には強風の吹かない窪地《くぼち》は理想的な生育環境ですし、当然大麻も麻の一種ですから麻縄ならいくらでも作れます。教祖の食料庫の厳重な管理は、きっと信者に大麻に手を出させないためでしょう。村の崖上のセンサーも、信者の脱走防止用というより外部の人間の接近を警戒する意味合いのほうがはるかに強かったはずです。内部の監視が目的なら、センサーは崖下に設置したほうがよっぽど効果的ですからね」

リーシーが「あ……」と呟きを漏らした。

「ではもしかして、村の滝が涸れて急に教祖が動き始めたのは――」

「大麻が栽培できなくなったから。そんな即物的な理由にすぎません」

少年はこともなげに答える。

「たぶん、すでに売買契約済みの取引でもあったのでしょう。あるいは借金の担保に大麻を渡す約束をしたとか――とにかく碌《ろく》でもない動機ですよ。

人も通わぬ山奥の秘境の村。脛に傷を持つ信者たち。ある意味犯罪者の更生施設のような教団――しかしその実態は、犯罪組織そのものです。

ドウニ少年の母親の『人生をやり直す』という台詞や、最後は信者全員集団自殺に殉《じゅん》じたあたり、信者たちは真にこの教団の教えを信じていたのかもしれない。しかし教祖は違う。彼は確信犯です。その証拠に、彼は滝が涸れて真っ先に村の出入り口を爆破した」

八ツ星がバッとカードを頭上に投げ上げた。どういう手品か、花火のように散ったカードはひらひらと舞い降りながら少年の素早く動く手に空中で次々摑み取られていく。最終的に取りこぼした何枚かを地面から拾い集め、八ツ星は何食わぬ顔で再びフーリンたちのほうを向いた。

「いいですか。ここが肝心な点なので繰り返します。教祖は滝が枯れて真っ先に、村の出入り口を爆破したのです。もちろんその理由は信者を逃がさないためにほかなりません。それ以外にわざわざ出入り口を爆破して塞ぐ理由があるでしょうか。

そして教祖がそのような行動をとったというこの事実こそが、この教祖の邪悪性を示す決定的な証拠となるのです。もし教祖が真に宗教的な人間で、真に信者の更生と再出発を目指してこの教団を設立したというのなら、その目的から見て集団自殺まで信者に強要する必要はありません。その判断はあくまで信者個人の自由意志に任せ、去りたい者は去らせ、残りたい者は残らせるというのが取るべき態度というもの。教祖やこの教団の教義が真に善性なら、爆破の前に信者たちに出て行くか留まるかの選択権を与えたはずで、少なくともその時点でドウニ少年たちは逃げ出すことができたでしょう。

しかし悪なる教祖はその信者の自由を奪った。洞門爆破という強行手段に訴えてでも、全ての信者を教義の殉教者に仕立て上げようとした。なぜか——なぜならそこには、そうしてでも信者全員を殺したい、確たる動機があったからです」

フーリンは視線を落として煙管を咥える。煙草が燃え尽きていたことにしばらく気付かなかった。また気付いても、今度はそれを取り換えるという考えに到《いた》らない。

「その、動機とは……？」

自分の話に夢中になったのだろう。八ツ星少年はフーリンの再度の質問に気付かなかった。あるいはあまりに声が弱すぎたのか。

八ツ星はその場でくるりと背を向けると、公園の一角へ向かう。幅広の階段の前で立ち止まり、ぴょんと片足で跳躍してその一段目に飛び移った。

「……だいぶ前置きが長くなりました。そろそろ僕の仮説の全体像をお話ししましょう。ただ前もって断っておきますが、これはあまり後味の良い話ではありません。一人の自己中心的な人間が、自分の身勝手な都合に他人の命まで巻き込み、そしてまんまと逃げおおせた――これは、そういう仮説です」

*

――まず僕の仮説の大前提として、ドウニ少年の脱出方法のアイディアは、すべて教祖に知られていたと思ってください。

なぜならリゼ少女は、過去に自分の母親を脱出に誘うため、何度も少年の脱出アイディアを当の母親に話してしまっていたからです。母親経由で教祖に話が伝わっていたことは十分考えられます。

さて。地震が起き、村の水源が断たれ、大麻を栽培できなくなりました。性質《たち》の悪い相手と取引の約束をしていた教祖は、おそらく死んだも同然の窮地に立たされます。

そこでふと、教祖にある発想が閃きます。

ドウニ少年のアイディアを借りた、自分の死の偽装方法です。

教祖が採用した少年のアイディアは二つ。一つは僕が先ほど述べた、例の「重力発電」。そしてもう一つは、そこのリーシーさんが前に語った「水車トレビュシェット」です。この二つと「御神体」の遺体のミイラを使い、教祖は「自分を死んだように見せかけて村を脱出する方法」を思いついたのです。

ではその手順を、今からお話しします。

教祖はまず最初に、村の唯一の出入り口をダイナマイトで爆破しました。

これはこの村が、完全に脱出不能になったと外部に思わせるためです。

そして次に、信者に「予言の終末が訪れた」と告げ、一同を拝殿に集めます。その陰で、例の「重力発電」の仕掛けを秘かに準備します。仮にドウニ少年に作るところを見られても、さすがに彼も自分の死体を保存するためとは思わないでしょう。いざとなれば監禁するという手もあります。

さらに「禊入り」の直前、教祖は少年を殺し、その首をギロチンで斬ります。その遺体は「重力発電」で再稼働させた冷蔵庫で保管します。

それから「禊入り」を開始します。ここでのポイントは、護摩火に投げ込まれたお香か何かの草です。あれがまさに大麻だったのですね。教祖はその大麻の煙で信者たちの正常な判断力を奪い、次のトヽリヽッヽクヽをヽ成ヽ立ヽしヽやヽすヽくヽさヽせヽたヽのです。

そのトリックとはもちろん、「御神体」のミイラとの「入れ替わりトリック」です。

まず教祖は白い教団服を着て、自分が少年に成りすまします。次にミイラに自分の教団服を着せ、それを「教祖」に仕立て上げます。そのミイラの「教祖」を「祈禱の間」に閉じ込め、「禊入り」で教祖が祈禱の間に籠もったように見せかけます。なおこのとき、斬り落とした少年の首をフードから少女にさりげなく見せつけ、祈禱の間から一人出てきたのが「少年本人である」と印象付けることも忘れません。


そして禊が終わるまでの三日間、教祖は「重力発電」で冷蔵庫を稼働させ続けます。このとき岩を運ぶのに台車を利用したでしょう。この作業は教祖単独でも構いませんが、信者たちを使うこともできたと思います。たとえば地震で生じた不浄な瓦礫《がれき》をゴミ捨て場に捨てるとか、手伝わせる名目はどうとでもなりますね。


そして三日三晩経ち、「禊の儀」が終了します。

ついに大量虐殺の始まりです。このときも同じように大麻を焚き、前に説明したような方法で教祖は再びミイラと入れ替わって、元の「教祖」自身に戻ります。そしてそれから斧を手に取り、次々と信者の首を刎《は》ね始めます。

やがて少女の母親を斬ったところで、ようやくその手を止め、教団服をまた赤から白に手早く着替え、再び少年に「入れ替わり」ます。このとき信者は全員下を向いてますし、大麻の影響もありますので、入れ替わりはそれほど無理なく行えるでしょう。

そして母親の死体の下から少女を引きずり出し、彼女を抱えて出口に向かいます。このとき少年の首を使い、再び少女に少年本人であると印象付けることも忘れません。

急に教祖が逃げ出して、信者はさぞ戸惑ったことでしょう。何人かは当然後を追いかけたと思います。教祖はそんな彼らに向かい、「待て！」と一言叫びます――そうです。リゼ少女が聞いたあの「待て！」という教祖の声は、実は少年少女ではなく、追手の信者に向かって叫ばれたものだったのです。

こうして教祖は拝殿を無事脱走後、外から扉を施錠し、少女を祠へと運びます。
ちなみにこの途中、教祖は手違いで、少年の首を少女の上に落としてしまいます。
ただ事件のショックと火事の煙――つまり大麻の煙で意識が朦朧としている少女を見て、教祖はたぶんごまかせると踏んだのでしょう。咄嗟《とっさ》に「首を斬られて歩く聖人」のふりをし、これは夢の中の出来事だ、と少女に思い込ませようとします。

それが少女が「首を斬られた少年に運ばれた」と感じた理由です。だから当然、そのとき少女が抱えていた「首のようなもの」とは、間違いなく少年の首——これまた何の捻りもありませんね。

教祖も多少大麻の影響は受けたかもしれませんが、それでも何とか少女を祠まで運びます。次いで冷蔵庫から少年の胴体を出し、少女の近くに首と一緒に並べます。

それからまた拝殿に戻り、残りの信者を再度虐殺。御神体のミイラを護摩火に放り込んで焼き尽くし、再び拝殿を出て施錠します。もしこのとき信者に途中出て行った理由を訊かれたら、「神の呼ぶ声が聞こえたから」とでも答えておけば十分でしょう。

最後に、村からの脱出です。

これは単純です。教祖は「重ヽ力ヽ発ヽ電ヽ」を「水ヽ車ヽトヽレヽビヽュヽシヽエヽッヽトヽ」に作り替え、それで崖上までロープを張って脱出しました。

トレビュシェットの作製法はリーシーさんの仮説と同じです。だから物証のいくつかは、トレビュシェットの仮説とも被りますね。台車は重りの岩を運ぶのに使い、仔豚のサイズは運べるかどうか知るため測った。慰霊塔や麻縄のロープの利用法もしかり——ただ台車やロープは「重力発電」のほうでも使っていますので、まるきり同じというわけでもありませんが。

また最後にこの仕掛けが燃えていた理由ですが、それは当然教祖が脱出の痕跡を消したためです。崖上に張ったロープは上から回収して逃げたでしょう。なお教祖や幹部はセンサーの位置情報を知っているので、教祖はその向きを変えたりして死角を作り、映像に残らず逃げることが可能です。

かくして、教祖の完全な脱出計画が完了するわけです。

*

——よっと、八ツ星が軽く跳躍して階段をまた一つ昇った。

夕暮れの公園。その茜色の景色の中で、何の変哲もない階段を楽しげに昇る姿は年相応に子供だ。しかしその足元から伸びる影は、巨人のように長い。

話しぶりから察するに、八ツ星は依頼人の話やこれまでの議論をすべて把握しているようだった。まあ驚くこともないだろう。どれも同一人物が裏で糸を引いているのなら。

「あ、あの……それってもしかして……」

渡良瀬が戸惑う声を上げた。

「つまり——私が、お母さんにドウニくんの脱出計画を話さなければ、ドウニくんは助かったってことですか？　私がドウニくんのアイディアを誰にも言わなければ、教祖はその脱出方法に気付かず、ドウニくんも死なずにすんだ、と……？」

八ツ星は少しの間を置いてから、頷く。

「はい。そうかもしれません。けれどすべては仮定の話です。それにもしこの話が事実だったとしても、それは幼いあなたの責任じゃないでしょう。悪いのは全部、まわりにいた大人たちなんですから……」

渡良瀬は気分を悪くしたようにその場にしゃがみ込んだ。「で、ですが……ですが……」鞄を胸に抱き、放心した顔で繰り返し呟く。

フーリンは暮れゆく西の空を見つめた。

「……いくつか訊きたいことがあるが、よいか？」

「何でもどうぞ」

「まず第一に、どうして教祖はそんな面倒な手順を踏んだね？　脱出方法を知っているなら一人でさっさと逃げればいいね」

「すべては自分が逃げた痕跡を消すためです。教祖が恐れるのは自分が生きていることが取引相手に知られ、追手がかかること。仮に相手が地獄の果てまで追ってくるような執念深い組織であれば、確実に自分の存在を消す工作が必要でしょう」

「……だが、御神体を自分の遺体代わりに使ったのだろう？　工作はそれで十分ではないか？」

「それでは不十分なのです」

八ツ星はふるふると首を横に振る。

「フーリンさん、あなたにしてはずいぶん甘いことを。身代わり死体で偽装死するなど、裏社会ではむしろ常套《じょうとう》手段でしょう。残ったのが焼死体だけでは、当然入れ替わりを疑われる恐れがある。そういった嫌疑の目を逸《そ》らすため、教祖は少女という生き証人を必要としたんです」

「……それで少年に成りすまし、少女の命を助け、『少年が少女を集団自殺から救った』というストーリーを彼女に信じ込ませたと？」

「その通りです」

「少年の死をわざわざ不可能な状況にしたのは？」

「あれはおそらく意図的ではないはず。きっと教祖は警察に、『少年の首は少女が祭壇の刀で切った』とでも解釈させたかったんです。首は頸骨《けいこつ》の隙間を狙えば文化包丁でも切れますし、石で刃を上から叩く手もあります。少女が首を斬る理由はもちろん教義の影響です。

ただ教祖の計算違いは、ギロチンの刃の破片が少年の遺体に残ってしまったこと。それで意図せぬ不可能状況が発生してしまったのです」

そこで八ツ星は弾みをつけて、残りの段を最上段まで一足で跳んだ。

そして着地と同時にUターンし、今度は大股《おおまた》で段差を一気に駆け下りる。

そのまま勢いに乗ってとたたと広場を走り、リーシーの手前できゅっと足を止めた。

「そういえばリーシーさん。あなたは確か、少女を『サロメ』の王女に喩えていましたね？」

何か閃いたように言う。

「ならば僕もそれに倣いましょう。ですが僕が引用するのはワイルドの戯曲ではなく原典、聖書の中のヘロデ王の台詞だ。

例のサロメの事件からしばらくあと、ヘロデ王は巷で騒がれているイエス・キリストの噂《うわさ》を聞き、その正体が処刑したヨハネではないかと疑う。そして臣下の前で、『あれは洗礼者《バプテスマ》のヨハネだ。死人の中から蘇ったのだ』と口走る――」

瞳を子供らしく輝かせる。

「ヨハネのヘブライ語読みはヨカナーン。つまり王はサロメの求めに応じて首を斬ったはずのヨカナーンが、実はまだ生きているのではと考えたのです。

ですが――ミステリー的にはありえますよね？　王は部下に命じて処刑させただけで、実際にヨカナーンの首を斬るところを見ていないのですから。眼を閉じた死に顔ぐらいなら他人の空似でもごまかせます。事実処刑のあと、ヨカナーンの胴体は彼の弟子たちが受け取りますが、首はヘロデ王の臣下の縁者の手で埋葬されてしまう。弟子たちは誰もその首を確認していないのです」

そこでふと、八ツ星は声のトーンを落とした。

「だから僕に言わせれば、これはヨカナーンになりすました一人の咎人《とがびと》の物語。もしこの仮説が事件の真相なら、今もこの世界のどこかで一人の大量殺人者が高笑いしているはずです。

ですが、すべては十数年前の出来事。その行方を追うのは困難です。その者の処遇については、あとはもう公正な神の裁きに委ねるしかないでしょう。

以上が、僕の仮説です――」

＊

血のように赤く染まる公園に、徐々に宵闇《よいやみ》が忍び寄る。

秋の冷たい夜風を頬に受け、フーリンは思い出したように煙管を口に咥えた。そこですでに煙草が灰になっていることに気付き、入れ替える。自身も燃え殻のように気が抜けていた。そのせいか煙草の火が思うようにつかず、マッチを一本無駄にする。

……糟了《ズオラ》。

失策した。

己の間抜けぶりに呆れて声も出ない。自分の間合いに誘い込むつもりが、得物を奪われ逆に斬られた。一本どころか二本三本と、綺麗な返し技を立て続けに喰らっている。

宗教団体の正体。村の主力商品。教祖が出入り口を破壊した意図に、御神体のトリックだけでは不十分だった理由。全部が全部自分の縄張りだ。そのお株を年端もいかない子供に奪われてどうする。

忘れていた――。

堅気の世界では、井戸は単に水を汲み上げるものでも。

こ、ち、ら、で、は、落とすことに使う。

――珍妃《ちんぴ》の井戸、である。

中国三大悪女の一人、清《しん》の西太后。四肢を切断する「だるま刑」など、映画等の影響でどこか残酷な印象を持たれている彼女だが、その残虐逸話の多くは事実無根の単なる後世の創作にすぎない。

ただその中に一つ、比較的史実と思われている通説がある。

それが、西太后が光緒帝《こうちょ》の寵愛《ちょうあい》する妃・珍妃を、紫禁城の井戸に投げ入れて殺させたという逸話——俗に言う、「珍妃の井戸」である。西太后の逸話には他の二人の悪女、呂后《りょこう》や則天武后《そくてんぶこう》と混同されたものも多いが、これは西太后独自のもの。この逸話と「西太后が光緒帝を毒殺した」という俗説が、彼女に悪女のイメージを植え付けていることはまず間違いない。

そして思えば、自分に老仏爺、西太后の別称であるこの冠名《かんめい》がついたのも——。

「……フーリンさん」

はっと我に返る。古老のように思慮深い少年の瞳と目が合った。

「そして、リーシーさん」

夕闇の中で白い影がもぞりと動く。さしもの化け鼬も、高位の道士を前に手も足も出ない。

「もう、いいですか？」

八ツ星が確認を取る。そしてこちらの答えを待たずに探偵のところに行き、しゃがんで手首の脈を測った。

脈が弱まってきているのか、八ツ星はやや硬い表情を見せる。

「思ったよりお二人が頑張るので、意外に時間がかかってしまいました。もし師匠の報告書を確認するなら急いでください。ではコーディネーターさん、そろそろ解毒剤の準備を。あまり遅れると後遺症が残らないか心配です——」

勝手な仕切りを……。

フーリンは苦笑するが、しかし咎め立てはできない。この小学生の力量が、自分らを何枚も上回っていたのは事実。見くびっていたのはこちら側であった。

フーリンは依頼人から報告書を受け取り、言われるがままに中を確認した。自分らには手に負えぬ相手だと判明した以上、あとは探偵の力に頼るしかない。しかしいくらかつての師とはいえ、こんな二つも三つも突拍子もないトリックを糞味噌《くそみそ》に盛り込んだ仮説、さすがのあの男も想定しているはずが——。

——ない。

やはり予想通り、報告書中に八ツ星の仮説への否定は見当たらなかった。そもそも目次に「入れ替わりトリック」の項目がない。序文の文章をざっと読む限り、どうやら死体の数で早々にこの可能性を排除してしまったようだ。

フーリンは失笑する。「あらゆる可能性を網羅する」などと大言壮語《たいげんそうご》しても、所詮はこの程度。土台有限の人間の思考で、無限の可能性に挑もうという発想自体が無謀なのだ。探偵の詭弁もここに極まれり……だが自分は何を気落ちしている。

こんな結末、初めからわかりきったことではないか。

奇蹟など、この世にあるわけないのだから。

フーリンは肚を決め、片手を投げ出すように空に挙げた。

「わかった。こちらの負──」

「ちょっと……待て、フーリン……。まだ僕の……反証が……終わって……いない……」

＊

──馬鹿が。

フーリンは大きく舌打ちし、頭の痛む思いで地面の男を見やった。

「住嘴《ジェーツィ》（黙れ）。聖人でもないくせに何勝手に蘇ってるね。いいから現世の未練を捨てて大人しく寝てるね。今そこの少年道士様が、有り難い成仏のお札を貼ってくれるから」

「人を……僵尸《キョンシー》みたいに言うな、フーリン……。これこの通り、僕はまだ生きているぞ……」

すると白い影がすかさず駆け寄って行った。リーシーだった。探偵は腕を伸ばして彼女の肩を借りると、何とか上半身だけ起こす。そして荒く息をつきながら、なぜか懐《ふところ》に手を伸ばした。震える手で一本のペンを取り出す。

例の——タクティカルペン。

そしてその先端を、思い切り自分の太腿《ふともも》に突き立てた。

あっ！　と依頼人が小さく声を上げる。フーリンは険《けわ》しい顔で眉を顰めた。何という大笨蛋《ダーベンダン》（大馬鹿者）——なぜ、そこまでして証明にこだわる。

しばらく、探偵は体を曲げて声もなく震えた。それからきっと顔を上げる。酷《ひど》い脂汗だったが、目にははっきりとした生気が宿っていた。痛みで意識を取り戻したらしい。

「——お久しぶりです、師匠」

すると傍に立っていた八ツ星が、ぶっきらぼうに声を掛けた。探偵はそちらを振り向くと、痩せ我慢《やがまん》に等しい笑顔を作る。

「やあ。久しぶりだな、聯……ずいぶん背が伸びたな」

八ツ星は反射的に頭に手をやった。

「五センチしか伸びてませんよ」

「伸びたじゃないか」

「年月の割に伸びてませんよ。もう何年会ってないと思ってるんですか。三年ですよ三年。三年間もあなたが僕から逃げ回るから——」

「君はまだ、若いからな……。前途ある少年を、あまり不毛な探求に付き合わせたくなかった」

「自分で不毛とか言っちゃってるじゃないですか。自覚ありじゃないですか」

八ツ星の乾いた声が徐々に湿り気を帯びる。何かが込み上げてきたらしい。ついには少年はフードを顔の上に引っ張り、亀が首を引っ込めるようにまた口を閉ざしてしまった。探偵は探偵で、かつての弟子を我が子を見つめるかのような眼差しで見守る。

だが次に師の口から出た言葉は、その再会の感動を台無しにするものだった。

「ところで、聯……君の仮説は聞かせてもらった」

はっと八ツ星が顔を上げた。うっ、とフーリンは安酒で悪酔いする気分に襲われる。この男はこの流れでそれを言うか——。

「……やめてください、師匠」

「悪くない論筋だった。特に二段構えのトリックの論証は見事だ。その歳でたった一人で、この二人の女傑《じょけつ》相手によくぞああも立派に立ち回れたものだ」

「お願いです師匠。僕の仮説を否定しないでください」

「よく成長したな聯。欠点だった気弱さも克服したか。だが——」

「師匠、師匠……お願いですから、僕の話を聞いてください。どうかここで立ち止まって——」

「残念ながら、君はまだ一歩僕に及ばない」

「師匠！」

その身に縋《すが》りつく八ツ星の手首を、探偵はがしりと摑んで押し戻す。

「惜しいが、免許皆伝はまだまだだ、聯――君のその可能性は、もうすでに考えた」

＊

……もうすでに考えた？

フーリンは我が耳を疑った。そんなはずはない。だってあの報告書には――。

「渡良瀬さん……報告書を。三百九十二ページ――」

苦しげな息の下で、探偵が依頼人に指示を出す。それまでぼうっと成り行きを見守っていた渡良瀬は、そこで我に返ったようにはっと背筋を伸ばした。フーリンの手にあった報告書を「すみません」と頭を下げて取り返し、急いで指定のページを開く。

「あ……ありました！　これですね、第五章『アリバイトリック』第一節、『遺体の冷蔵庫保存による死亡時刻偽装の可能性』――」

「ア……アリバイトリック？」

フーリンは素《す》っ頓狂《とんきょう》な声を出す。

「な、なぜアリバイトリックじゃないのか？」

「何寝言を言っているフーリン……。このトリックの本質はどう考えても、冷蔵庫を使った『死亡時刻の偽装』という、古典的なアリバイトリックだろう……」

ごほごほっと探偵が咳き込む。八ツ星が反射的にしゃがみこみ、リーシーと左右から挟むようにして探偵の背中に手を回した。探偵が礼を述べると急に気付いたように顔を赤らめ、手を引っ込める。

「教祖の変装による入れ替わりや重力発電は、すべてその手段にすぎない……。それに首切り死体で『入れ替わりトリック』というと、どうしても死体同士の入れ替わりのほうを連想してしまうしな。——とにかく、これは『アリバイトリック』で決まりだ」

フーリンは呆気にとられて声も出なかった。そんなのお前の胸三寸——。

「師匠は馬鹿です。本当に大馬鹿だ」

八ツ星が聞こえよがしに呟くが、探偵は素知らぬ顔で聞き流す。

「では……この聯の仮説について、手短に反証してみせよう。といっても否定はさほど難しくない。ようは『ある二つの事実』に気付くかどうかだ……。

その二つの事実とは、一つは祠の仔豚の隠し場所が、ドウニ少年とリゼ少女の二人だけの秘密だったということ。そしてもう一つは、その隠し場所に水と食料が運ばれていたこと——」

子豚の隠し場所に——食料？

その二つがいったいどう絡む？

「この隠し場所は少女以外には少年しか知らないので、当然そこにあった食料は少年自身が運んだと考えられる。しかし——」

また少し咳き込む。

「……しかし、聯の仮説では、教祖は『禊入り』直前に少年を殺してしまっている。なので少年が食料を運べるのは、必ず禊入りの前しかない。だが一方で、少年が禊入りの前に食料を持ち出すのはまず不可能——この理由はわかるか、聯？」

急に話を振られ、かつての弟子は一瞬返答に詰まった。

「食料庫は、教祖が厳重に管理していたから——でしょうか？　食料庫は教祖の居室を通ってしかいけません。だから教祖が『禊入り』で『祈禱の間』に籠もらない限り、誰も勝手に中から運び出せない——」

「それだけか？」

「鍵のこともあります。食料庫の鍵は教祖が肌身離さず持っていた。もし少年に鍵を盗むチャンスがあったとすれば、それは『禊入り』の儀式のとき——教祖が沐浴のため素っ裸になったときだけです。少年は教祖の付き人を務めたので、あの瞬間なら盗むことができました。こっそり偽物とすり替えるなどして――」

探偵は満足そうに頷いた。

「良解答だ。あと一つ補足すると、教祖が自分から進んで少年に食料を渡したとも考えにくい。なぜならもし聯の仮説が正しければ、教祖は少年を殺して利用するつもりだったからだ。そんな教祖に少年が『食料を分けてほしい』と頼んでも、脱走を警戒され拒絶されるのがオチ――」

探偵はそこでしばらく口をつぐんだ。何かに耐えるように顔を歪める。やがて「すまない」と謝罪を入れ、話を再開した。

「これでわかっただろう、聯……。もし君の仮説が正しいとすると、少年は『禊入り』の前にも後にも食料は運べない。むろん足を骨折して『拝殿』に籠もっていた少女にも運べない。つまり食料は少年と少女以外の誰かが運んだことになるが、これは食料が、少年と少女しか知らない場所に運ばれていた事実に反する」

八ツ星はそれまで、探偵の背中に蟬《せみ》のように張り付いてじっと話を聞いていたが、そこではっと体を離した。慌てて食い下がるように問いをぶつける。

「でもたとえば――たとえば食料は、食料庫から盗んだのではなく、少年がこっそり配給分を溜め込んでいたら――」

「隠し場所には、手つかずの脱脂粉乳の袋があった。未開封なのだから食料庫から直接盗んだことは明白だ」

「じゃあ——じゃあ、教祖が、例の少女の母親経由で、仔豚の隠し場所を実は知っていたのだとしたら——」

「少女は仔豚のことを『母親に絶対に言わないで』と、自分から少年に強く念押ししている。脱走計画と違い、少女がこの隠し事を母親に話すことはまずない」

「ですが——だったら——だったら——……！」

　そのあとの八ツ星の台詞は言葉にならなかった。語尾が煙のように秋風に流され、地面に漂い始めた宵闇の中に散じて消える。やがて八ツ星は諦めたようにうつむくと、額をぐっと師の背に押し付けてそのまま黙ってしまった。まるで母犬の乳を吸う仔犬のように、そこから動こうとしない。

　探偵が穏やかに言った。

「質問はそれで終わりか、聯？　……だったら、反証終了だ」

　しんと、あたりが静まり返った。

＊

――いつしか日は落ち、公園の街灯が点《つ》き始めた。

暗がりの中、フーリンはおもむろに懐からスマートフォンを取り出す。これで勝負はあった。このあと解毒剤の投与があるはずだが、とはいえ致死性の毒だ。八ツ星が言った通り後遺症の懸《け》念《ねん》は残るから、一応医者には診《み》せておいたほうがいい。

幸いこの横浜近辺なら、知り合いの闇医者が一人いる。それを呼び出すつもりだった。だが何度呼び出し音を鳴らしても応じる気配がない。自分の電話には三コール以内に出ろと厳しく躾《しつ》けているのだが、さてはあの色鬼《ソーグウイ》(色情狂)、またどこぞの行きずりの女と情事の真っ最中か――。

と、そこで。

フーリンは、まわりの異変に気付いた。

自分以外の人間が、誰もその場を動かない。八ツ星も。渡良瀬も。灰色の長身男も。横たわる探偵を囲み、ただじっとそこに立ち尽くしている。唯一リーシーだけが、訳がわからないといった顔つきで左右を見渡しながら、ぱたぱたと扇子を振っていた。

まるでマネキンの人形劇でも見ているようである。フーリンは訝《いぶか》りながらも灰色男に近づき、煙管で額をぐいと小突いた。

「喂《ウエイ》（おい）。何愚図愚図してるね。もう勝負はついただろう。早くその解毒剤とやらを打つね」

灰色男はフーリンを沈んだ青い目で見ると、無言で首を横に振った。

フーリンの目が細まる。くるり、と煙管を逆手に持ち替え、今度はその先端で男の喉笛《のどぶえ》を突こうとした――そのとき。

「僕には――わからない！」

八ツ星がいきなり叫んだ。

「なぜです！　なぜ師匠はそこまで『奇蹟』にこだわるんです！　言ったじゃないですか、これは敗北じゃなくて福音だって！　終わらない旅からの解放だって！　『奇蹟』のことさえなければ師匠はとてもすごい人で、みんなから後ろ指差されることだってないんだ！　だから僕は……！　僕は……！」

うう、と恨み節のような呻きが一瞬台詞を遮る。

「僕はただ、師匠を救いたかっただけなのに――なのになぜ、こ、ここで止、止まって、て、くれ、ないかったんです？」

フーリンの手が、灰色男の顎《あご》の下でぴたりと止まる。

「何？」

「あの……」

宵闇の向こうから、暗い声がした。渡良瀬が亡霊のようにそこに立っていた。青白い公園灯が照らすその顔は、それこそ墓場から這《は》い出《で》たばかりの死人のようだ。

「すみません、探偵さん、フーリンさん——私はお二人に、一つ謝らねばならないことがあります」

第五章　女鬼面具《ニュグウイミイエンジュ》

「――すみません、探偵さん、フーリンさん――私はお二人に、一つ謝らねばならないことがあります」

公園灯の明かりの下、幽鬼めいた姿で渡良瀬が言う。

その表情は虚ろだ。声に自分の意志といったものが感じられない。用意された台詞をただ棒読みしているだけのようにも聞こえる。その生気の無さにフーリンはどこか怖気《おぞけ》さえ覚えた。まさに操り僵尸《キョンシー》――。

「私はお二人に嘘をついていました。実は――」

「……あなたと……回想の『リゼ』は別人。そのことですか……？」

すると息も絶え絶えな探偵が、横から答えを奪った。何？　とフーリンは目を見開く。

渡良瀬は弱々しく笑った。

「やっぱり、気付かれてましたか。でもどうして……？」

「それは簡単です……。例の教団では、信者は過去を捨てて新しい『聖名』を与えられる……。ならば回想の少女の本名が、『リゼ』であるはずがない……。しかしあなたは、その名前で銀行通帳まで作っていた。ということは、警察の調書などで少女やあなたの本名を確認するまでもなく、あなたが別人なのは明らか……」

「……それって最初の最初から、私が別人とわかってたってことじゃないですか……。探偵さんも人が悪いです。でもそれならなぜ、今まで黙ってたんですか？」

「嘘をつく理由が、わからなかったからです……。それに依頼人のあなたが隠したがっている事実を、こちらが敢《あ》えて暴く必要もない。あなたの依頼はあくまで、『事件の真相』の解明だった……」

そこでまた、探偵の言葉が一旦途絶える。代わりに深呼吸を繰り返す苦しげな音が続いた。

「……だがさすがに、もう今回の黒幕は見えてきた。あなたが本人を装ったのも、きっとその人物の指示でしょう。なぜならそうしなければ、あなたが事件の謎を解こうとする本当の理由を、僕に言わねばならなくなるからだ……」

――事件の謎を解こうとする、本当の理由？　単に真相を知りたいだけではないのか？

「聯……」

するとと探偵がかつての弟子の名を呼んだ。

「リーシー……」

次に近くの白い影を向く。

「そして、アレクセイ……さん？」

最後に灰色男を見て、やや困惑交じりに呼びかけた。そういえばこの男の本名がまだ明らかになっていなかった。

「君たちの『契約相手』も、全員同じ黒幕だろう……？　こんな手の込んだ妨害工作を、これほどの手間暇かけて実行しようとする人間など、僕は一人しか知らない。その人物とは――」

そして探偵が、ついにその名を口にした。

「カヴァリエーレ枢機卿《すうききよう》。今回も僕はまた、あいつの掌《てのひら》で踊らされていたわけだ……」

カヴァリエーレ枢機卿――。

やはりそれが、黒幕の正体か。

フーリンはゆっくりと煙管を咥える。その名が出たことに驚きはなかった。むしろ改めて指摘されるまでもないことだ。この探偵にこんな馬鹿げた勝負を好き好んで仕掛けてくる相手など、世界にたった一人しかいないのだから――。

「……老仏爺《ラオフオイエ》」

するとリーシーから質問が飛んだ。

「今さらの話ですが、そのカヴァリエーレ枢機卿とこちらの偵探先生《ヂエンタンシエンシヨン》、いったいいかなる確執がおありで？」

フーリンは痩せぎすの白檀女に渋い顔を向ける。

「お前……そのあたりを何も知らずに、今回の仕事を請けたのか？」

「このリーシー、此度《こたび》はひとえに老仏爺目当てでしたので……」

恥ずかしがるように扇で顔を隠す。

「あまり細かな事情は少々」

フーリンは呆れ顔でかつての相棒を見た。そういえばさきほどの止まった空気の中で、この女だけが一人右往左往していた。おそらくこの女が把握していたのは契約分の仕事だけで、枢機卿の最終的な狙いや思惑についてはまったく関心がなかったのだろう。本当に自分に興味が無いことは徹底的に手を抜く女である。

「実は僕も、よく事情は知らなくて。師匠と枢機卿が対立していることは、知っているんですが……」

するとハツ星もそう告白してきた。これにはフーリンも少々驚く。あの探偵、弟子にも話してなかったか――まあ確かに、子供におおっぴらにする話でもないだろうが。

「……カヴァリエーレ枢機卿がどんな人物かは、二人とも知っているな？」

フーリンの確認にリーシーとハツ星は揃って頷く。

「是的《シィダ》（はい）。イタリア人で、ローマ・カトリック教会の次期教皇の座に最も近いと噂される御方でございます。私も仕事で何かとお世話になっております」

「ではその枢機卿が、カトリック教会の本山であるバチカンの、『奇蹟認定』を行う『列聖省』の委員の一人だということは？」

「小耳には。ですがただの名目でしょう？　あの御方が奇蹟を審査したら、ことごとく書面で落とされると思いますが」

すると笑いが響いた。瀕死寸前の探偵が、会話を聞きつけて肩を揺らして笑っていた。

「はは、慧眼《けいがん》だリーシー……あの軍人並みの現実主義者が、まかり間違っても奇蹟の存在を信じることなど有り得ない……」

片膝を立て、そこに肘を掛けて一息つく。怨敵《おんてき》カヴァリエーレの名を口にし、活力が湧いてきたのか。脂汗に塗《まみ》れているのは相変わらずだが、その目は宵闇の中で爛々《らんらん》と輝いている。

「――かつてイタリア南部のとある村に、『青髪の聖女』と呼ばれる一人の修道女がいた」

苦しげだった口調が一転、力強い声に変わる。

「彼女は数々の難病を治す『奇蹟』を起こした。村には噂を聞きつけた多くの人々が集まった。やがて彼女の恩恵を受けた人々から、彼女の治療を『奇蹟』として認めるよう、多くの嘆願がバチカンに寄せられるようになった――」

徐々に濃くなる宵闇の暗さに呼応するように、声がねっとりとした黒みを増す。

「通常、バチカンの『奇蹟』の審査は、徳の高い信者を死後聖人に列するために行うものだ。だから審査はその信者の死後何十年か経ってから行われるのが慣例で、存命中の信者が審査に掛けられることはまずない。だがそのときは、巷《ちまた》の声の多さにさすがにバチカンも無視できなかったのだろう。このとき異例的に、存命中の信者に対して『奇蹟』の審査が行われることになった――」

若干の沈黙。感情の高ぶりを抑えるかのように――。

「……だが、バチカンの出した答えは『超自然とは確認されなかった《Non Constat de Supernaturalitate》』。聖女の奇蹟は認められなかったのだ。

もっとも『病気の治療』の奇蹟は、バチカンが認定する奇蹟で一番数が多く、それだけに審査基準も厳しい。癌《がん》の治癒などは十年以上再発がないことが要件となる。だからこのバチカンの結論は当然と見る向きもあるが、しかし『青髪の聖女』の多くの治療例の中には、明らかにその時点で奇蹟と判定できるものもあった。バチカンはそれらの奇蹟についても判断を保留したのだ。

そしてこれを機に、修道女への世間の評価は一変した。人々は彼女の奇蹟を、ただのペテンだと受け止めるようになった。また同時に黒い噂も立ち始めた。曰く、修道女は信者たちの寄付金で海外のリゾート地に別荘を購入している——。曰く、修道女は村長の愛人で、村の観光収入を増やすために一役買ったにすぎない——」

声が震える。言葉と呼吸が乱れるのは、もちろん毒の苦しさのせいだけではないだろう。

「ですが、実際ペテンだったのでは？」

リーシーの明け透けな問いに、しかし探偵は直接答えなかった。

「——また逆に、これは当時のバチカンの政治的な判断だったと言う者もいる。修道女の属する修道院に対立するグループが、修道女の人気の沸騰ぶりを恐れて手を回したという説だ。その頃教皇選挙《コンクラーベ》が近かったことも影響したというが——とにかく、『奇蹟の聖女』から『稀代のペテン師』に貶《おとし》められた修道女は、そのまま世間の目を逃れるようにして表舞台から消えた。そして世間が修道女の存在さえ忘れた、その後のある日。彼女の息子を名乗る一人の少年が、バチカンに姿を現す――」

「息子？　神に誓願を立てるカトリックの修道女が、子をもうけたと？」

リーシーのこの問いにも探偵は答えなかった。

「少年は独力で、母親の奇蹟認定が一人の枢機卿の強硬な反対で取り下げられたことを突き止めたのだ。彼は夜陰に乗じてその枢機卿の寝所に忍び込み、ナイフ片手に枢機卿に奇蹟の再検証を迫った。そんな彼に、枢機卿は一つも臆《おく》することなく答える――『ならば、貴様が先に奇蹟の存在を証明してみせろ。話はそれからだ』」

そこで探偵は、また口をつぐんだ。フーリンはやや驚きを持って探偵の話を聞いていた。自分の過去を、ここまで探偵が赤裸々《せきらら》に語ったことはない。

「――言うまでもなく、その少年がこの僕、枢機卿がカヴァリエーレだ。それが僕とカヴァリエーレの間にある確執であり、僕が奇蹟の証明にこだわる理由だ。だが僕が奴を憎らしく思う以上に、向こうは僕を疎ましく思っているらしい。わざわざこちらから出向かなくても、こうして向こうからちょっかいを出してくる――」

そう言って苦笑する探偵の最後の言葉は、どこか親しみさえ感じさせた。長年にわたる確執の中で、二人の関係性も徐々に変わっていったのだろう。

「それが理由、ですか……」

探偵の傍らで、八ツ星が呟く。こちらはようやく師の真実に触れることができたようだ。おそらく探偵が今回赤裸々に語ったのは、八ツ星に向けた意味合いもあったのだろう。ただそれが元弟子の成長を認めてのことか、あるいは「だからもう自分には関わるな」という決別のメッセージだったのかまでは、フーリンにもよくわからないが。

＊

「……探偵さんの、おっしゃる通りです」

公園灯の明かりをスポットライトのように浴びながら、渡良瀬が力なく笑って頷く。

「今回の一連の勝負はすべて、カヴァリエーレ枢機卿様が計画したものです。そして私の依頼もまた、枢機卿様に指示されたものです……」

探偵の上半身がぐらりと揺れた。説明に気力を費やした反動がきたらしい。再び地面に倒れ込む探偵の背中を、リーシーと八ツ星が左右から支える。「師匠……」八ツ星のすすり泣きが聞こえた。

「それでお前の、『本当の理由』とは？」

フーリンはまた地面に臥した探偵を横目で見やりつつ、渡良瀬に問う。依頼人も同じく倒れた男に視線を向けた。

「それを話すには、少々お時間を頂くことになります。ですが、それには探偵さんのお体が……」

すると渡良瀬が、びくっと背筋を伸ばした。

自分のピアスに手をやり、何か小声で低く呟き出す。誰かと会話していた。おそらく相手は枢機卿——どうやらあれが通信手段だったらしい。

「わかり……ました。ただいま枢機卿様から指示がありましたので、このまま続けます」

渡良瀬は耳から手を下ろすと、暗い声で言った。

「まず最初に、私とドウニ少年の関係から……。母親が離婚する前のドウニ少年の本名は、渡良瀬隼人《はやと》。彼は正真正銘、血のつながった私の兄です」

——兄？　一度は切れた輪が、ぐるりと捻じれて再び妙な形でつながった。被害者の肉親——遺族。それが依頼人の真の配役か。

「私の幼い頃に両親が離婚し、私は父親に引き取られ、兄は母親に。その後に母が宗教に嵌り、どこかに引っ越したことは人づてに聞きました。そこに兄がついていったことも——」

そこで声が和らぐ。

「兄は、とても優しかったから――」

口元が綻《ほころ》ぶ。

「だからあんな母親でも、きっと見捨てられなかったのでしょう。私はとても悲しみましたが、泣きたい気持ちを堪えて自分の生活を頑張りました。大人になればまたきっと会える。そう信じて――」

ぐっと下唇を嚙む。

「ですが、その願いは叶《かな》いませんでした」

声音が氷に、表情が能面のようになる。

「兄は、とてもくだらない事件に巻き込まれました」

空気が凍るような沈黙。

「意味がわかりませんでした。あの優しい兄が、なぜ？　どうして？　さらに事件には一人だけ生存者がいたと聞き、私の苦しみはより膨らみました。なぜその人だけが助かって――いい、私の兄が？

でもそのあとで、事件の唯一の生存者の少女が『リゼ』と呼ばれていたことを知って、私は何となく腑《ふ》に落ちたんです。ああ、そうか。きっと兄は、この子を護《まも》るために死んだんだなって――」

渡良瀬が両目を閉じる。

「だって『リゼ』は、私だから――」

両手を肘に回し、自分で自分をそっと抱く。

「兄は昔から私をよく庇《かば》ってくれた。本当に優しい兄だったんです。あんな両親から生まれたのが不思議なくらいに。

だからきっと、兄はその子を私だと思って庇って死んだ。私はなるべくそう思おうとしました。だってそれなら、兄が救ったのは私になるから。その愛情は、この私が受けたことになるから。

もちろんそんなのはただの妄想に決まっています。でもそれでも、そう考えると少しだけ心が軽くなりました。兄はあの子を私だと思って助けた。だから兄の代わりに生き残ったあの子は私で、私が『リゼ』――そう自分に言い聞かせて、気持ちを納得させてたんです。ですが」

声が再び暗さを帯びる。


「――遺体の首が斬られていたって、どういうことですか？」

「――あの子だけが助かった理由って、何ですか？」

「――あの子が斬ったんじゃ、ないんですか？」

その言葉の冷たさに呼応するように、公園を寒々しい木枯《こが》らしが吹き抜け、その場にいる者たちの髪や服を乱す。

「大人になって事件の詳細を知って、私は愕然《がくぜん》としました。何かが決定的におかしい。そこで私はすぐさまあの子の居場所を調べ、会いに行きました。兄の遺族として、兄の最期の様子を知りに。

実際会ってみると、あの子はとても可愛らしい、素直な感じの良い子でした。それにとても誠実でした。あの子は私に会うといきなり地面に這《は》いつくばり、泣きながら謝罪の言葉を述べました。自分一人だけが助かったことを謝ってました。

そして『信じてもらえないかもしれませんが』と前置きしたうえで、あの子は熱心に語り始めました。事件後につけ始めたという日記を私に見せながら、とても真剣な表情で、懇切丁寧に、誠心誠意気持ちを込めて。最後にあの子が見たという、兄の――」

そこで強張った笑みを浮かべる。

「奇蹟を」

夜風がまた強く吹き付ける。渡良瀬の髪が乱れ、アンバランスに歪んだ笑いを隠す。

「――は？　と思いました」

両手を広げて言葉を吐《は》き捨《す》てた。

「びっくりしました。首を斬られた私の兄が、彼女をお姫様抱っこして祠まで運んだ――そんなトンデモ話をいきなり真顔でするんですよ？　最初は頭がお花畑なのかと思いました。スイーツが発酵して腐ってウジが大繁殖かと思いました。その瞬間です。私の彼女への疑いが決定的になったのは。奇蹟？　ふざけんな。そんなのお前のでっち上げに決まっているだろう――」

声に凄みが増す。公園灯の薄明かりに、般若《はんにゃ》の面が浮かぶのを垣間見る。

女鬼面具《ニュグウイミイエンジュ》――。

「顔は笑顔で、けれどテーブルの下では拳《こぶし》を握りしめながら、私は心に誓いました。いいえ、そんな言い逃れは決して認めない。まだ事件当時の、幼い頃の彼女が同じことを言ったのであれば、事件のショックで混乱しているんだ、と優しく受け止めてあげることもできたでしょう。実際当時のまわりの大人たちは、きっとそうやって接してあげてたんだと思います。ですが、今やもうお互いいい大人ですよ？　とうに成人済みですよ？　この歳になってもまだそんな言い訳が通用すると思っている、あの子のその神経が理解できない。

あの凄惨な事件で兄が死に、彼女一人だけが助かった。そのこと自体は許してやってもいい。だけどもし、話がそんな美談で終わらなかったのだとしたら――。あの子の幸せが、お兄ちゃんの無理な犠牲の上に成り立っているのだとしたら――」

渡良瀬の目に、夜露めいた何かが光った。

「そんな幸せは、どうしたって許せない」

＊

長い静寂があった。

ややあって、渡良瀬が深々とお辞儀をする。

「すみません。少々自分語りが長くなりました」

夢から覚めたように言う。

「先を続けますと、まあそのような感じでいろいろ悩んで教会とかにも顔を出していたところ、とあるシスターと知り合い、彼女に枢機卿様を紹介して頂いたというわけです。以上がこれまでの顚末です。では時間もありませんし、早速例の討論に移りましょうか。まず今回の私の仮説ですが――」

「ちょっと待つね」

つい横槍を入れてしまった。自分が口出す義理でもなかろうに――。

「はい。何でしょうかフーリンさん？」

「その……お前は、もしこれが奇蹟じゃないとわかったら、いったいどうするつもりね？」

フーリンの質問に、渡良瀬は一瞬虚を突かれた顔をする。それから微笑を浮かべた。乱れた横髪を耳に掻き上げる。

「さあ……どうしたらいいでしょうか？」

困り笑顔で逆に訊き返す。

「いろいろ方法は考えてはいるんですが。でも、なかなか一つに決まらなくて。きっとフーリンさんなら、私の百倍くらい良いアイディアがあるんでしょうね。お知恵を拝借したいくらいです。

けれどこれだけは言えます。きっとどの道を選んでも、私は罪深い選択をすることになる……」

渡良瀬はしばらく口をつぐむと、次にリーシーのほうを向いた。

「そういえばリーシーさんは、この事件をサロメの物語に喩えてましたよね？　私はあまり本とか読まないので、文学とかはよく知らないのですが……」

顔に掛かった髪を指で払い除けながら、

「サロメに復讐《ふくしゅう》する女の物語って、ないんですか？」

無邪気に訊ねる。

「あってもいいはずですよね、そういう話。だって王女がそんなに愛するくらいヨカナーンが良い男なら、他にも慕っていた女性がいたはずだから。でも王女の返り討ちに遭うだけなのかな……よくわからないな。けれどあの子は本当に王女のようでしたよ。あんな凄惨な事件を体験したあとでも、素直に真っ直ぐ生きていて、どこか満たされていて。

一方で本物のリゼはというと、結構なひねくれ者に育ってしまいましたがね。父親の再婚相手が、少々連れ子にきつい人で……」

まあそんな愚痴はどうでもいいんですが、と渡良瀬は自嘲気味に言葉を切り上げる。

そして顔を上に向け、星影の少ない夜空を見上げた。そろそろ月も照り出す時分だが、その姿は厚い雲に覆われ今は見えない。

「だから……。つながっていたんです」

渡良瀬は目を遠くに向けたまま、ぽつりと言った。

「過去のリゼの罪は、未来の私の罪と直接つながっていたんです。回想のリゼの潔白が証明されなければ、これからの私の罪もまた決まってしまう。そういうことだったんです。

だから今までの私の態度は、決して演技なんかじゃありません。私は本気で怖がっていました。もし今語られている恐ろしい仮説を、探偵さんがきちんと否定してくれなかったらどうしようって──」

両手を口の前まで持っていき、はあと息を吹きかける。

「そしてまだ、今も──」

すると渡良瀬の姿が、灯《あか》りの中から一度消えた。

闇を渡り、探偵を照らす公園灯の下に再び姿を現す。そして横たわる探偵の傍らに跪《ひざまず》き、まるで捧げ物のように報告書の束をそっと地面に置いた。

「……探偵さん。私の声はまだ聞こえていますか？」

祈るように語りかける。

「でしたら教えてください。これは本当に奇蹟ですか？　神の恩寵ですか？　その真相はただの、ありふれた人間の犯罪なのではないですか？

もしこれが真に奇蹟であるというなら、どうかお願いです。それを私に証明してください。すべての悪意を否定してみせてください。あらゆる許しがたい可能性を、この世界から消し去ってみせてください。

でなければ私は、きっとこのまま暗い闇に落ちるでしょう。王子に守られる姫にもなれず、想い人の命を奪うサロメにもなれなかった、物語の傍観者にすぎない私。もしそんな私でも、誰かに救ってもらう価値があるというのなら——。こんな私でさえも、決して神様は見放さないというのなら——。

お願いです探偵さん。私を助けてください。どうかこの私を、これから起こり得るい、い、い、い、い、い、い、い、い、罪からお救いください」

そう言って渡良瀬は、両手を地面について一礼した。

それからゆっくり立ち上がる。闇に浮かぶ骸骨《がいこつ》のように、光の無い目と生白い顔をフーリンらに向けた。

「——では、私の仮説について、お話しします」

＊

「……と、申しましても」

いきなり前言を翻《ひるがえ》す。

「実は私には、仮説なんて大層なものはありません」

仮説が、ない——？

「私はただの平凡な人間です。ここにいる特別な皆さんのような真似はとてもできません。ですから私が今からお話しするのは、全部カヴァリエーレ枢機卿様が代わりに考えてくださったこと。こう言えばきっと探偵さんは困るだろうと、あの御方はおっしゃいました。私はその語を一言一句、そのまま鸚鵡《おうむ》のようになぞるだけです」

なるほど。そういう趣向か――フーリンは枢機卿のだいたいの意図を汲んだ。つまりこれは一種の代理戦争。実質探偵と枢機卿との一騎打ちだ。

「ちなみに枢機卿様の主張も、仮説とはちょっと違います。ええと……」

渡良瀬がごそごそと鞄を漁った。スマートフォンを取り出す。液晶の光が下から顔を照らした。

「カンペをお許しください」

小さく頭を下げた。

「私の貧相な記憶力では、とても暗記などできませんので……。それではお話しします。お聞き苦しい点はどうかご容赦ください……」

そして渡良瀬は息を大きく吸い込んだ。

「ではまず、一番目の元検事のお爺《じい》さん、大門さんの仮説から――」

台本片手に語り始める。

「火と家畜を使い、水車を回転させたという仮説。その名も――『炙り家畜踏み車』。

この仮説に対する探偵さんの反論は、『家畜は〈最後の晩餐〉ですべて食事に供されたので、すでに存在しなかった』というものでした」

なぜか渡良瀬が、ここに来て最初の老人の仮説を持ち出してきた。どうして今さらそんな話を蒸し返す――？

「ここで探偵さんは、その反論の根拠に『晩餐会では一人一本ずつ豚の足が配られた』という事実を挙げています。出席者は教祖と信者合わせて三十三人。その全員に豚の足を一本ずつ配ったら、豚の足は三十三本必要。一匹につき足は四本しかありませんので、三十三本の足を得るために、少なくとも九匹以上の豚が殺された――というお話でした。

それと探偵さんはもう一つ、『十二』というプレートの数字から豚の数が九匹以下であることも導きますが、そちらは今は関係ないので脇に置きます。ここで私が主張したいのは、三十三という数から、探偵さんは晩餐会には教祖も参加していたと認識していたということ――つまりこのとき教祖はまだ、穀断ちの『禊』に入っていなかった。少女の述懐通り、教祖の『禊入り』は『最後の晩餐』のあとだった、と探偵さんは考えていたことになります」

まあ確かに、それはその通りだと言えるだろう。だが、それが――？

「次に、二番目の女性、リーシーさんの仮説」

渡良瀬の振り返りは続く。

「水車を投石機《トレビュシェット》に改造し、少女と遺体が祠の穴まで飛んで祭壇にぶつかったという仮説。その名も——『水車トレビュシェット・ピンホールショット』。

この仮説への反論は、『もし少女がトレビュシェットで飛んだなら、着地の衝撃でギプスが割れるか祭壇が壊れるかしたはずだが、どちらも無事だった』というものでした」

渡良瀬が話を一旦区切り、一呼吸置く。

「この反論の根拠には、『少女がすぐ少年の生首に気付いた』という事実が挙げられています。本当なら逆光と地面の暗さで、少年の首は少女には見えないはずだった。けれどそれでも見えたということは、何かの光が少年の首を照らしていたはず。あの祠の中では、祭壇の鏡が朝日を反射するくらいしかその光源は考えられない。だから鏡は倒れておらず、祭壇も壊れていなかった——このような理屈ですね。

やや強引な論証のような気もしますが、理屈自体は通っています。ですが——」

渡良瀬が言葉を切る。

「ここで少し、お考えください」

スマートフォンから顔を上げ、木の洞《うろ》じみた瞳でこちらを見た。

「確かドウニ少年は、祭壇の下にある『仔豚の隠し場所』に、水や食料を運びましたね？」

　運んだ。それが——？

「ならそのとき、少年は必ず祭壇を動かしたはずですね？」

　祭壇を——動かす？

「祭壇を動かすには、倒れやすい鏡は一度下ろさねばなりません。ということは、少年は祭壇を動かしたあと、もう一度鏡を設置し直したはずなのです。

ですが一方、探偵さんの反論では、鏡は布の外れた状態で、しかも下を向いて置かれてなくてはならない。そうでなければ地面の首に光が当たらないからです。

　探偵さんは鏡がこの状態に置かれていた理由を、少女がおめかしのために鏡を使い、そのまま放置したからだと説明しています。ということは、少女の鏡使用後は誰も鏡を動かさなかったことになる。とすれば、少女が鏡を使ったのは、必ず少年が祭壇下に食料を『配達』したあとでなければなりません。

　少女は『最後の晩餐』のためにおめかしをしたので、当然『最後の晩餐』はさらにそのあと。つまり探偵さんの話によれば、『最後の晩餐』は『配達』のあとだったということになりますね——さっきの話と合わせれば、『配達』・『最後の晩餐』・『禊入り』の順です」

その瞬間。

フーリンの肌が、ぞわりと粟立《あわだ》った。

しまった。この証明はまずい。このままこの女に話を続けさせては、いけない——!

「そして最後に、三番目のそちらの小学生、八ツ星くんの仮説」

だがフーリンが止めに入る間もなく、渡良瀬が最後の爆薬に火をつけた。

「教祖が『禊入り』の前に少年を殺して入れ替わり、その死体は重力発電の冷蔵庫で保管したという仮説。名付けて——『君の神様はどこにいる？ 聖ウィニフレッドのクリーン発電』。

この仮説への反論は、『もし教祖が少年を殺して入れ替わったのなら、少年に食料を運ぶチャンスは〈禊入り〉の前にも後にもなかった』というものでした。

探偵さんはこの反論の中で、教祖の『禊入り』前に少年が食料を持ち出すのはまず不可能、とはっきり明言しています。『禊入り』前は教祖が部屋で食料庫を見張っていたというのが一つの理由。もう一つの理由は、『禊入り』で教祖が裸になったときしか、少年には鍵を手に入れるチャンスはなかった、というものですね。

だから探偵さんの反論を踏まえれば、少年が食料を運べたとしても、それは必ず『禊入り』のあと。すなわち、『配達』は『禊入り』のあとだった──」


あああ、とフーリンは痛恨の喘《あえ》ぎを漏らす。

これが、狙いか──。


「ここであれ？　と思うのです」

渡良瀬が芝居がかった仕草で頬に指を当てた。

「だって、おかしくはありませんか。第一の仮説への反論では、『禊入り』は『最後の晩餐』のあとに起こったことになります。第二の反論では、『最後の晩餐』は『配達』のあとに起こったことになります。ですが第三の反論では、『配達』は『禊入り』のあとに起こったことになります」

じっと探偵を見据える。

「順序が、混乱しています」

斬首の一刀。

「矛盾です」

フーリンは思わず首を手で押さえた。——斬られた。鮮やかに。

「どういうことでしょうか。探偵さんの反論というのは、それぞれの議論の中でそうころころと基準が変わっていいものなのでしょうか。ある人に対してはAはBより遅いから駄目と言い、ある人に対してはAはBより早いから駄目と言う——そんな適当で一貫しない論理が、いったいどんな説得力を持つのでしょうか。それはいわゆるダブルスタンダードというものではないでしょうか。

確かに一つ一つを単発の議論として見る限り、探偵さんの主張は正しいです。ですが、その全部を並べてみると、そこに明らかな矛盾が生じてしまいます。つまり探偵さんの反論は、必ずどれかが間違っているはずなのです」

渡良瀬が、針のような視線で探偵を見つめた。

無言の非難。静かな怒り。あたかも純真な娘が、不誠実な恋人の嘘に気付いて初めて相手を責めるときのように。

やがて依頼人はくるりと身を転じた。前に八ツ星が使った低い階段に向かい、それを昇りきったところで振り返る。まるでそこが用意された舞台だとでもいうように。

「さあ——この矛盾について、釈明してください」

そして片手を自分の胸に当て、もう片手を探偵に向かって遠く伸ばした。さながらオペラの歌姫がアリアを歌うがごとく。

「それがカヴァリエーレ枢機卿様の主張。これは今までみたいな仮説の主張ではありません。これは探偵さん自身が生み出した、否定の理論体系自体が抱える矛盾への指摘――つまり、『否定の否定』です」

*

……やられた。

フーリンは観念し、静かに目を閉じた。

否定の否定。これは明らかに、これまでの仮説とは次元が異なる。

この指摘は、探偵がこれまで積み上げてきた論理そのものへの攻撃だ。

しかもこの指摘は、単に探偵の論理の矛盾を突くだけにとどまらない。今までのように、相手が奇想天外なトリックの宝貝《パオペエ》を振りかざして力任せに襲ってくるのであれば、探偵はただその攻撃を受け流すだけで良かった。仮にそこで打ち負けても、それはただ事件の真相が「奇蹟ではなかった」となるだけで、探偵にとっては今回限りの敗北にすぎない。

だが、この指摘は違う。

この指摘は、探偵の証明を根から腐らせる。

人を内臓から溶かす「鴆《ちん》の毒」だ。なぜならこの指摘は、探偵の証明法の信用力そのものを問うものだからだ。

仮に探偵が言う通り、すべての可能性が否定できたとしよう。

しかしもし、その否定の理屈同士で互いに矛盾が生じる可能性があるのなら、探偵はそれらの可能性もまた、すべて事前に否定しなければならない。

そして新たに生まれた否定同士でまた矛盾する可能性が残るなら、さらにその否定を。その否定でもまた残るなら、さらにその否定を……。

否定が無限に否定を生む。否定の無限集合の曼陀羅《まんだら》だ。そんな証明はどうやったって終わるわけがない。だとすれば、「すべての可能性が否定できれば奇蹟を証明できる」という、探偵の方法論そのものが崩壊する。

つまりこの一撃は探偵の「証明」ではなく、「信念」そのものに打ち込まれた破邪の楔《くさび》。

奴は——カヴァリエーレ枢機卿は、本気で探偵を殺しにかかっている。


「そんなものは、いかようにでも抗弁できます」

すると闇に白い蝶《ちょう》が舞った。リーシー。夜に強く匂う花のように、濃厚な白檀の香りを振《ふ》り撒《ま》きながら公園灯の明かりから明かりへと飛び移る。

「たとえば、第一の仮説の順序の根拠。『教祖が晩餐会に参加した』というのは、あくまでリゼ少女の証言によるものです。実際はリゼ少女の勘違いで、本当は教祖は晩餐会に参加していなかったのでは？」

——違う。違う。違うのだリーシー。

「……少々お待ちください。今枢機卿様からご返答いただきますので……」

渡良瀬がピアスに手をやり、じっと耳を澄ます。

「……枢機卿様はこのようにおっしゃっています。『その反論は認められない。なぜなら探偵は第一の仮説を否定する際に、三十三本の豚の足を食べたことを論拠としているからだ。教祖を除けば信者の数は全部で三十二。一人一本食べるならば豚は八匹で足りることになり、〈少なくとも九匹以上食べた〉という探偵の主張自体が成立しなくなる』」

「ならば、他の食いしん坊な誰かが二本以上食べたのです」

「『それはただの憶測でしかない。ルールを忘れるな。反証は確かな事実と証言のみに基づかねばならぬ』」

そうなのだ——。

この枢機卿の指摘が探偵にとって真に致命的なのは、それらの全部が全部、探偵の反証と同じ前提を元にしているからなのだ。

第一の仮説では、「教祖が晩餐会に参加した」という前提を。第二の仮説では、「鏡は少女が使ったまま放置された」という前提を。第三の仮説では、「〈禊入り〉の前には少年は食料を運べなかった」という前提を。

だからもし、これらの前提のどれかを否定しようとするならば。

それは同時に、探偵の反証をも否定することになる。

フーリンは改めて戦慄《せんりつ》の思いで、依頼人——あるいはその姿を借りた枢機卿を見た。

まさかカヴァリエーレは、最初からこれを狙っていたのか——。

思えばすでに、元検事が宣告していた。自分の仮説を否定した時点で、もう探偵は負けたも同然だと。あれは探偵の生き方への比喩的な警鐘《けいしょう》などではなく、言葉そのままの意味——あのときの探偵の勝利自体が、枢機卿の仕掛けた無限回廊の罠への呼び水だったのだ。

すなわち——これまでの一連のやり取りすべてが、カヴァリエーレが仕掛けた壮大な揚げ足取り——。

「では、二番目の順序の論拠はいかがでしょう。仮に少女が鏡を使ったあとに少年が祭壇を動かしても、鏡をそのまま元に戻しさえすれば、仮説への反証は成立します。あるいは少年が戻したあとで、何かの偶然で覆いが外れて鏡が傾いた――」

「『繰り返す。反証は確かな事実と証言に基づかねばならない。それに前者の〈少年が鏡をそのまま元に戻した〉という主張については、少年は少女に布を掛けるよう律儀に注意しているくらいなので、まず説得力はない。また後者の偶然説は人為的にも自然的にも発生根拠に乏しく、それが起こること自体がほぼ神の御業《みわざ》に等しい。総じて、今の女士《ヌーシー》の説明は臆断が過ぎる』」

「そちらこそ、三番目の順序の論拠で『〈禊入り〉の前は少年は食料を運べない』としたのは、些か牽強付会《けんきょうふかい》ではございませんか？　盗みなど技量の問題、手を尽くせば食料などいくらでも窃盗できましょう。少なくとも私なら盗む自信はあります。あるいは教祖の変心も考えられます。幼い子供たちを見て仏心を起こした教祖が、少年に脱出用の食料を分け与えたということも――」

「『教祖は真っ先に村の出入り口を爆破している。つまり一人も信者を逃す気がなかったということだ。そんな傲慢で悪しき心の持ち主の教祖がどうして今さら仏心など起こす。

それに宋儷西《ソンリーシー》、あなたのような玄人と一般人の少年を一緒くたに語るな……。教祖の居室と鍵という二重の防壁に守られた中、素人の少年が食料を盗み出せる可能性など限りなく無きに等しい。

第一取り違えるな。〈褉入り〉の前は少年は食料を運べない、という条件は、単にそこの探偵の言を借用したにすぎない。販元はこちらではない』」

リーシーの必死の食い下がりも、枢機卿は傘の水を切るがごとく易々と振り払う。

リーシーのその悪あがきは巨象に食らいつく小鼬を思わせた。あるいは相手が霞《かすみ》の幻影だと知らず、闇雲《やみくも》に嚙《か》み付《つ》くやんちゃな山猫――。

「……無駄です。やめてください、師匠」

すると八ツ星が、リーシーではなく探偵に対し制止の言葉を放った。フーリンは不思議に思いそちらを見やる。

そしてそこで、もう一つの児戯に等しい行為を見た。

これは――。

――憂思黙想《ブラウンスタディ》――。

瀕死の探偵が、横臥《おうが》の姿勢のまま片手で顔を覆っていた。白手袋で翡翠の右目を隠す、彼特有の沈思のポーズ。片目を塞ぐのは不要なものを見ないため、片目を開けたままなのは見えざるものを捉えるため――理解不能、難透難解《なんとうなんげ》な出来事に遭遇したとき、探偵はまずこうして瞑想の姿勢をとり内観を始める。

この期《ご》に及んでこの男は、まだ――。

「えっ……！　言えません。そんなひどいこと……」

今度は渡良瀬が頓狂《とんきょう》な声を上げた。

「それならあとはもう、ご自身で報告書を読んで確かめればいいのでは……。え？　それでは意味がない？　今ここで探偵さんを本質的に潰すことこそが、今回の目的……？」

渡良瀬は少し押し黙ったあと、言い辛そうな顔で告げた。

「……すみません探偵さん。枢機卿様からの伝言です。『探偵よ。その重篤《じゅうとく》な身で、今この場で無理に答える必要は無い。まずは適切な治療を受け、十分な滋養《じよう》を取れ。ゆっくり身を休めるのだ。そして考え続けるがいい。朝も夕も、夏も冬も、この解けない謎を未来永劫《みらいえいごう》、その身が朽《く》ちて骨と化すまで。それが神を試そうとした者が受ける報《むく》いだ。神とは理知で検《あらた》めずただ盲従するもの――貴様がこの矛盾を受け入れぬ限り、その高邁《こうまい》な理性を信仰に屈服させぬ限り、貴様に永遠に神の祝福など訪れない。地獄で灼《や》かれろ、上笠丞』――」

――呪《のろ》いだ。これはカヴァリエーレがかけた呪いだ。

何が枢機卿をここまでの嗜虐《しぎゃく》に駆り立てるのか。二人の間にある真の確執が何なのか、それはフーリンには解らない。

ただ一つ言えるのは、もはや探偵の敗北は明らかだということ——。

なるほど確かに、三つの前提のうちどれかを覆せば、順序の矛盾は解消するかもしれない。

しかしそれは同時に、探偵自身の論理の誤りを自ら認めることになる。探偵が単独では正しいと示したにもかかわらず、それらを組み合わせると矛盾が生じる可能性があると指摘されてしまったら、探偵は今後常に「その否定の論理同士で矛盾が生じないか」の検証が必要になってしまう。その先が無限《むげん》地獄なのは前に述べた通りだ。

この地獄を回避するには、探偵は単独で正しいとした自分の論理に間違いがないこと——つまり自分の論理ではなく、枢機卿の指摘のほうに誤りがあったと示すしかない。しかし、己の論理と論拠を等しくする論理を、どうやって否定しろと言うのだ——。

だが——。

諦めるな、ウエオロ。

ここにきてお前の愚行を応援したくなった。その自分の心変わりにまず驚きだ。確かにお前が証明しようとしているその代物は、どうしようもなくくだらない——この無数の不幸がばら撒かれた世の中で、高々たった一つの奇蹟を証明することが、いったい何の腹の足しになるというのか。

　そんな宝くじよりも低い確率の奇蹟を期待して、神の恩寵を信じろというのもまた無理な話だ。かつてパスカルという哲学者はそれでも信じたほうが得だと計算したらしいが、そんな計算は犬にでも食わせろと思う。寡聞《かぶん》にしてこれまで奇蹟を現実に見聞きしたことはないが、奇蹟が起こらなかった運命ならたびたび目にした。神に助けを求めながら無残な責め苦で死んでいく犠牲者を見るたびにただ感じるのは、神の人間への愛というよりひたすら冷酷無慈悲な無関心だ。そんな自分が奇蹟の存在を信じるなど、いかな拷問を受けようと有り得ない。

　しかし——。

　悔しいではないか。歯がゆいではないか。ここまでお前が必死に築き上げてきたものが、こんなつまらぬ横槍で崩されるとは。

　詭弁なら詭弁で構わない。強弁なら強弁で人でも神でも圧倒せよ。ここでただ沈黙に甘んじ、敗北を諾々《だくだく》と受け入れることだけは許さない。

　せめて一矢を。人間の意地を見せてやれ、ウエオロ・ジョウ——！

そうフーリンは祈るような気持ちで、探偵の答えを待った。

張り詰めた沈黙が続く。濃密さを増す宵闇に、徐々に探偵の姿が飲み込まれていく。フーリンの煙管の煙草が白い棒となり、夜風に吹かれて灰燼《かいじん》に帰した。八ツ星が何かを目で訴えかけてくるが、彼女はぐっと煙管の吸い口を嚙みしめてその視線を黙殺する。

やがて――。

探偵が言った。

「――聯の仮説への否定を、補足する」

*

……補足？

一瞬顔を明るくしかけたフーリンだが、直後に疑念を浮かべる。

「補足？　僕の仮説への反証を補足？　撤回や訂正ではなく？」

八ツ星少年も同じく困惑の様子を見せる。まさに同感。今さら補足の一つや二つを加えたところで、どうにかなるとも思えぬが――。

「渡良瀬、さん……いや、カヴァリエーレよ。君の指摘には、若干論旨の、混乱がある……」

再びリーシーと元弟子の助けを借り、探偵は身を起こした。爛々《らんらん》と輝く色違いの双眸《そうぼう》を依頼人に向ける。

「僕が……『〈禊入り〉の前は少年は食料を運べない』としたのは、あくまで聯の仮、い、い、説が正しい、と仮定した場合だ。もし聯の仮説が正しいとすると、教祖は少年を殺すつもりであり、そんな教祖が少年に食料を渡すとは、考えにくい……そういう理屈だ」

渡良瀬の声を借りて枢機卿が答える。

「『……だから何だ？　確かにそれはその通りだが、しかし〈教祖は少年を殺すつもり〉という条件を導く方法は、何もそれ一つではない』」

「ほう？　他に何があると？」

「『この私相手に空演技は止《よ》せ。それは先ほど明言したし、貴様が気付かぬはずもない。

教祖は真っ先に村の出入り口を爆破した。それは信者を一人残らず殺すという教祖の意思の表れだ。当然その中には少年も含まれる。もしわずかでも少年らを見逃す気持ちがあったのなら、唯一の出入り口を塞いでしまうはずがない』」

「そこに君の重大な見落としがある」

探偵が鋭く言った。重大な——見落とし？

「教祖の洞門爆破の理由は、何も信者を逃がさないためだけとは限らない——」

探偵が震える手で、懐から何かを取り出した。銀のロザリオ——。


「信者を逃がそうとして、洞門を爆破することもまた有り得る」


そのロザリオを、まるで悪魔祓《はら》いのごとく相手に突き付ける。

「『逃がそうとして——爆破する？　何を支離滅裂《しりめつれつ》な——あっ！』」

そこで渡良瀬が、どちらのものかわからぬ驚きの声を上げた。探偵は腕の力が尽きたようにロザリオを下ろす。

「そうだ。気付いたかカヴァリエーレ。あの一帯は岩質が脆く崩れやすい。村の入り口の洞門は教祖の爆破で崩れたのではなく、最初の地震の時点ですでに崩れていたとしたらどうだ。

教祖はその洞窟をもう一度通すために、中の土砂崩れをダイナマイトで吹き飛ばそうとしたとも考えられないか。だが所詮素人のやること、その爆発でさらに洞窟が崩れてしまったことは想像に難くない。事情を知らない少女が、それを『教祖が出入り口を爆破して塞いだ』と考えてしまっても無理なきことだろう」

「『……では教祖は、滝が涸れた時点では信者を逃がすつもりだったと言うのか？　集団自殺への参加は、あくまで自由意志だったと――』」

「そういう解釈も可能だということだ」

「『しかし……ならばなぜ少年は、滝が涸れたあとにすぐ脱出しなかった？　教祖の協力があるなら集団自殺まで待たず、いつでも少女を連れて逃げられたはず……』」

「それはおそらく、彼らの母親たちが原因だ。少年はぎりぎりまで自分の母親の説得を続けようとしたし、少女の母親は文字通り『死ぬまで』娘を手放さなかった。つまりこの教団内において、真の対立項は子供たちと教祖にあったのではない。彼らの母親たちこそが、脱出を妨げる本当の足枷《あしかせ》だったのだ」

　そこで探偵が胸を押さえ、苦しそうに顔を歪める。

　少しうつむいて呼吸を整えたあと、かっと目を見開き、矢継ぎ早に言葉を繰り出した。

「――いずれにしろ可能性の話だが、これで君の詰めが甘いことは解ったろうカヴァリエーレ。

　僕が反証に使った『教祖は少年を殺すつもり』という条件は、僕の否定では聯の仮説から直接得られるので、特に問題は生じない。

だがカヴァリエーレ、君の『否定の否定』で生じる時間矛盾は、あくまで僕の否定が正しいと仮定した場合の話だ。僕の否定が正しいということはつまり聯の仮説が間違っているということなので、君は僕と同じように、聯の仮説を正しいと仮定してそこから何かを導くという論法は使えない。

となれば、君は『教祖は少年を殺すつもり』という条件を、『教祖が出入り口を爆破した』という別の論拠から導くしかない――しかし今述べた通り、その論拠は『教祖は実は信者を逃がすつもりだった』という解釈も可能だ。反証は確かな事実と証言に基づかねばならない。これは反証の反証についても言えることだ。この原則に則《のっと》る限り、君の指摘は甚だ論拠が不十分だと言わざるを得ない。

実際、教祖が少年に協力的で『禊入り』の前に食料を渡していたとすれば、『配達』・『最後の晩餐』・『禊入り』という順序が成立し、さきほどの時間矛盾は解消する――だがこの場合でも、僕の聯への反証自体に論理的瑕疵《かし》は生じない。なぜなら最初に言った通り、僕の反証はあくまで『聯の仮説が正しい』、つまり『教祖が少年を殺すつもりだった』と仮定した場合の話だからだ。

僕と君の論理は一見同じ論拠を元にしているようで、正確には違う。それらはさらに深い階層の、異なる論拠から別々に導かれたものだった――釈明は、以上だ」

言うなり、探偵は気絶した。

＊

しんと夜の公園が静まり返る。

か細い声が響いた。

「……はい……はい……」

「……枢機卿様からの、伝言です」

渡良瀬が顔を上げ、階段上から呼びかける。

「今の話を追記した報告書を送ってほしい、とのことです」

若干語尾が震えた。

「枢機卿様の下で独自に非公式の調査チームを編成し、その内容を精査したいそうです。かかる期間はおよそ三ヵ月。そうして報告書の検証を終えたのち、改めて列聖省内部で奇蹟審査会を招集。そこで以前奇蹟の信憑《しんぴょう》性が疑われ列福・列聖を拒否された修道女の件を再審議にかけ、そして晴れて、その審査に合格した暁には――」

一呼吸置く。

「聖女ルチア・ラブリオーラの列聖式を、盛大にやりたい、と——」

　そして渡良瀬は階段を下りてきた。八ツ星とリーシーの間でぐったりしている探偵の枕元に立ち、正座で跪く。両手を膝頭《ひざがしら》に置き、生気のない探偵の顔をじっと上から覗き込んだ。

「……探偵さん」

　和らいだ声で言う。

「正直申しまして、これでもまだ私は奇蹟の存在など信じられません。そんなことが現実に起こるとは到底思えません。あの子の言葉がどこまで真実かもわかりません。ですが——私は、あなたが全てを否定してくれたという事実を、受け入れます。あなたが私の求めに応えてくれた事実を受け入れます。どんなに無茶な仮説だろうと、どれだけ解決しそうにない矛盾だろうと、あなたが全身全霊を傾けてそれらを完全に否定してくれたという事実を——受け入れます」

　それからゆっくりと身を折り、両手を地面の舗装タイルにつく。

「探偵さん」

　つうっと、頬を涙が伝った。

「この私を止めて頂き、どうもありがとうございました」

そう言って彼女は、深々と頭を下げた。

*

――フーリンは顔を上げ、黒々とした夜空を振り仰いだ。

気付けば月夜である。星林と呼ぶには寂しいまばらな星空の合間で、酒盆のような月が一人孤独にてらてらと輝く。

青女素娥倶耐冷《せいじょそがともにつめたきにたえ》、月中霜里闘嬋娟《げっちゅうそうりせんけんをたたかわす》――秋の寒さと月の美しさを、霜と月の仙女二人が美しさを競い合う様子に喩えた晩唐の詩人・李商隠《りしょういん》の名句だが、今この地上でも同じ名を持った二人の女の戦いが終わったことを、焉《いずく》んぞ月が知らんや。

ふと思う。サロメへの復讐を諦《あずか》めた女は、物語をいかなる結末へと導くのか――。

だがそれも、フーリンには与り知らぬ話である。

【幕間《まくあい》】

——ねえ、ドウニ……？

「なんだい、リゼ？」

——その首、痛くないの？

「痛くはない」

——ふうん。リゼだったら痛いと思うけど。でもどうして、ドウニの頭は布でぐるぐる巻きなの？　前、ちゃんと見えてる？

「見えている。というか、空から見下ろす感じかな。バードビューというか、まさに神視点というか……。ところでリゼ、僕の頭をボールみたいにして遊ぶのはやめろ。地面に落としたらどうする」

——えい。

「だからやめろって」

——やあ。

「本気で怒るぞ」

――アハハ……怖、リゼがとってあげようか？

「やめてくれ。不細工な死に顔をあまり見られたくない」

――死に顔？

「うん。まあ半分はまだ生きてるけど」

――……。

「ん？　どうしたリゼ」

――……ドウニも。

「え？」

――ドウニもやっぱり、このまま死んじゃう？

「…………」

――ドウニもやっぱり、みんなみたく死んじゃう？　リゼ一人残して？　リゼだけ置いてけぼりにして？

リゼ、そんなの嫌だ。リゼもう一人になりたくない。ねえドウニお願い、リゼも斬って！　リゼの首も斬って！　リゼ我慢するから、大人の人たちみたく我慢するから、だから――。

「落ち着いて、落ち着いてリゼ。リゼは一人にならないよ。誰もリゼを置いてけぼりになんかしないよ。

なあリゼ——前に僕が言った『首無し聖人』の話は覚えているだろう。見ての通り、僕はこうしてその『聖人』になれた。だからこのあと僕は必ず『蘇る』。そしたらまた絶対リゼを迎えに行くよ。約束する」

——……ドウニはこのあと、「蘇る」の？

「ああ。必ず。約束する」

——それって、いつくらい？

「え？　あ、ああ……そうだな、あと百年後くらい？」

——……無理。リゼそんなに待てない。

「大丈夫だよ、そんなのあっという間だ……毎日面白おかしく生きていれば。だからリゼ、リゼも約束して。これからの毎日を楽しく生きるんだ。一人になったからって寂しがってちゃだめだ。嬉しいことも悲しいことも全部、僕の分まで残らず体験してくれ。そうだ、日記でもつけとくといい……次に僕と出会ったとき、君がこれまでどんな人生を歩んできたか、僕にすべてを語れるように」

——リゼは毎日を楽しく生きているよ。

「だったら何も言うことないな。これからも是非そうしてくれ」

——……ねえドウニ。ドウニはまだそんなに早く死なないよね？　もう少しお喋りできる？　お願いだからあんまり急いで死なないで。リゼまだ、ドウニと話したいことといっぱいあるの――。

「いいとも。できる限り付き合うさ。もうすぐ祠に着くから、そこであと少しくらいは――って、はは。もう寝てるじゃないかリゼ。さすがにいろいろあって疲れたか。……いや、そうか。この煙が――」

第六章　万分可笑《ワンフエンカーシヤオ》

味も素っ気もないアルミサッシの窓枠からは、これまた無味乾燥な灰色のビル街が見えた。

物置のようなマンションの一室。治療設備は簡素なパイプベッドと点滴スタンドくらいで、あとは買い置きのペットボトルや衣服に羽毛布団、使わなくなった健康器具など、雑多な物品が押し入れ代わりに詰め込んである。

とりあえず患者を放り込むスペースさえ確保しておけばいいという、ここの医者の医道への熱意の程がよく知れる病室だ。さきほどやる気のない診療行為を見せたあの男は、きっと「医は仁術」と書き込んだ便所紙で毎日ケツを拭いているに違いない。

だが、無免許の医者が営《いとな》む無許可の診療所など、その程度の倫理意識でちょうどいい。

フーリンは窓辺でしばらく、眼下の道路を行き交《か》う車を見下ろしていた。やがて目を逸らし、ゆっくりと病床の男を振り返る。

「……なぜ報告書を、カヴァリエーレに送らなかったね？」

軋みを立てるベッドの上で、探偵が無言で笑った。

件《くだん》の探偵は今や裸の上半身に包帯と点滴チューブを身に纏うのみで、いつもの華々しさは見る影もない。毒でかなり疲弊したのか、その顔はひどく窶《やつ》れ、トレードマークの青髪も艶《つや》を失い今は駄馬の尾っぽのようだった。

「やはり僕も、まだまだだな」

探偵が自嘲気味に呟く。

「逆密室トリックの方法はわかっていた。だが、ドウニ少年と教祖の関係を敵対的に捉《とら》えすぎたため、このストーリーを思い描けなかったのだ。どうも僕は、奇蹟が絡むと視野狭窄《きょうさく》に陥ってしまう……」

「ストーリー？」

「消去しきれなかった仮説のことだ。結局考え漏れはあったんだな。あれだけ大言壮語しておいて、恥ずかしい限りだが……」

フーリンはベッド脇のパイプ椅子に腰掛けた。この病室は当の医者のクローゼットも兼ねているのか、椅子に座るとすぐ顔の前に、衣服を吊るしたパイプハンガーがあった。服は安物と高級品入り乱れているが、どれも怖気が立つほど趣味が悪い。

「安心するね。私は昔からお前を恥ずかしいやつと思っているね」

「それは……僕のファッションについて言っているのか？」

「それもあるが、存在自体が恥部みたいなものね。奇蹟を信じる探偵など、寒い冗談以外の何物でもないね。むしろそれこそ神父か牧師にでも転向したらどうだ？　そのほうが探偵の役回りとしてはしっくりくるね」

「誰がブラウン神父だ。……おいおいフーリン、そもそも君は僕の味方じゃなかったのか？　大門さんのときには、あんなに必死に擁護してくれたじゃないか」

「詐欺の片棒を担いだだけね」

フーリンがばっさり切り捨てると、探偵は参った、というように片手を挙げて苦笑した。そして天井を見上げ、劣化の進んだ蛍光灯が時折力尽きたようにちらつくのを遠い目つきで眺める。

「詐欺、か……」

深い溜め息を一つ。

「まあ結果的には、そうなってしまったか……」

探偵は片膝を立て、そこに腕を掛けた。その手の中で何かを弄ぶ。赤青の宝石をはめ込んだ銀のロザリオ。探偵が肌身離さず持ち歩く母親の形見だ。

――この可能性を「見落とす」こと自体は、これまで探偵が何度も経験していることである。

この失敗は例の最後にカヴァリエーレに指摘された「時間矛盾」とは違い、それほど致命的なものではない。それは単に探偵の考察が一歩及ばなかったというだけの話で、これまでの方法論に特に影響を与えるものではないからだ。

だがそれはもちろん、あくまで致命傷を免れたというだけだ。探偵が今回も「奇蹟の証明」に失敗したことには変わりない。この男の意気消沈振りも仕方のないことだろう。

しばらく、ブーンという蛍光灯の唸りが聞こえるほどの静寂が続く。やがて探偵は、まるでそうするのが敗者の義務だといわんばかりに、重たげな口でその「ストーリー」を語り始めた。

*

――最後の反証で示された通り、僕の言及から漏れていたのは、「教祖がドウニ少年の脱出に手を貸した」という視点だ。

僕は一つ大きな勘違いをしていた。当時の新聞等の情報から、僕はこの宗教団体を単なるイエスの復活と救済を待ち望む「キリスト教的終末宗教」と考えていたのだが、この教団にはもう一つ特筆すべき性格があった。

それは、この村に漂う「自罰的な」空気だ。

どこか表情の暗い信者たち。厳しい労働に禁欲的な暮らし。装飾性を排した建物や衣服に、「血の贖い《アポリュトローシス》」という教団名――幸福な神の国の到来を信じて待つ村にしては、些か雰囲気が陰鬱すぎないか。

しかしここで彼らが「脛に傷を持つ身」だったと考えれば、一つの推測も成り立つ。

つまり――この教団の核にあるのは、実は「救済」ではなく「贖罪《しょくざい》」ではなかったかと。

過去に罪を犯し、社会に居場所を失くし、かといって死ぬに死に切れなかった者たちが、己の罪を悔いながら神に裁かれる日を待つ――そんな性格の教団だったのではないか。村の「慰霊塔」も実際は家畜ではなく、各々の罪の犠牲者を慰霊するものだったとすれば、教祖の少女へのちぐはぐな説明も納得が行く。それにこの教団がキリスト教のみならず、神道の教義も必要としたことの説明も付く――神道では霊魂は永久不滅で、死者と生者の魂は共存するから。

また聯が言う通り、この教団が大麻を栽培していた可能性は確かに高い――が、それがただちに犯罪的な印象と結びつくわけでもない。大麻《ヘンプ》は古来より人々の暮らしに利用されてきた。その繊維は縄や布地に、その種子は食料に、その油は灯りに、その薬効は医療に——確かに物資不足を補うためにやむなく売っていた面はあるだろうが、それ以上に大麻は彼らの自然主義的な生活に役立っていたはずだ。

それに大麻は宗教的儀式との関係性も深い。聖書に出てくる聖油も大麻を含んでいたという説がある。また最後に村や教祖を焼いた火は、その聖油を燃やしてこの村全体を覆う罪の穢《けが》れを浄化する、煉獄《れんごく》の炎だったのかもしれない。

だから今にして思えば、この宗教の本質は、来世に望みを託すだけの「希望と救済の宗教」ではなく、現世の罪を贖いながら裁きの日を待つ「絶望と贖罪の宗教」——。

と、すれば、教祖が少年と少女が生き残る手助けをしたとしても、さほど不自然さはない。なぜなら二人は何も罪を犯していない存在だから。もっとも子供二人だけ残しても将来の苦労は目に見えているし、二人の母親も心中を望んだろうから、最初から教祖に積極的に二人を救う気があったわけでもないと思うが……まあ、「どちらでもよかった」というのが本音だろう。

言い訳はこのくらいにして、僕が否定しきれなかった可能性を説明しよう。

まず起こった事実だが、ドウニ少年がリゼ少女を連れ「拝殿」から逃げるまでは、ほぼ回想通りだ。

ただしこのとき教祖は、少年の脱出を全面的に支持していた。だから例の「禊入り」の前に食料を渡したし、教祖は少女の母親を殺すとき、立て続けに少女までは殺さなかった。また「拝殿」から逃げる際の教祖の「待て！」という声は、少年らではなく二人を追おうとした信者に対して向けた言葉だ――このあたりは聯の仮説とも被る。

だから少年の脱出計画の真の障害は教祖ではなく、二人の母親たちだった。これについてはあのとき述べた通りだ。少女の母親は自分が「死ぬまで」少女を放さず、少年は集団自殺が始まるぎりぎりまで、自分の母親に一緒に脱出するよう説得を続けた。結局その努力は報われないどころか、今回の悲劇の引き金となってしまったわけだが……。

とにかく、少年は「拝殿」からの脱走には成功し、少女を祠まで運ぶ。そして気を失った彼女を祠に寝かせると、彼はすぐさま元来た道を引き返した――。

＊

「元来た道を……引き返す？」

　フーリンは怪訝に眉を寄せる。

「『拝殿』に戻ったということか？　だが何のために？　母親の説得を諦めた少年に戻る理由はないはず……」

「戻る理由はあった——いや、理由が、で、できたのだよ、フーリン。その目的を達するために、少年は急いで『拝殿』まで戻らねばならなかった——」

「目的？」

　探偵はそこで急に口を閉ざした。突然何かに気付いたように大きく目を見開き、ぎゅっとシーツを握る。

「そうか……。そういうことか……」

「——？　何が『そういうこと』ね」

「今、理解したのだ。僕とカヴァリエーレの今回の対立の意味を……。視野狭窄に陥った僕一人の目では、この可能性に辿り着くことはできなかった。またカヴァリエーレの懐疑の目それだけでは、ただ事件は迷宮入りするだけだった。奇蹟を希求する僕とそれを疑うカヴァリエーレ、その両者の目があって初めて、この可能性は姿を現すのだ……」

　白昼夢に陥るかのように、探偵の瞳が段々と焦点を失っていく。

「わかるか、カヴァリエーレ……僕たちは本当は対立していたのではない。この対立を通じて、一つの事実を共に証明しようとしていたのだ。証明——そう、これはほぼ証明と言っていい。なぜなら君の提示した時間矛盾を解消するには、この解釈をするほかないからだ。

もとより今回の教祖の『洞門爆破』という行為には、善性と悪性、二つの可能性の解釈があった。しかし教団の雰囲気や集団自殺のエピソードのおどろおどろしさから、僕たちの目にはその片側——教祖の傲慢さが行ったものという悪性側しか見えなかった。しかしその『悪性』の解釈によって、僕らは三つの事象の時間矛盾という議論の袋小路に陥った。ならば真実はその残ったもう片側——『善性』の解釈しかない。

二つの対立した主張が、互いの矛盾を解消することで、一段階上の視点に統合される。これぞまさにヘーゲルの言う止揚《アウフヘーベン》だ。僕らは神が人間の論理に課した弁証法的な階梯《かいてい》を昇り、今回一つの尊い真理に到達した——」

フーリンは黙って煙管をくゆらす。探偵が言葉を切ったところを見計らい、おもむろに口を挟んだ。

「途中から何言ってるのかさっぱりね。寝惚けたか？　思わせぶりなご高説はもういいから、早く説明に戻るね。その目的とはいったい何だ？」

探偵ははっと我に返ったようにこちらを向くと、苦笑する。「すまない」小さく詫びを入れつつ、艶のない前髪を掻き上げた。目を伏せ、気持ちを落ち着かせるようにふうと深く息をつく。

しばらく間を置いてから、探偵はうっすらと瞼を開いた。

「少年が戻る必要のない『拝殿』に戻った目的。それは――」

瞳に光が、声に力が戻る。

「少女に生きる希望を持たせるという目的だ」

*

……少女の回想の中で、おそらく一つだけ足りない描写がある。

それは祠まで少女を運ぶ少年が、瀕死の重傷を負っていたという記述だ。

だがきっと少年は、そのことを少女に悟られまいとして振る舞ったのだろう。ならば少女が気付かないのも当然だ。

少年に重傷を負わせた犯人は無論、彼の母親だ。この村に来る前の彼女の言動を思い出してくれ。彼女は包丁を持ち出し、共に行くか死ぬかの選択を我が子に迫った。

そんな激しい気性の持ち主である母親が、自分を見捨てて逃げようとする息子に衝動的に凶刃を向けたとしても、それほどわからない話でもない。

その凶器はたぶん、自分が自害するのにも使った短刀——腹を狙えば骨にも傷は付くまい。だがそれで深手を負いながらも、少年は何とか少女を連れて拝殿を脱出する。が、碌な手当てもできない中、自分の命はそう長くは持たないと聡明《そうめい》な少年は早々に悟る。

しかし彼は真に優しい少年だった。そんな非情な現実に直面した彼が真っ先に考えたのは、おそらく死への恐怖でも母親への恨みでもなく、ただ一つ——リゼ少女のことだ。

もし自分がここで死んだなら。

彼女はいったいどうなってしまうだろう。

食料と水はそれなりに確保してある。村の火事跡は目立つから、少女が餓死する前に誰かが発見してくれる公算は高い。だがそれまで、はたして少女の精神が持つだろうか——。

少年はリゼ少女の性格を熟知していた。リーシーも指摘した通り、彼女は生来寂しがり屋の気質。だがその本質はサロメではなくジュリエット、梁《りよう》祝《しゆく》物語の祝英台《しゆくえいだい》だ。もし少年が死に、自分だけが取り残されたと知ったら、きっと寂しさのあまり彼女は——後を追って死んでしまう。

ならば何か、生きる希望を——理由を。

彼女に与えなければならない。

少年のもう一つの懸念は、教義の影響で彼女が死を軽く考えていることだった。特に天国を「いいところ」だと口走ったのはまずかった。死へのハードルがさらに下がる。だが彼はそこで逆に、教義を積極的に利用することを考えた。彼女は「蘇り」をいいと信じている。ならば自分が聖人になったと思わせ、それで蘇ることを約束してやれば——。自分が「蘇る」まで待つと、彼女に約束さえさせれば——。

そう考えた少年は、すぐさま実行に移った。まず運ぶ前に、教団服のフードの被り方を工夫し、自分を首無しに見せかける。また道中の会話で「蘇り」も約束する。大麻の煙を吸った少女はそのあたりの記憶が曖昧になるが、「少年が蘇る」という思いは潜在意識に刷り込まれる——それが少女が「首無し少年が自分を運んだ」と思った理由だ。

大麻の煙は少年の意識も多少朦朧とさせるが、同時に痛みも軽減してくれただろう。少年は足をふらつかせながらも何とか祠まで少女を運び、気を失った少女をそこに横たえる。そして瀕死の体を引きずって元来た道を引き返し、例の「拝殿」まで戻る。

自分が「聖人」になるための最後のトリック。それへの協力を、藁《わら》にもすがる思いで教祖に依頼しに——。

＊

「自分が『聖人』になるための、最後のトリック……」

フーリンは目の前のパイプハンガーに煙を吹きかけた。そこに巣を張ろうとしていた蜘蛛が、慌ててスパイク付きのレザージャケットの陰に隠れる。

「ああ。それが例の『首斬り死体』だ。首無し聖人の首がつながっていては話にならない。少年は自分の死後、首を斬ってもらうよう教祖に頼みに行ったのだ」

「……だが、『拝殿』は外から施錠されていたね。教祖は一度外に出て少年の首を斬ったあと、どうやって外から鍵を閉めて中に戻る？　それにわざわざギロチンで斬って不可能状況にした理由は——」

「不可能状況にした理由は二つ。一つは少女にこれが純粋な奇蹟だと信じ込ませるため、またもう一つは、少女に殺人の冤罪を負わせないため。ギロチンの刃の破片が遺体に残ったのはただの偶然だろうが、少なくとも凶器を不明にしておけば誰も少女の犯行とは断定できない。祭壇の刀も少女が鶏の処理に使わなければ、少年の血痕はないと証明されていたはずだ。

この首斬り方法や次に述べる『逆密室トリック』も、すべて少年が教祖に依頼したものと思われる。では仕上げの説明に入ろう……」

＊

少年は「拝殿」に辿り着くと、施錠を解いて中の教祖を呼び出す。

このときほぼ信者の集団自殺は終わっていただろう。教祖がまだ死んでいなかった理由としては、最後の祈禱等の作業が残っていたなどが考えられる。このあたりの段取りは、儀式の付き人を務めた少年なら知っていたはずだ。

そして少年は出てきた教祖に事情を説明し、最後のトリックへの協力を依頼して力尽きる。教祖は少年の願いを聞き入れ、その遺体をギロチン台まで運ぶ。そこで首を斬り、その首と胴体を祠の少女の傍に置く。それからまた「拝殿」へと戻る。

あとはベタな施錠トリックだ。扉と閂は鉄製で、かつ閂は上から落とすタイプ。なので、まずは麻縄のロープを使い、ロープが切れたら閂が落ちて施錠されるよう、閂を斜めに固定する。これは取っ手とロープを上手く使えば可能だろう。

このロープには適度に油などを含ませておく。そして導火線のようにそのロープの端に火をつけ、自分は中に入って扉を閉める。するとやがてロープが燃え切れて閂が落ち、外からの施錠が実現する。

このトリックの利点は、多少失敗しても何回でも繰り返せることだ。またこのとき「拝殿」は火事に見舞われたので、ロープの燃え滓《かす》などはその火事跡に紛れる。よく閂を落とす古典的なトリックに、氷や雪を支えにしてそれが溶けるのを利用したものがあるが、これはちょうどそれを「鉄製の閂扉《かんぬきとびら》と麻縄のロープと火」を使って行った感じだ。鉄製の閂扉、麻縄のロープ、火――この三種の神器でトリックが完成するところは、奇《く》しくも大門さんの仮説に通じるところがあるな。

とにかく、こうして教祖は「逆密室」を作ったあと、正真正銘最後の儀式――つまり護摩火に飛び込み、自らの命を絶つ。これで今回の奇蹟的現象、あたかもギロチンで首を斬られた少年が歩いて少女を祠まで運んだような、摩訶不思議《まかふしぎ》な状況ができ上がる――。

僕の仮説は、以上だ。

＊

喋り疲れたのだろう。探偵は話し終えると、ばったりと背もたれ代わりの枕に寄り掛かった。

フーリンはぼんやりとハンガーに目を向ける。どぎついラメ入り紫の花柄シャツが目に入った。不快に感じたのでそれに煙草の脂《ヤニ》を吹きかける。

「それが、事件の真相というわけか？」

「それは何とも言えない。すべては『可能性』の話にすぎない」

ぶうんと、足元で安物の電気ヒーターが壊れかけの音を立てた。

「――そういえば水車と慰霊塔は？　あれは何に使ったね？」

「おそらくは『水車トレビュシェット』……少年はそれを脱出に使うつもりだったのだ。だから聯のときと同様、物証のいくつかはリーシーの仮説と重複する。台車、慰霊塔、麻縄ロープ、仔豚のサイズ……。

ただし麻縄のロープは、拝殿の逆密室トリックにも使われた。あと仕掛けが燃えていたのは、少年が燃やしたか教祖に処分を依頼したからだろう」

「なぜわざわざ燃やすね？」

「『トレビュシェット』の仕掛けをそのまま放置しておくのは危険だからだ。ロープが切れて少女が重りの下敷きになるかもしれないし、最悪少女自身が砲弾となって崖にぶち当たる」

フーリンは理由を聞いて笑った。「……ずいぶん過保護な話ね」ヒーターが止まりかけたので、つま先で蹴って気合で再稼働させる。機械も人間も、限界まで使い倒すのが自分の信条。

「なかなかいい線行った仮説だとは思うが、まだ一歩足りないね。例の少女が抱えていたという『首のようなもの』はどうした？　今のお前の仮説だと、今度ばかりは『少年の首』ではありえない。答えを捻る必要があるね」

「首など、いくらでも転がっていたではないか」

探偵は大して力も入れずに答える。

「拝殿に」

「拝殿に……？　教祖が斬った信者の首のことか？　だがどうしてそんなものが――」

「少女の母親の最期の場面を思い出せ。あのとき母親の体はまず少女に覆いかぶさり、そのあとで床に振動が走った。つまり少女の母親は、我が子を腹の下に庇うような姿勢で首を斬られたのだ。

この状態で母親が首を斬られ、さらに少年が少女をその体の下から引きずり出したとすると、髪の毛などが絡まって母親の首も一緒にくっついてきた可能性がある。あるいは偶然少女のフードにでも入ったのかもしれない。とにかく少年はその首を利用して今回のトリックを仕掛け、またその首は最後に教祖が拝殿内に持ち帰った。まあこれはトリックというより『演出』と呼ぶべきかもしれないが……」

「斬られた母親の首が偶然少女のフードに入る？　そんな都合の良い話があるのか？」

「だから、可能性でいいのだろう、仮説は。楽だな、可能性だけで語ればいいというのは……」

そう言って探偵は、灰色の窓の外に目を向ける。これまでの反論が嘘のような物わかりの良さだった。

それだけ今回の失敗が応えたのだろう。まあ、あそこまでカヴァリエーレを追い詰めながら、自ら勝利宣言を撤回せねばならない無念さは想像してあまりある。戦意喪失する気持ちもわからなくはない。

ただ、不思議なのは――。

「……なぜそんな、満足げな顔をしてるね？」

つい思ったままを口にすると、探偵はこちらを向いて驚いた表情を見せた。「そうか？」言いつつ、片手で自分の下顎を摑む。

「どうしてだろうな。まあ奇蹟が証明できなかったのは残念だが、残った仮説自体はそう悪いものではない。一人の少女に生きる希望を持たせようと、心優しい少年が小さな奇蹟を『演出』した——そして実際、その行為で少女は救われた。もしこれが真相なら、その事実自体はとても尊いものだ」

　どこに向けるともなしに微笑む。

「教祖の集団自殺はとても褒められたものではない——が、もし教祖には信者に自殺を強制する意志はなく、また少年の熱意があったとはいえ最後は誰かの命を救うために行動したのだとしたら、それは一つの救いだ。それに子供たちの障害だった二人の母親も、死に際《ぎわ》に彼女らなりの悔悛《かいしゅん》を示した……」

「悔悛？」

「ああ。少女の母親は娘の悲鳴を聞き、庇うように上から覆いかぶさった——それまで少女の言動に石みたいに無反応だった母親が、だ。また少年の母親のほうは、結局教祖ではなく自らの手で自死している。この教団の教義では、天国に行くには『聖者の死を真似ること』が必要——つまりただの自殺では救われない。自分の息子を刺すという大罪を犯したことを心から悔《く》いた彼女は、最後には自分で自分を罰する道を選んだのだ。

もちろんこれらを悔悛に結び付けるのは僕の勝手な憶測だし、また最後に恩情や悔悛を見せたからといって、それですべてが帳消しになるわけでもないが……」

言葉を止め、ちらつく蛍光灯をしばらく見上げる。

「ただ人は、己の間違いを認めることこそが最も難しい。それにこの仮説は、少年が少女を思いやる気持ちのほかにも、教祖の協力と少女の母親の首がなければ成立しない。さすがに服で自分の頭を隠すだけでは、間近にいた少女の目をごまかし切るのは難しかっただろうから。

だから――わかるかフーリン。僕が何を言いたいか。生と死の狭間にある者。生きながらにして死んだ者。そしてすでに死した者。この三者の思いが一体となり、一人の未来ある少女に生きる希望を与えたのだ。瀕死の少年が毅然《きぜん》と少女を運ぶ姿は、さながら聖書の一場面のごとく神々《こうごう》しく見えただろう。その勇姿を思い描けるかフーリン。それこそまさしく――」

どこか現実味の薄い翡翠とターコイズブルーの瞳をこちらに向け、穏やかに笑う。

聖者の行進、ではないか――。

＊

——ややあって、病室の扉が開いた。無精髭《ぶしようひげ》の白衣の中年男が姿を現す。髭を剃《そ》れば多少は見られる顔立ちだが、全身が醸《かも》す爛《ただ》れた空気が、この男が女には要注意人物だと警告灯のように告げている。

「老仏爺。一つ要求がある」

男が淀《よど》んだ眼差しで、凄むように言ってきた。

「何ね？」

「こいつの着替えを早くどうにかしてくれ。俺は男に自分の下着を貸す趣味はない」

無免許の医者はそう言って、ベッドの探偵を親指で差した。

指を差された探偵は、しばらくシーツの下の自分の体をじっと見下ろす。それからぽりぽりと剝《む》き出《だ》しの肩を搔《か》き、フーリンに言った。

「なあフーリン。すまないが、ちょっと近くのコンビニで僕の下着を買ってきてくれないか？」

宮刑（去勢）に値する発言である。

「手間賃百万元なら考えるね」

鼻で大きく息を吸い込み、ろくでなしの男どもに向かって煙を吐き散らかす。

「もしそういう用途の女が必要なら、あのリーシーを上手く使えばいいね。剥製《はくせい》にされるリスクを除けば、あれは惚れた男に尽くす良い女よ。それかあのこまっしゃくれた餓鬼を呼び寄せて、お前の無駄なカリスマ性を発揮すればいいね」

「リーシーなら、留守中に内部抗争が勃発したとかで上海に帰った。聯はまだ東京の小学校に通う就学児童だから、あまり無理は頼めない。必定《ひつじょう》、君が僕の世話を焼くことになる――」

「何論理的必然みたいな言い方するね。ならこのヤブ医者のPCを貸してやるから、さっさと自分でネットでお取り寄せするね」

入り口の闇医者に目を向け、顎をしゃくる。中年男は一瞬顔を顰《しか》めたが、諦めたように頭を掻き毟《むし》りつつ部屋を出て行った。

そしてすぐに、タブレットPCを持って戻ってくる。探偵はそれを受け取り、従順に商品の検索を始めた。本人は動けずクレジットカードも止められているので、決済は代引きを使うしかないだろう。

フーリンは煙管片手に、そんな探偵の横顔をどこか物珍しげに眺める。

――蟻地獄《ありじごく》でもがく蟻を観察するようにこの男を観察し、一つ気付いたことがある。

この男は、人間に奇蹟が不可能なことを証明したいのではない。

人間に奇蹟が可能なことを、証明したいのだ。

その苦しみは必ず報われると。その祈りは必ずどこかに通じると。そこに救いは存在すると。神はまだ、人間を見限ってはいないと――。

万分可笑《ワンフエンカーシャオ》（ちゃんちゃらおかしい）。本人至って大真面目なところが、また抱腹絶倒ものである。そもそも人間など、神に見捨てられて当然の糟粕《ザオポウ》だ。この血と暴虐、私利私欲、自己保身と他者への無関心で綴《つづ》られた、人類史の残酷滑稽絵巻を見てみろ。誰も人間を上等な生物などとは思うまい。

むしろ怒りを覚えるなら、神の気まぐれな恩寵のほう――見捨てるなら等しく見捨てよと思う。線を引いた右側で幸せな家族の団欒《だんらん》の明かりが点《とも》り、左側で不幸と痛苦と慟哭《どうこく》が飛び交うこの世界の有り様は、何とも歪《いびつ》で滑稽だ。美しき調和のとれた自然を造った造物主が、なぜにこんな人間社会の不調和だけを放置するのか。まるで開発が頓挫《とんざ》した高層ビルの残骸でも見る思いだ。

あるいはそれが、神の最上級の嘲弄の仕方なのかもしれないが――。

今さら神に媚《こ》びて救われようなどとは思わない。己の不遇を神の怠慢などとも責めるまい。確かにあの探偵の元弟子の前では、己の本分を忘れる失態を犯した——天下の大悪党が聖人を気取るかのように、生来のあばずれが好きな男の前で処女を装うかのように振る舞った。だがそれも所詮一時の気迷い、一晩で語り尽くせぬ罪の告白を持ち込んで、懺悔《ざんげ》室の聴罪司祭を徒《いたずら》に困惑させる気は毛頭ない。

だが——それでも。

そんな自分でも。

この男の行く末を確かめたいと思うのは、なぜだろうか。

＊

ネットで注文を終えた探偵が、ふうと息をついてタブレットを脇に置く。

それから吸い込まれるように枕に寄り掛かった。一仕事終えたような顔つきで目を閉じる。

「すまない……少し眠る。ここの治療費とベッド代は、僕の借金につけといてくれ……」

フーリンは三白眼を細めると、無言で煙管をくゆらせた。

有銭能使鬼推磨《ヨウチエンノンシーグウイトウイムオ》（地獄の沙汰も金次第）——もし自分に信じるものがあるとす

れば、それは神などではなく信用力の高い通貨か安全資産の金銀プラチナだろう。免罪符ならば買うよりむしろ売るほう。生憎不信心者にて、天上におわす神の有り難みはよくわからないが、とりあえず現世で万能の救いの神である金の有り難みなら骨身に沁《し》みて理解している。

そんな自分にしてみれば、下らぬ賭けや無意味な遊戯に、血よりも大事な資産を蕩《とう》尽《じん》する愚は真っ平御免だが——。

「……気にするな。それくらいは奢《おご》ってやるね」

つい、口が滑った。

解説

宇田川拓也
（ときわ書房本店）

毎年数多《あまた》の作家によって佳作や傑作、ときには問題作が生み出され、偉大なる先人たちが築いた礎《いしずえ》の上にミステリは弛《たゆ》まぬ前進と進化を繰り返し、拡がり続けてきた。とはいえ、日々新刊を追い掛ける読み手にとって、その多くは微《かす》かな兆しの連続である。いままさに〝前進と進化〟が起きたことをはっきりと感じさせてくれるような作品は、なかなかお目に掛かれるものではない。だが、井上真偽『その可能性はすでに考えた』は、一読するや「ミステリには、まだこんなこともできるのか！」という鮮烈な驚きと感心をもたらしてくれた稀有《けう》な作品である。

本書の親本であるノベルス版が刊行された二〇一五年当時の評価を振り返ると、『ミステリマガジン』（早川書房）掲載「ミステリが読みたい！２０１６年版」、『２０１６本格ミステリ・ベスト10』（原書房）、『このミステリーがすごい！　２０１６年版』（宝島社）、「週刊文春ミステリーベスト10　２０１５」、そして紀伊國屋書店スタッフがその年のオススメ三十作を決める「キノベス！2016」にランクイン。さらに『本格ミステリー・ワールド』（南雲堂）掲載「読者に勧める黄金の本格ミステリー」および、第十六回本格ミステリ大賞候補にも選出されている。同年一月に第五十一回メフィスト賞受賞作『恋と禁忌の述語論理《プレディケット》』で世に出たばかりの新鋭が、二作目にして成し遂げたこのあまりにも大きな飛躍は、まさにその年のミステリシーンを瞠《どう》目《もく》させた——といっても過言ではあるまい。

本作で中心となる人物は、探偵の上苙丞《うえおろじょう》だ。この探偵に一億円以上融資している中国黒社会《ブラック・チャイナ》出身の金貸しにして相棒的キャラクターである姚扶琳《ヤオフーリン》とともに、前述のデビュー作（作中の時間では本作よりも後に位置する）にも脇役として顔を見せるじつに個性的な——というよりも特異な名探偵で、そこで描写される文章を引くと「雪の中でいやでも目立つ深紅のチェスターコート。袖口には金のカフスボタンと金糸入りの白革手袋が覗く。長身——美形。今は後ろ姿しか見えないが、振り返れば、翡翠《ひすい》とターコイズブルーのオッドアイがその作り物めいた美しさをさらに際立たせるだろう。／そして——雪の照り返しを受けてメタリックに輝く、探偵の青髪。／青い髪。それこそが、この探偵を最も深く印象づけるトレードマークである」（／は筆者による）。しかも特異なのは風貌《ふうぼう》だけでなく、上苙はある理由から奇蹟の存在を信じ、その証明を積年の悲願としている探偵なのだ。これまで奇蹟としか思えない現象や到底《とうてい》ひとの手によるものとは考えられない不可能犯罪をロジックで鮮やかに解き明かす名探偵は無数に存在したが、メタ探偵とは異なる形でアンチの資質をこのように備えたタイプは前代未聞だ。本作の一風変わったタイトル『その可能性はすでに考えた』は、彼が奇蹟を立証するための反証を開始する際に口にする決め台詞《ぜりふ》から採られている。

今回上苙が、依頼人——渡良瀬莉世《わたらせりぜ》から話を聞き、〝奇蹟〟に認定した事象は、ある新宗教団体が十年以上前に起こした集団自殺事件での出来事だ。

母親に連れて来られた小学生の莉世を含む信者たちと教祖あわせて三十三人が暮らしていた山奥の秘境で、大きな地震が発生し、突如滝が涸《か》れてしまう。これを世界が滅びる予兆と考えた教祖は、教義に則《のっと》り、聖者の死を真似るべく信者の首をつぎつぎと斬り回り始める。ところがその最中、不可解極まりないことが起こる。混乱のなか、親しくしていた心優しい少年——ドウニに抱えられ、からくも逃げ延びた莉世が祠《ほこら》で目を覚ますと、そこには首と胴体が離れたドウニの遺体が。状況的にドウニを手に掛け、首を斬ることができるのは莉世しかいないが、様々な条件を照らし合わせると犯行は不可能。さらに記憶を辿《たど》ると、莉世は祠まで行く途中、首のようなものをずっと抱いていた気もする。ということは、以前に教祖が話していた「首無し聖人」のごとく、まさか首を斬られたドウニが莉世を抱えて祠まで運んだというのか——？

このじつに魅力的な謎をめぐって物語は、奇蹟を論理的に解き明かそうとする論客たちと、その謎解きを否定する探偵の推理バトルへと発展していく。

本作がもっとも高く評価された美点は、一九二九年に刊行された英国の作家アントニイ・バークリー作『毒入りチョコレート事件』を起点とする、ひとつの事件や謎を複数の登場人物たちが推理して何通りもの解決を示していく——いわゆる《多重解決》の新たな様式を打ち出した点と、繰り広げられる論理と反証の相克《そうこく》の高度かつ濃密な知的遊戯性だ。

最初に立ちはだかる元検察官の老人——大門《だいもん》との秋の深大寺で火花を散らす、まるで武侠《ぶきょう》小説のような序盤戦からして、推理の練度と精度、豊富な知識量、意外性の演出はミステリファンを唸《うな》らせ、井上真偽の才能を知らしめるに充分なレベルなのだが、物語はここからさらにヒートアップする。続く、中国の伝説の仙女「西王母《シーワンムー》」の異名を持つ残忍な女——宗儷西《ソンリーシー》。かつて上苙の探偵助手を務めていた元弟子——八ツ星聯《やつほしれん》。そして上苙にとって人生最大の宿敵である某人物との決戦まで、ひたすらクライマックスが連なるような常識外れの展開には圧倒されるとともに高揚感を覚えずにはいられない。

それにしても井上真偽は、じつに出し惜しみをせず、かつ妥協を許さない作家だ。それぞれの戦いのなかに論客が繰り出す奇蹟の論理的解明と探偵のさらなる反証を、ひとつひとつ切り口を変えながら、多種多様な仕掛けと技巧を駆使して用意しているわけだが、いってしまえば論客たちが唱える推理は探偵に斬り捨てられるためのものだ。むしろ推理が鉄壁であればあるほど、後の反証が困難になるのは明白である。にもかかわらず、今回の文庫化にあたってさらに加筆が施され、より磨きを掛けているのだから畏《おそ》れ入る。これにより、決め台詞のあとの驚愕《きょうがく》の反撃がいっそう効果的に映ることだろう。

この文庫で初めて本作に触れた方の多くもまた、おそらく上苙のキャラクター像や過剰なまでに徹底した推理バトルを白眉《はくび》とするに違いない。しかし、本稿ではあえて最後に探偵が〝ストーリー〟を語る場面を一番の読みどころとして挙げておきたい。

本作は新たな様式の《多重解決》ミステリであるとともに、探偵である上苙の人生を掘り下げた物語でもある。上苙が戦いの果てに考えに考え尽くしてたどり着いた、ドウニ少年が取ったある行動の目的は、それまで提示されてきたどの〝真相〟よりもまばゆく、胸を熱くさせるものだ。と同時に、奇蹟の存在を信じるなどというフーリンにいわせれば〝妄執〟としか思えないことに探偵が固執する真の理由もここでついに明らかになる。そこまでやるかと思わせるほどの苛烈《かれつ》な推理バトルが、この儚《はかな》くも尊い想いを捧げ持つ絢爛《けんらん》豪華な台座の役割を果たしているのだ。

最後に本作以降の著者の活躍に触れておくとしよう。

二〇一六年刊行の続編『聖女の毒杯　その可能性はすでに考えた』は、本作以上に各種年末ランキングを賑わせ、なかでも『2017本格ミステリ・ベスト10』では第一位を獲得。さらに本格ミステリ大賞にも二年連続でノミネートされ、デビュー二年目の作家としては快挙といえる目覚ましい成果を示した。また『小説すばる』二〇一六年八月号に掲載された、保育園を舞台にした短編「言の葉の子ら」が第七十回日本推理作家協会賞短編部門候補に。二〇一七年には、著者初の文庫書き下ろし・上下巻となる『探偵が早すぎる』（講談社タイガ）を刊行。莫大な遺産を相続し、親族から事故に見せかけた仕掛けで命を狙われることになった女子高生を護《まも》るべく、犯人たちが仕掛けを実行する前に計画を看破してしまう〝早すぎる〟探偵が活躍する痛快作だ。じつはこの作品にも、本格ミステリと活劇の融合、師弟、印象的な見得《みえ》の描写といった興味深い共通要素、そしてある意味本作以上に「ミステリには、まだこんなこともできるのか！」とハッとさせられるシークエンスがあるのだが、そこに触れるには紙片が尽きた。

　とにもかくにも、井上真偽はこれからも本格ミステリの〝前進と進化〟を推し進める野心的な作品を続々と書いてくれるに違いない。その可能性は――本作を読めば、わざわざ考えるまでもあるまい。

この作品は二〇一五年九月講談社ノベルスとして刊行されました。
講談社文庫刊行にあたって加筆修正されています。

|著者| 井上真偽　神奈川県出身。東京大学卒業。『恋と禁忌の述語論理《プレディケット》』で第51回メフィスト賞を受賞。第２作『その可能性はすでに考えた』（本書）は2016年度第16回本格ミステリ大賞候補に選ばれた他、各ミステリ・ランキングを席巻。続編『聖女の毒杯　その可能性はすでに考えた』でも「2017本格ミステリ・ベスト10」第１位を獲得した他、「ミステリが読みたい！2017年版」『このミステリーがすごい！2017年版』「週刊文春ミステリーベスト10　2016年」にランクイン。さらに2017年度第17回本格ミステリ大賞候補と「読者に勧める黄金の本格ミステリー」に選ばれる。また同年「言の葉の子ら」が第70回日本推理作家協会賞短編部門の候補作に。他の著書に『探偵が早すぎる』がある。

その可能性《かのうせい》はすでに考《かんが》えた

井上真偽《いのうえまぎ》

2018年２月15日第１刷発行
2025年３月18日第19刷発行

発行者――篠木和久
発行所――株式会社　講談社
東京都文京区音羽2-12-21　〒112-8001
電話　出版（03）5395-3510
　　　販売（03）5395-5817
　　　業務（03）5395-3615

Printed in Japan

講談社文庫
定価はカバーに
表示してあります

KODANSHA

デザイン―菊地信義
本文データ制作―講談社デジタル製作
印刷―――株式会社KPSプロダクツ
製本―――株式会社KPSプロダクツ

ISBN978-4-06-293853-2

講談社文庫刊行の辞

二十一世紀の到来を目睫に望みながら、われわれはいま、人類史上かつて例を見ない巨大な転換期をむかえようとしている。

世界も、日本も、激動の予兆に対する期待とおののきを内に蔵して、未知の時代に歩み入ろうとしている。このときにあたり、創業の人野間清治の「ナショナル・エデュケイター」への志を現代に甦らせようと意図して、われわれはここに古今の文芸作品はいうまでもなく、ひろく人文・社会・自然の諸科学から東西の名著を網羅する、新しい綜合文庫の発刊を決意した。

激動の転換期はまた断絶の時代である。われわれは戦後二十五年間の出版文化のありかたへの深い反省をこめて、この断絶の時代にあえて人間的な持続を求めようとする。いたずらに浮薄な商業主義のあだ花を追い求めることなく、長期にわたって良書に生命をあたえようとつとめるところにしか、今後の出版文化の真の繁栄はあり得ないと信じるからである。

同時にわれわれはこの綜合文庫の刊行を通じて、人文・社会・自然の諸科学が、結局人間の学にほかならないことを立証しようと願っている。かつて知識とは、「汝自身を知る」ことにつきていた。現代社会の瑣末な情報の氾濫のなかから、力強い知識の源泉を掘り起し、技術文明のただなかに、生きた人間の姿を復活させること。それこそわれわれの切なる希求である。

われわれは権威に盲従せず、俗流に媚びることなく、渾然一体となって日本の「草の根」をかたちづくる若く新しい世代の人々に、心をこめてこの新しい綜合文庫をおくり届けたい。それは知識の泉であるとともに感受性のふるさとであり、もっとも有機的に組織され、社会に開かれた万人のための大学をめざしている。大方の支援と協力を衷心より切望してやまない。

一九七一年七月

野間省一

内田康夫　終幕《フィナーレ》のない殺人
内田康夫　御堂筋殺人事件
内田康夫　記憶の中の殺人
内田康夫　北国街道殺人事件
内田康夫　「紅藍《くれない》の女《ひと》」殺人事件
内田康夫　「紫《むらさき》の女《ひと》」殺人事件
内田康夫　藍色回廊殺人事件
内田康夫　明日香の皇子
内田康夫　華の下にて
内田康夫　黄金の石橋
内田康夫　靖国への帰還
内田康夫　不等辺三角形
内田康夫　ぼくが探偵だった夏
内田康夫　逃げろ光彦〈内田康夫と5人の女たち〉
内田康夫　悪魔の種子
内田康夫　戸隠伝説殺人事件
内田康夫　新装版　死者の木霊
内田康夫　新装版　漂泊の楽人
内田康夫　新装版　平城山《ならやま》を越えた女

内田康夫　秋田殺人事件
内田康夫　孤道
和久井清水　孤道　完結編〈金色の眠り〉
内田康夫　イーハトーブの幽霊
歌野晶午　死体を買う男
歌野晶午　安達ヶ原の鬼密室
歌野晶午　新装版　長い家の殺人
歌野晶午　新装版　白い家の殺人
歌野晶午　新装版　動く家の殺人
歌野晶午　密室殺人ゲーム王手飛車取り
歌野晶午　新装版　ROMMY　越境者の夢
歌野晶午　増補版　放浪探偵と七つの殺人
歌野晶午　新装版　正月十一日、鏡殺し
歌野晶午　密室殺人ゲーム2.0
歌野晶午　密室殺人ゲーム・マニアックス
歌野晶午　魔王城殺人事件
内館牧子　終わった人
内館牧子　別れてよかった〈新装版〉
内館牧子　すぐ死ぬんだから

内館牧子　今度生まれたら
内田洋子　皿の中に、イタリア
宇江佐真理　泣きの銀次
宇江佐真理　晩鐘〈続・泣きの銀次〉
宇江佐真理　虚ろ舟〈泣きの銀次参之章〉
宇江佐真理　室の梅〈おろく医者覚え帖〉
宇江佐真理　涙堂〈琴女《きんじょ》癸酉《きゆう》日記《にっき》〉
宇江佐真理　あやめ横丁の人々
宇江佐真理　卵のふわふわ　八丁堀喰い物草紙・江戸前でもなし
宇江佐真理　日本橋本石町やさぐれ長屋
浦賀和宏　眠りの牢獄
上野哲也　五五五文字の巡礼〈魏志倭人伝トーク　地理篇〉
魚住昭　渡邉恒雄　メディアと権力
魚住昭　野中広務　差別と権力
魚住直子　非・バランス
魚住直子　未・フレンズ
魚住直子　ピンクの神様
上田秀人　密封〈奥右筆秘帳〉
上田秀人　国禁〈奥右筆秘帳〉

講談社文庫　目録

上田秀人　侵蝕〈奥右筆秘帳〉
上田秀人　継承〈奥右筆秘帳〉
上田秀人　纂《さん》奪《だつ》〈奥右筆秘帳〉
上田秀人　秘闘〈奥右筆秘帳〉
上田秀人　隠密〈奥右筆秘帳〉
上田秀人　刃傷〈奥右筆秘帳〉
上田秀人　召《めし》抱《かかえ》〈奥右筆秘帳〉
上田秀人　墨《ぼっ》痕《こん》〈奥右筆秘帳〉
上田秀人　天下〈奥右筆秘帳〉
上田秀人　決戦〈奥右筆秘帳〉
上田秀人　前夜〈奥右筆外伝〉
上田秀人　軍師の挑戦〈上田秀人初期作品集〉
上田秀人　天主信長〈表〉〈我こそ天下なり〉
上田秀人　天主信長〈裏〉〈天を望むなかれ〉
上田秀人　波乱〈百万石の留守居役㈠〉
上田秀人　思惑〈百万石の留守居役㈡〉
上田秀人　新参〈百万石の留守居役㈢〉
上田秀人　遺臣〈百万石の留守居役㈣〉
上田秀人　密約〈百万石の留守居役㈤〉

上田秀人　使者〈百万石の留守居役㈥〉
上田秀人　貸借〈百万石の留守居役㈦〉
上田秀人　参勤〈百万石の留守居役㈧〉
上田秀人　因果〈百万石の留守居役㈨〉
上田秀人　忖《そん》度《たく》〈百万石の留守居役㈩〉
上田秀人　騒動〈百万石の留守居役(十一)〉
上田秀人　分断〈百万石の留守居役(十二)〉
上田秀人　舌戦〈百万石の留守居役(十三)〉
上田秀人　愚劣〈百万石の留守居役(十四)〉
上田秀人　布石〈百万石の留守居役(十五)〉
上田秀人　乱麻〈百万石の留守居役(十六)〉
上田秀人　要《よう》訣《けつ》〈百万石の留守居役(十七)〉
上田秀人　梟《ふくろう》の系譜〈宇喜多四代〉
上田秀人　竜は動かず　奥羽越列藩同盟顛末〈上〉万里波濤編〈下〉帰郷奔走編
上田秀人　戦端〈武商繚乱記㈠〉
上田秀人　悪貨〈武商繚乱記㈡〉
上田秀人　流言〈武商繚乱記㈢〉
上田秀人ほか　どうした、家康
内田　樹　下流志向〈学ばない子どもたち　働かない若者たち〉

内田　樹
釈　徹宗　現代霊性論
上橋菜穂子　獣の奏者〈Ⅰ闘蛇編〉
上橋菜穂子　獣の奏者〈Ⅱ王獣編〉
上橋菜穂子　獣の奏者〈Ⅲ探求編〉
上橋菜穂子　獣の奏者〈Ⅳ完結編〉
上橋菜穂子　獣の奏者〈外伝　刹那〉
上橋菜穂子　物語ること、生きること
上橋菜穂子　明日は、いずこの空の下
上野　誠　万葉学者、墓をしまい母を送る
海猫沢めろん　愛についての感じ
海猫沢めろん　キッズファイヤー・ドットコム
冲方　丁　戦の国
冲方　丁　十一人の賊軍
上田岳弘　ニムロッド
上田岳弘　旅のない
上野　歩　キリの理容室
内田英治　異動辞令は音楽隊！
遠藤周作　ぐうたら人間学
遠藤周作　聖書のなかの女性たち

講談社文庫　目録

講談社文庫　目録

2024年12月13日現在